活着活着就老了

冯唐 著

北京联合出版公司

目 录

卷一
活着活着就老了

卷二
如何成为一个怪物

卷三
饭局酒色山河文章

卷四
择一城而终老

卷五
文字打败时间

在下半生过下一生

现在地球上最通用的日历是公历，公历最重要的一条分界线是公元前和公元后。例如，描述中华文明，我们的说法是起始于公元前三千年前后，绵延不绝到今天，上下一共五千年。西方世界狭窄地定义文明，要有三大要素：出现大型城市、系统使用文字、普遍使用金属工具。按这三大要素，西方世界总体否认"夏"的存在（现在没有任何证明"夏"这个民族/国家/聚落存在的确凿证据），他们定义的中华文明从商代开始算，上下一共四千年左右。

在公历这条分界线两千零二十年之后，出现了另外一条重要的分界线：疫情前和疫情后。如果把2020年定为"新冠"元年，2019年就是"新冠"前第一年，2021年就是"新冠"后第一年。在"新冠"后第一年第一个月的最后一天，我没有全职工作了。按照窄义的定义，从这一天起，我退休了。

人似乎从很小的时候就开始遥想人生中一些大事。比如，长大做什么工作养活自己，初恋的胸大不大，人生第一次阴阳大圆满那天会不会下大雨；比如，会娶一个什么样的老婆，父母用什么方式离开地球，自己用什么方式离开地球；比如，如何退休，如何适应退休生活。

如果拿之后出现的现实对比当初的遥想，现实往往比最疯狂的遥想还疯狂，现实才是真正的超现实。

二十年前，我三十岁，写过一篇文章——《在三十岁遥想四十岁退休》。十年后，我四十岁，三十岁的遥想没能实现，我没能退休，反而干得更起劲儿了。再十年后，我五十岁，由于疫情和其他原因，我以一种我完全没有遥想到的方式退休了。我找出原来那篇旧文，用真实退休后的心境，对比观照一下。

"在信箱里看到我最新的国航里程报告，瞥见消费总里程，七十六万公里，吓了我一跳。八年前加入这个常旅客计划，之前没坐过飞机，当时看到手册里提及，累计一百万公里就是终身白金卡，想，要什么样的衰人才能飞这么多啊。女的飞到了，一定绝经；男的飞到了，一定阳痿。八年过去，三十多岁，我看着印刷着的'七十六万'，开始畅想四十岁退休。"

如今我五十岁，飞出了两张终身白金卡，我一点没觉得这是一件很牛×的事，我觉得这是一件很苦的事。"新冠"元年以后，航空公司是最苦的苦主儿，三天飞一次的人也会少很多。

"退休后，五六身西装都送小区保安，二十来条领带和黑袜子捆个墩布，几个 PDA 手机和黑莓跟我外甥换他的 PSP（掌上游戏机）和 NDS（任天堂公司第三代便携式游戏机），固定电话也不装，只保留一个小区宽带，MSN 每次都隐身登录。谁要找我，来门口敲门。"

因为疫情，各个小区保安的地位都提高了，在街道居委会的领导下成为社会管理的毛细血管，西装和额温枪成为标配，不需要我送了。我把九成新以上的西装和领带都转送给了年轻小伙伴儿们，以后必须穿西装才能去的场合，我就不去了。PSP 和 NDS 如今都被智能手机整合了，作为电邮神器的黑莓随着电邮的式微也基本消失了，而 MSN 彻底没人用了。

"退休后，第一，睡觉。睡到阳光掀眼皮，枕头埋头，再睡半天儿。"

越老越发现，人生第一件要紧事是睡觉，不是指性交，而是指自己睡觉，能睡好觉儿的人，身体不会差。尽管长生天给了我各种磨难，但是它给了我非常好的睡眠。如今不用早起了，睡到自然醒，身心泡在如水的夜色里，嗞嗞响地自我恢复，每天醒后都觉得宛如重生，左腕上的智能手表显示睡眠得分基本在90分以上。感谢长生天。如果我能想明白长生天是如何让我睡得好的，我就写本《禅和睡眠修理指南》。

"第二，写书。过去码字和大小便一样，都要抓空当儿，不顾礼法，不理章法，脱了裤子，劈头就说。反复被别人提意见：节奏感太差，文字太挤，大小不分，一样浓稠。现在，有了便意就去蹲着，一边蹲着一边看王安石和古龙，等待，起性，感觉来了，只管自己，不管别人，只管肥沃大地，不管救赎灵魂。"

我已经写了七部长篇小说，还欠长生天三部长篇小说。我肚子里已经有了五个长篇的胚胎，我想把它们都带到人间。我不确定再过十年，我还有没有现在的睡眠恢复能力和好的心力，时间并没有我想象中那么富余，我还是得抓紧了。

"第三，念书。高中的相好，女儿都那么大了，她的手是不能再摸了，高中念的《史记》和《西京杂记》，还可以再看吧。"

百战归来再读书。"世间数百年旧家无非积德，天下第一件好事还是读书。"说来也巧，在《冯唐成事心法》之后，"蜻蜓FM"请我做的第二门课就是《冯唐讲书》，一周讲一本经典，讲五十周。第一本定了，讲《红楼梦》。三十五年之后，重读《红楼梦》，最大的唏嘘是，我不再是十五岁少年的仰视视角了，《红楼梦》依旧是本伟大的小说，但绝不是遥不可及。

"第四，修门冷僻的学问。比如甲骨文，比如商周玉，比如禅师的性生活史。"

在我四十岁之前，禅师的性生活史已经被我写进了《不二》。如今，我还是着迷中文，还是坚定地认为中文是地球上最美丽的语言。中文里充满人生智慧，其表现方式在地球上的所有文字里，独一无二，比如，"若不撇开终是苦，各能捺住即成名"。学习甲骨文要排到日程上，另外，摹写《经石峪金刚经》也要排到日程上。

"第五，开个旧书店。刘白羽《红玛瑙集》的第一版和凯鲁亚克《在路上》的第一版一起卖，叶医生的明式家具图谱和 Jessica Rawson（杰西卡·罗森）的玉书一起卖。夏天要凉快，冬天要暖和。最好生个蜂窝煤炉子，炉子里烤红薯，上面烤包子，吃不了的，也卖。"

算了，开书店这个事就让别人去干吧。"新冠"后，线下实体店更难做了，需要更强力的少年心血。

"第六，和老流氓们泡在一起。从下午三点到第二天早上三点，从2012年到2022年，从90后到00后，姑娘们像超市里的瓜果梨桃，每天都是新的，老流氓们慈祥地笑笑，皱纹泛起涟漪，连上洗手间的想法都没有。"

算了，这件事已经不现实了。我最爱的老流氓们，有的已经离开了地球，有的中风或者心梗，已经不能自己在地球上自由行走了，有的已经对于酒色毫无兴趣了。"一个人一生的酒色是个定数，年轻时消耗得多，年纪大了，就成为一个纯粹的对社会无害的人了。"我们这一代2G少年，流氓在古网时代，如今的月色和酒色，留给如今的5G少年们吧。

"第七，陪父母。老爸老妈忽然就七十多岁了，尽管我闭上眼睛，想起来的还是他们四五十岁时候的样子。我去买支录音笔，能录八小时的那种，放在我老妈面前，和老妈白嘴儿分喝两瓶红酒（自从她得了心脏病、青光眼之后，就不劝她喝白酒了），问她：'什么是幸福啊？你相信来生吗？这辈子活着是为了什么啊？'怂恿她：'我姐又换相好了，是不是脑子短路了？我哥每天都睡到中午，一天一顿饭是不是都是你从小培养的啊？我爸最近常去街道组织的"棋牌乐"，总说赢钱，总说马上就被誉为垂杨柳西区赌神了，你信吗？'我老妈眼睛会放出淡红色的光芒，嘴角泛起细碎的泡沫，一定能骂满一支录音笔，骂满两个红酒橡木桶，原文照发就是纳博科夫的《说吧，记忆》。文字上曾经崇拜过的王朔、王小波、周树人、周作人，或者已经不是高山，或者很快不是高山，但司马迁还是高山，我老妈还是高山，两个浑圆而巨大的标志，高山仰止。老爸如果没去'棋牌乐'，这时候饭菜该做好了，干炸带鱼的味道闪过厨房门缝，暖暖地弥漫整个屋子。"

我们这一代2G少年是幸运的，赶上中国有史以来发展最快的时代，我们幸运中最大的不幸就是过度工作，过少陪家人了。如今，我不用全职工作了，我也陪不了老爸。老爸五年前离开地球了。作为补偿，我第七部长篇小说写老爸的故事——《我爸认识所有的鱼》，十五万字，就算我远游回来，一边看他做鱼，一边和他聊了个长天儿。老妈还在地球上盘旋，我立下一个志愿，在她离开之前写完关于她的长篇——《我妈骂过所有的街》。

我老哥和老姐问我："你退休后靠什么生活啊？钱够花吗？"

"够花。不够就少花点。"我说。

其实，"新冠"前三十年，我一边工作，一边把我这个书生炼成了一把屠龙刀。"新冠"后第一年，我退休了，最大的挑战似乎是如何把这把屠龙刀炼回成一个书生，忘掉如何战略规划、如何管理业务组合、如何率领千军万马，忘掉如何做估值模型和尽职调查，学会如何煮熟一锅饺子、如何泡一壶香茶。"得志则行天下，不得志则独善其身"，这两句，没一句容易，退休之后，第二句变得更难。

很快，我调整了心态，罗马不是一天建成的，书生也不是一天变成屠龙刀的，屠龙刀也不可能一天变成书生。前半生有幸参与屠龙，逐鹿中原；那后半生就怀着文心拿屠龙刀雕虫吧，把一个人活成书桌上的千军万马。

对于我，最好的退休方式或许就是不退、不休，在下半生过下一生。

自序

　　如果让我自评我的文学努力，诗第一，小说第二，杂文第三。但是，除了另类长篇小说《不二》之外，我的杂文卖得比小说好，小说比诗好。我尝试理解，工作这么忙，房价这么高，谁还看花、看海、看月亮？谁还读心、读灵、读诗？除了骨灰级文艺女青年，谁能专门拨出一个完整的周末，一边读一本小说，一边等夕阳慢慢暗淡？

　　既然杂文好卖，出版商乐得用心，过去十年，我的杂文版本繁杂，是该梳理出一本终极定本的时候了。这个《活着活着就老了》的终极定本，是我2012年前杂文的最佳集成，有这本，其他版本可以送人了。

　　这个版本汇集了我2012年前遇见的那些有意思的书，有意思的人，有意思的事，有意思的地方。写得"见佛杀佛，见祖呵祖"，以后再写，估计不会这么无法无天了。如果算上这版，《活着活着就老了》已经出了四版，人也过了四十岁，书越印越年轻，人也越来越不知老之将至。

冯唐

2013年3月15日

如果所有时间是一大锅浓汤，我的生命就是一只苍蝇。尽管我只是一只渺小的苍蝇，但我要怀着对未知的敬畏和期待，飞进那锅浓汤，试着坏了它。

卷
一

活着活着
就老了

人生的战略规划

我痛恨做人生的战略规划，我不想盘算我将来的岁月。

生命太短了，比小鸡鸡还短。在街上瞧见过几十个好看姑娘，摸过几只柔软的手，看过二十来届世界杯和奥运会，开坏三四辆车，睡塌一两张床，喝掉六千瓶啤酒和五百瓶五粮液，用光一千多管牙膏和一千卷手纸，挣几百万再花掉几百万，你我就此无疾而终，尘归尘，土归土，乌龟王八鳖。我要是装置艺术家或是行为艺术家，我就把一间小房子搭进美术馆，放满一千多管牙膏和一千卷手纸，题目叫作：人生的战略规划。用尽这些牙膏，就没牙可刷了；用尽这些手纸，就没屁股可擦了。在东三环华威桥古玩城的大厅里，我举头四望，大大小小的古董都是我的前辈，在我之前，有上百双手摸过它们；在我之后，还有上千双手排着队。如果所有时间是一大锅浓汤，我的生命就是一只苍蝇。

我天生就是做战略规划的，从小就在这方面不平凡。

我有三十本大大小小的记事本，从小学五年级一直记到现在，在保险柜里锁着，比存款更受重视。我回去看我初一的日记，吓着了。里面的一页，沿着时间轴，我画了三个平面，分别表示近期、中期和远期。

接下去第一个项目是古代汉语，近期目标是读完王力的四册《古代汉语》，中期目标是读通前四史和老庄孔孟，远期目标是通读三千卷"二十四史"。当时不谙世事，对时间没有概念，对外界吃喝玩乐的诱惑没有概念，远期目标定的是十年，心想，三四十分钟，一天一卷，轻松拿下。如今过了二十年，远期目标才完成了不到三分之一，完成了的三分之一也基本忘掉了九成。只有自己安慰自己，历史是有规律的，看了三分之一，也就知道了百分之八十的人生道理，忘记也是必然的，但是真才实学都在肚子里了，就像吃肉饮酒，排出屎尿，心中留下莲花和佛祖。三个平面指导下的第二个项目是班上气质最好的班花，当时认为气质好，其实就是皮肤白，班花脸如白玉，胳膊好像白萝卜。我的近期目标是从五组调到三组，这样就可以和坐在二组的班花靠在一排。中期目标是一年长高十五厘米，这样就有正当理由要求调到后排，有机会和高挑的班花坐同桌。远期目标是摸摸班花白萝卜一样的胳膊，至于摸过之后又如何，我能得到什么，班花将失去什么，做战略规划时还没有学过《生理卫生》，想不清晰。后来我成功地调到了第三小组，一年内身高长了十三点五厘米，也终于学习了《生理卫生》，但是那个摸"白萝卜"的长期目标一直就没有实现。

再后来我进了一个最著名的战略管理咨询公司，受到了最科班、最严格的战略规划训练。

五轮面试，咨询公司考我的人都没看过我关于古代汉语和初中班花的规划，但是都通过不同的案例发现了我对于战略规划的潜质。玉要切割琢磨，数年以后，我练就的战略规划基本思路是首先定下远景和使命，一个公司和一个人一样。要问：为什么存在？然后根据公司的竞争力和市场的吸引力，明确在近中长期，什么可为，什么不可为，即在何处竞争。

最后确定如何竞争以及竞争后的财务回报。我清楚，如果套用这个思路去规划我的2005年，我要先定我的远景和使命，比如要流芳多少辈子、要不要努力在文学史上放屁砸坑。然后是什么途径，比如要不要学着写写短篇和中篇小说，时常在大型文学杂志上露些山水，混个脸熟，等等。

但是我拒绝这种规划，就像不愿意在我面前一字排开2005年将用光的十二卷手纸和十二管牙膏，或是在我面前一字排开2005年将见到的所有好看姑娘和或许能摸到的柔软的手。尽管我只是一只渺小的苍蝇，但我要怀着对未知的敬畏和期待，飞进那锅浓汤，试着坏了它。

活着活着就老了

　　日子一天天一年年过，生日蛋糕上已经不知道该如何插蜡烛了，可总感觉自己还年轻。

　　还没老。

　　我老妈老爸还健在，一顿还能吃两个馒头喝一碗粥，还能在北海五龙亭腰里系个电喇叭高声唱"我是女生"，还能磨菜刀杀活鸡宰草鱼。我头发一点还没白，大腿上还没有赘肉，翻十页《明史》和《汉书》，还能突然听到心跳，妄想：达则孔明，穷则渊明，林彪二十三岁当了军长，杨振宁三十五岁得了诺贝尔奖，或许明年，努努力，狗屎运，我还赶得上直达凌霄阁的电梯。或许早早悟了"不如十年读书"，面盆洗手，了却俗务，我还来得及把我老妈的汉语、司马迁的汉语、赵州和尚的汉语、毛姆的英文、亨利·米勒的英文炖在一起，十年之后，或许是一锅从来没有过的牛×的浓汤。

　　老相好坐在金黄的炸乳鸽对面，穿了一件印了飞鸟羽毛的小褂子，用吸管嘬着喝二两装的小二锅头，低头，黑黑的头发在灯光下慢慢地一丝丝从两边垂下来。她吸干净第二瓶小二锅头的时候，我还是忘记了她眼角的皱纹以及她那在马耳他卖双星胶鞋的老公，觉得她国色天香，风华绝代。此时此刻，为她死去是件多么天经地义的事情啊！

但是在网上看了某小丫的文字，《都给我滚》《发克生活》，第一次，感觉到代沟，自己老了。

那些文字，野草野花野猪野鸡一样疯跑着，风刮了雨落了太阳太热了那么多人刚上班早上八九点钟就裸奔了。我知道，这些文字已经脱离了我这一代的审美，但是同时感到它们不容否认的力量。我知道，人一旦有了这种感觉，就是老了。仿佛老拳师看到一个新拳手，毫无章法，毫无美感，但就是能挨打，不累。仿佛韦春花看到苏小小，苏小小没学过针灸按摩劈叉卷舌，没学过川菜粤菜鲁淮扬，但就是每个毛孔里都是无敌青春。

码字，其实真没什么了不起，本能之一。有拳头就能打人，有大腿就能站街，把要说的话随便放到纸面上，谁说不是文字？小孩能码字，其实真没什么了不起，再小，拳头和大腿都已经具备了。《唐书》说白居易九岁通音律，冯唐十七岁写出了《欢喜》，曹禺二十三岁写出了《雷雨》，张爱玲二十三岁写出了《倾城之恋》，即使看那些大器晚成作家的少年作品，基本的素质气质也都已经在了，只不过当时没人注意到，以为老流氓是到了四五十岁才成了流氓。所以不想因为某小丫的年龄，简单粗暴地将她归类到80后。贴一个标签，拉十几号人马，最容易在文学史上占据蹲位：近代在国外，有迷惘一代、垮掉一代、魔幻现实；"四人帮"之后在中国，有伤痕派、先锋派、痞子派；深入改革开放之后，有下半身、70后、美女作家、液体写作、80后。一路下来，标签设计得越来越娱乐，越来越下作，越来越没想象力。

文学，其实很了不起，和码字没有关系，和年龄没有关系。一千多年前，李煜说："林花谢了春红。"一千多年间，多少帝王将相生了死，多少大贾 CEO 富了穷，多少宝塔倒了，多少物种没了。一千多年之后，在北京一家叫"福庐"的小川菜馆子里，靠窗的座位，我听见一对小男女，眼圈泛红，说："林花谢了春红，太匆匆，无奈朝来寒雨晚来风。"在新泽西 APM 码头旁边的一个小比萨饼店，冬天，我和老鲍勃一起喝大杯的热咖啡。合同谈判，我们到早了，需要消磨掉一个小时的时间。老鲍勃说，他小时候也是个烂仔，还写诗，然后拿起笔，在合同草稿的背面，默写他的第一次创作："如果你是花朵，我就是蝴蝶，整天在你身边腻和。当朝露来临时，将你零落，我希望我是朝露，不是蝴蝶。"我说：是给你初恋写的吧。鲍勃点了点头，那张五十五岁的老脸，竟然泛红。

其实，老拳师是怕新拳手的，不是他有力气，能挨打，而是新拳手不知死活的杀气；韦春花是怕苏小小的，也不是她的无敌青春，而是苏小小自己都不知道的缠绵妖娆。某小丫的文字挥舞着拳头，叉着大腿胡乱站在街上，透过娱乐的浮尘和下作的阴霾，我隐约嗅到让我一夜白头的文学的味道。

活着活着就老了 II

感官骗人。如果相信感官，世界就是平的，人就是不会老的，父母兄弟皆在，日子永远过不完。小时候挤公共汽车，售票的、开车的都是叔叔阿姨。十多年不挤公共汽车了，有天下雨，的士抢手，挤上41路，我忽然发现售票的、开车的都该叫我叔叔了。唉，改口困难，买票的一瞬间竟然不知道应该如何称呼那个小鼻子小嘴小眼睛的售票员。

我们这辈儿人是不是活着活着就老了？

老了。

老妈以前一件事骂三遍，怒气就消散了，现在要六遍。今年清明，早早就惦记起早就去世的姥姥，说好多年没去上坟了，通州的坟地或许已经被盖上了商品房。股市这么热，老妈还是取了两万元现金，报了一个欧洲十五日十二国傻×照相团。"靠，欧洲去过没去过？去过！"老妈说。今年春节，老爸的秘制烧肉开始忽咸忽淡，我们吃得出来，他自己吃不出来。无论老妈如何威逼利诱，再也不回美国了。老爸说，美国啊，监狱啊，没麻将，没大超市，没这么多电视频道。老爸垂杨柳西区赌神的名号最近也丢了。他说其他老头老太太赖皮，他和牌，他们不给他钱。

其他老头老太太说，他诈和，没要他赔钱给大家就已经是照顾他了。

2007年正月十五，差五分午夜十二点，我写完了《北京，北京》最后一个词"意识"，忽然明白，生命过去一半了，而且很可能是更好的一半。在麻木的平静中，在窗外残余的爆竹声中，我扭头看着立在书架上的简装《二十四史》，不查《二十四史人名索引》，谁知道唐玄宗的第二任宰相是谁啊？靠降低大便次数、缩短吃饭时间、不看电视电影等方式节省时间，《万物生长》三部曲也写完了，之后会进一步经历、理解、表达，但是我隐隐担心，对汉语的最大贡献已经在这三部小说里面完成了。手机短信，一个对联"叹红楼没写完，恨王朔不早死"，横批"救救他吧"。我隐隐担心，二十年后，我是不是也一样悟不出、疯不掉、死不了？我想，我至少能诚实，不装了悟，不装疯，经常去新西兰蹦极。

北京夜晚的流水大酒席，90后都已经被朋友的朋友牵引着出现了，新鲜得仿佛昨晚下了点雨、三环路边才开放的黄色连翘花。屋子角落的阴影里、灯光照耀不到的桌子底下，已经没有巨大的趴伏的怪兽。仔细听，窗外有雨，有人打起雨伞，有人启动汽车，有人走近，血管里的激素已经没有了吱吱作响的泡沫。比我还大了十来岁的老哥哥们纷纷再婚，娶了80后的文学女青年，生了一个儿子或者一个女儿。在流水席上，我和他们一起笑眯眯地安详地望着90后，说，诗写得不错啊，酒喝不动就少喝些，千万别勉强。

风雨一炉，满地江湖

我偶尔想："如果没有我老爸，我一定变成一个坏人。"后脖子凉风吹起，额头渗出细细的薄薄的一层冷汗。

老爸和老妈是阴阳的两极，没他，我有可能看不见月亮，领会不到简单的美好。印尼排华的时候，老爸就带着七个兄妹回国。老爸从小没见过雪，他就去了长春。老爸差点儿没被冻死，又从小没见过天安门，他就来到北京，娶了我妈。在北京，"文革"的时候，差点儿没被饿死，他就卖了整套的 Leica 器材和凤头自行车，换了五斤猪肉，香飘十里。改革开放后，老妈开始躁动，像一辆装了四百马力引擎的三轮车，一个充了百分之百氢气的热气球，在北京、在广州、在大洋那边，上下求索，实干兴邦，寻找通向牛×和富裕的机会，制造鸡飞狗跳、阴风怒号、兵荒马乱、社会繁荣的气氛。我问老爸："老妈怎么了？""更年期吧。"老爸说。从那时候起，老爸开始热爱京华牌茉莉花茶。老妈满天飞舞的时候，老爸一椅、一灯、一茶杯、一烟缸，在一个角落里大口喝茶，一页页看非金庸非梁羽生的情色武侠小说，侧脸像老了之后的川端康成。

老爸喝茉莉花茶使用各种杯子，他对杯子最大的要求就是拧紧盖子之后，不漏。"你喝茶的尿罐儿比家里的碗都多。"老妈有时候说。有老爸的地方就有茉莉花茶喝，我渐渐形成生理反射，想起老爸，嘴里就汩汩地涌出津液来。老爸对茶的要求，简单概括两个字："浓、香"。再差的茶叶放多了，也可以浓。通常是一杯茶水，半杯茶叶，茶汤发黑，表面起白沫和茶梗子。再浓的茶，老爸喝了都不会睡不着，老爸说，心里没鬼。我问：我为什么喝浓茶也不会睡不着啊？老爸说：你没心没肺。因为浓不是问题，所以老爸买茶叶，就是越便宜越香，越好。老爸在家里的花盆里也种上茉莉花，花还是骨朵儿的时候，摘了放进茶叶，他说，这样就更香了。小时候的熏陶跟人很久，我至今认为，茉莉是天下奇香。

我对我初恋的第一印象，觉得她像茉莉花，小小的、紧紧的、香香的、白白的，很少笑，一点都不闹腾。后来，接触多了，发现她的香气不全是植物成分，有肉在，和茉莉花不完全一样。后来，她去了上海，嫁了别人。后来，她回了北京，进出口茶叶。我说，送我些茶叶吧。她说，没有茉莉花茶，出口没人要，送你铁观音吧，里面不放茉莉花，上好的也香。

十几年来，我初恋一直买卖茶叶，每年寄给我一小箱新茶，六小罐，每罐六小包。"好茶，四泡以上。"她说。箱子上的地址是她手写的，除此之外，没有一个闲字，就像她曾经在某一年，每天一封信，信里没有一句"想念"。

我偶尔问她：什么是好茶？她说：新，新茶就是好茶。我接着问：还有呢？她说：让我同事和你说吧。电话那头，一个浑厚的中年男声开始背诵："四个要素：水，火，茶，具。水要活，火要猛，茶要新，具要美。古时候，每值清明，快马送新茶到皇宫，大家还穿皮大衣呢，喝一口，说，江南春色至矣。"我把电话挂了。

香港摆花街的一个旧书铺关张了，处理旧货。我挑了一大堆民国脏兮兮的闲书。老板问：有个茶壶要不要？有些老，多老不知道，不便宜，三百文，我二十年前买的时候，也要二百文。壶大，粗，泥色干涩。我付了钱，老板怕摔坏，用软马粪纸层层包了。

我把茶叶放进壶里，冲进滚开的水。第一泡，浅淡，不香，仿佛我最初遇见她，我的眼神滚烫，她含着胸，低着头，我闻不见她的味道，我看见她刚刚到肩膀的直发左右分开，露出白白的头皮。第二泡，我的目光如水，我的心兵稍定，她慢慢开始舒展，笑起来，我看到她脸上的颜色，我闻见比花更好闻的香气。第三泡，风吹起来，她的衣服和头发飘浮，她的眼皮时而是单时而是双，我闭上眼，想得出她每一个细节，想不清她的面容，我开始发呆。第四泡，我拉起她的手，她手上的掌纹清晰，她问："我的感情线乱得一塌糊涂吧，你什么星座的？"我说："世界上有十二分之一的人是我这个星座的啊。"香气渐渐飘散了，闻见的基本属于想象了。

我喜欢这壶身上的八个字——"风雨一炉，满地江湖"，像花茶里干枯的茉莉花一样，像她某个时刻的眼神一样，像乳头一样，像咒语一样。

人活不过手上那块玉

对于肉体凡心的俗人，最大、最狂妄的理想，是对抗时间，是不朽。

千百年后，肉体腐烂，凡心消亡，而某些俗人的事功文学，仍然在后代俗人的凡心里流转，让这些凡心痛如刀绞，影响他们的肉体，让这些肉体激素澎湃。在这样的理想面前，现世的名利变得虚妄：挣一亿美元？千年后，谁会记得股神巴菲特？干到正部级？现在，有几个人记得御准柳永浅吟低唱杨柳岸晓风残月的是宋朝哪位皇上？

对抗空间没有那么困难，赶巧了，在白宫里抱住克林顿的腰，在雅典抱住马拉松高手的腰，一夜间能名满天下。对抗时间，实现不朽，不能靠养育后代。生个儿子，仿佛撒一把盐到大海，你知道哪一瓢咸味儿是你的基因？

中国古人总结的对抗时间的路数是：立德立功立言。

其实，立德和立功立言不是一个层面的问题。往严肃了说，立德是后两者的前提，德不立，事功文学都无以立。往实际了说，立德是扯淡，横看成岭侧成峰，什么是德？往开了说，都不容易。立功难啊，天下太平了，像样一点的理工科大学都能捣鼓出原子弹，如果生在今天，成吉思汗最多替蒙古国从高丽人手上抢得一块射箭金牌和一块摔跤金牌。曾国藩没了"拜上帝教"闹太平天国，最多做一两届××委员。立言难啊，几千年文字史，多少人精疯子偏执狂自大狂写了多少文字，要写出新的意思或是新的角度而不是直接或是间接抄袭，基本上是妄想。立德尽管虚，长期坐怀不乱，慎独，四下没人，拉了窗帘也不自摸，基本上是不可能。上中学的时候，看到史书上说，董仲舒牛，安心读书，三年不窥园。心想，这有什么难啊，街上除了北冰洋汽水和双色冰激凌之外，没有其他吸引力了。等到上班挣钱，俗心开窍，如果两个星期没有饭局，心里就会打鼓，是不是已经失去了和社会以及人类的亲密联系？

不朽有诱惑，立德立功立言有难度，所以，潜意识驱动人们热爱收藏。

老的东西，流到今天，相对于时间，相对于向不朽的卑微的努力，才是对的东西。

一块商晚期的鸟形在我的肉手上，青黄玉，灰白沁，满工双阴线刻殷人祖先神玄鸟，鸟头上站立一小龙，龙爪子抓住鸟头，鸟和龙都是象征太阳的"臣"字眼。我想，当时的人，怎么想到，这个神玄鸟要这样雕刻，鸟喙要这样扭，屁股要这样挺立，如果这位大师雕刻文字，会如何安排？我想，多少双肉手摸过它啊，这些肉手都已经成了灰烬，即使我现在摸着它的肉手有一天也成了灰烬，是多么地正常啊！我想，一亿美元和正部级有什么啊？这只神玄鸟睬都不睬。人斗不过物，有机物斗不过无机物，从某种意义上讲，基督耶稣斗不过十字架，佛祖斗不过北魏造像，凡人要靠物品来理解和实现永垂不朽，万寿无疆。

只要能辅助人们认识时间，消除恐惧，隐隐地通向不朽，什么都可以收藏，从书画青铜、玉器杂项，到桌椅板凳。

过分的是我一个同学，迷恋头发，说女人如植物，头发就是植物的花。像《金鸡2》里那个疯子，留着过去老婆的头发，藏进袋子里。我说：你是学医的，应该知道，这是胡闹，头发离开姑娘，没了滋润，即使原来再漂亮，三天后也就同摘下来三周的玫瑰一样枯萎。

正确的收藏方法是，用尽全身力气，狠狠看一眼，轻轻摸一下，眼耳鼻口身意，脑子永远记住所有细节：黑亮，簌簌作响，香淡，酸甜，滑涩，邪念盘旋升起。我同学说：我不是流氓，我不变态，我记性不好，再说，咱们学植物的时候，不是也采集植物，制成干标本吗？我说：把老师的教导全忘光了，植物六大组成部分，根茎叶花果实种子，一个好标本最好能六个部分都有，至少有三个组成部分，否则就是菜市场里的菜或是花卉市场里的切花，没有学术价值。姑娘除了头发，至少有其他组成部分，眼睛鼻子脸颊口唇肩膀乳房腰胯大腿双手，你能切下来收集几部分？纯属胡闹。

还是玉好，不朽不烂，不言不语，摸上去永远是光滑如十八岁姑娘的头发和皮肤，陪完你一生，才想起去陪别人。

老却成佛

美国不是人长待的地方，至少，不是我这种中国人长待的地方：没有各种重味儿、重油、致癌、折寿的菜，没有各路经济来源不明、个人情史复杂、厌恶健康儿童和主流社会的酒肉朋友，没有足够多的中文书店、古玩城、新闻版上的后现代黑色幽默。但是，离开美国之后，偶尔会想起美国的好。比如，高速路上开车，一边是海一边是山，路上没有练百米斜穿马路的老太太和逆行而来的自行车。再比如，定居美国的老姐家的狗。人可以和人推托没时间，但是和狗不行，狗的一天相当于人的六天，你忙起来两年不见它，对于它来说就是十二年。又比如，人少。巨大的湖，走路四个小时才能绕一圈。走一圈，遇上的松鼠比人多。当然，还有定居美国享受美国福利的我老妈和我老爸。

抽空回美国住几天，狗还记得我。听说狗是靠嗅觉辨认和记忆的，很灵，你整了容、胖了五十斤、换了肾、两星期没洗澡，它还记得你是谁。我一去拿狗勒子，它就上蹿下跳，拿脖子找我的手，让我赶快套上它出去跑。牵着狗去湖边，它一路飞跑，看到湖，眼眶湿润，四处乱嗅。我问我老妈，多长时间没遛它了。我老妈说，自从我上次走了之后就没有过。我问为什么啊。我老妈说，人老了，牵不住它了，到了湖边，见了母狗就要掐，见了公狗就要干，牵它的人不留神被它拽一个跟头。

人老了，我老爸越来越走向佛。我问他：有多少存款？他说：不知道，有点吧。我问他：人生什么最重要？他说：人生在世，吃。我问他：您打算再活多少年？他说：现在已经够了。我老妈说：他现在的问题是，把每一天都当成生命的最后一天过。喜欢吃炸的，所以什么都裹上面粉炸。喜欢电视剧，所以熬通宵也要看完。门清杠上开花一条龙，在摊开牌的那一刻没有痛苦地离开人世，是他最大的愿望。

我老妈却越来越走向佛的对立面。她看什么都不顺眼，充满抱怨。总结起来，就是想不明白，为什么都活这么大了，世界怎么还不围着她转动呢？对于周围每个人的生活状态，她都能找到不如意的关键所在，和每个人的谈话，基本都围绕这些痛点进行。我给她看北京院子里西府海棠开花的照片，她说，真好看，比去年还好看，今年不能亲眼看到了。然后说，海棠花期短，北京风大，一两星期就是满地花瓣了，于是伤感，问我：你说，这样的美丽，我有生之年还能看到几次呢？我说：您才六十九岁，虚岁才七十，还早着呢。老妈说：是啊，这样的美丽，也就还能再看三四十次了。

我老姐说，老妈其实有非常独到的地方。她每次抱怨完，自己很快就开心了，烦事绝不住心，仿佛上了趟洗手间，十来分钟后，屎尿留给大地，自己洗洗手出来了，扯脱功夫了得，接近佛。看来，佛和魔之间的界限并没有传说中那么清晰。

我对我老姐说：天天在老妈周围，辛苦你了。我老姐的境界比我高，她说：不辛苦，老妈对于我是个天赐的锻炼机会，帮助我增强处理人际关系的能力。

挣多少算够

开始挣钱之后，不能再把父母家当食堂，不能睡到"自然醒"。于是常想，挣多少就算够了，可以把楼口的川菜馆子当一辈子的食堂，天天睡到大天亮。

先不考虑能挣多少。领导说，人有多大胆，田有多大产。村民说，要想富挖古墓，要想富扒铁路。然后村干部在村民的院墙上写标语：私造枪支是违法的，武装抗税可耻，坚决打击刑事犯罪。字色惨白，斗大。

"挣多少就算够了"可以分解成两个问题：挣钱的目的是什么？目的明确之后，量出为入，应该挣多少？

挣钱的目的可以简单概括成三种：一、为了近期衣食无忧；二、为了有生之年衣食无忧；三、为了金钱带来的成就感和权力感。

如果目的是前两种，需要进一步问的是：你要的是什么样的衣食无忧？穿老头衫、懒汉鞋，喝普通燕京啤酒，住大杂院，蹬自行车，想念胡同口四十出头的李寡妇，是一种衣食无忧。飞到意大利量身定制，穿绣了自己名字缩写的衬衫，喝上好年份的波尔多红酒，住假前卫艺术家设计的水景豪宅，开兰博基尼的跑车，想念穿红裙子的金喜善，是另一种衣食无忧。

即使现在选定了生活方式，还要能保证将来的想法和现在基本一致，才能保证计算基本准确。"由俭入奢易，由奢入俭难"，现在习惯鲍鱼，退休后不一定能习惯鲫鱼。还要考虑意外，天有不测风云，比如婚外恋、宫外孕等，所以计算要用风险系数调整。

如果是第三种目的，你希望呼风唤雨、管辖无数的人，每次上厕所用无数个马桶。你没救了，只有一条路走到黑，成社会精英，上富豪榜或是进班房。

生活方式确定，衣食住行，吃喝嫖赌，每年的花销基本可以算出，就算你活到七十五岁吧，然后用现金流折现（DCF, Discounted Cash Flow）法算到今天，算出该挣到的数。挣到这个数，你就该够了。挣到这个数后，按你预定的生活方式花，到七十五岁生日的时候，你不剩啥钱，也不欠啥钱，死神不找你，你就放煤气割手腕，确保预测准确，功德圆满。

在一个夏天的下午，我想起年轻时造的阴孽和未来医学可能的进展，估计自己应该比常遇春长寿，比如活到六十岁，进而我又大概算了一下自己该挣多少。

生活上，太俭，我受不了。大昭寺的导游说，那个面目古怪的佛像生前是个苦行僧，十三年在一个山洞里修佛，喝水，不动，皮肤上长出绿毛来。颜回说，一箪食，一瓢饮，人不堪其忧，回不改其乐。我不想当绿毛圣人，也不想太早死。太奢，我不敢，畏天怒。吃龙肝凤髓，可能得非典。请西施陪唱卡拉OK，我听不懂浙江土话。

我喜欢质量好的棉布和皮革。好棉布吸汗，好皮革摸上去舒服。自己一天比一天皮糙肉厚，姑娘又不让随便乱摸，所以好皮衣很重要。我喜欢吃肉吃辣，哪种都不贵。住的地方小点儿无所谓，过去上学时我们六个人睡了八年十平方米的宿舍，但是一定要靠近城市中心，挑起窗帘，就能感到物欲横流。对车不感兴趣，但是对通过开好车泡好看姑娘这件事并不反感，想过的最贵的车是 BMW X5（宝马 X5）。我不需要金喜善，看金喜善觉得漂亮不是本事。我想象力丰富，金百万洗洗脸，我也能把她想象成金喜善。我喜欢各种奇巧电子物件，手机要能偷拍，PDA 要能放电影带 Wi-Fi，数码相机要一千一百万像素，用通用的光学镜头，隔一百五十米，能照出北海对岸练太极的老头的鼻毛。如此如此，再用现金流折现法算一下，大概需要一千来万元。

我自己的下一个问题是：是撅着屁股使劲儿挣呢，还是调低对生活的预期？

"薄酒可以忘忧，丑妻可以白头，徐行不必驷马，称身不必狐裘"，说这话的不知道是先贤还是阿 Q。

十信

母校协和医学院组织我们几个毕业十多年的返校座谈，向校长建议如何改善教学，接续协和传统，和在校小同学们交流人生感悟，帮他们走好之后的道路。东单三条以北被拆得只剩协和礼堂，中央美院被拆得只剩一个美术馆。三条五号院的槐树更加壮实，原来可以跑上跑下的汉白玉雕龙丹陛被罩上了玻璃，打了射灯。全聚德还是宫廷国企范儿，盘龙游凤贴金戴银爱理不理地卖鸭子。

和校长座谈的时候，最大的担心没说出来，怕太残忍：如今，协和传统的基础或许已经不存在了。和小同学们交流的时候，主持人一直尽情展示才艺，脱稿大段评论和过桥，周围的老毕业生畅谈医改、医德、医技，人之爽在为人师。看着台下祖国医学的希望，我觉得我这个毕业后就没做过一天妇科大夫的人，在这样一个场合，是个错误。

自由提问的时候，一个男生问："我们最想知道的不是医改、医德、医技，是你们毕业这么多年，你们现在最想告诉我们的一点是什么？"当时，觉得这个问题特别好，他问的实际上是我现在还相信什么。我当时没搂住，说了三点，其实，我当时想到了十点。

第一，我信命。一个结果，和太多的因素相关，能知晓的比例很小，能被人控制的比例更小，能被你控制的比例趋近于零。大数原理指示整体的必然性，和个体无关。仿佛点一炷沉香，我知道它会飘散，我会闻到，但是我不知道某个特定瞬间，它会飘向哪里。如果不是公元前100来年司马迁被割了，中国正史基本就是那味儿了。如果不是1850年闹太平天国，曾国藩和李鸿章就是三四品官吏，占不满两页《清史稿》。如果列侬生到我的祖国，如果他不走穴，生前身后来自音乐的收入不会超过十万。麦肯锡在合伙人中做了一个调查，你升合伙人的最大因素是什么？百分之八十的人第一个说到的是运气。老天赏饭，你身上的能量是借给你的，人都会死的，"法尚应舍，何况非法"？

第二，我信邪。我信精神的力量、人的潜能、怪、力、乱、神。往大里看，地球就是一个弹球；往小里看，芝麻就是一个宇宙，未知的永远比已知的多太多。我老妈的故乡，老哈河流淌，从辽代就盛行萨满教。我没见过我老妈说的，走湖面而不沉，刀穿身体，滴血不见，我见过我老妈喝酒之后，口吐莲花，创造汉语。我问她为什么总是忙碌，她说，她有使命，我问什么使命，她说，就是把屎拉进我的命里。我相信，她前世是个萨满教大神。

第三，我信简单的快乐。肉手在键盘上敲小说，小鱼、小虾在屏幕上跳，又凶杀，又色情。冻了很久的玻璃杯子，凉啤酒，清风，明月，二十米外的大屏幕上有足球，二十米内有热裤和漫长的白腿。马路牙子上坐着，蚊子和蔓草，酒精上头，偶尔有诗。壶在手，茶在口，看五百页的报告，归纳出三点，世界立刻清晰了，去洗手间小便，膀胱松爽，为之四顾，为之踌躇满志。

第四，我相信当下。不要一本教科书背五遍了。去打打球，享受身体，十年后你的身体一定和现在的不一样。去陪陪你现在的女朋友，皮皮，肉肉，腻腻，十年之后，她很可能早就跟别人跑了。通常来讲，父母比我们要早走，先抓紧看活人，他们走了之后再看照片。

第五，我相信常识。剪鼻毛比穿名牌西装重要，小学应用题远比大学微积分重要，知道一张从香港到北京的机票多少钱远比知道朱元璋是哪年死的重要。让面试的人估算《印象西湖》一个月门票收入，有一张票估算二十块的，有一场上座估算十万人的，有打开电脑里的 SPSS，用多元回归建统计模型的。管理学就是常识的运用。符合常识和人性的体制、机制和能力不是几年可以建成，我相信中国大陆的潜力，2050 年 GDP 占世界百分之二十以上，回到康乾盛世的比例，但是我不相信北京在我有生之年有香港的交通和台北的干净。

第六，我相信真我。真我不是自我，真我是无何有之乡的无用之木，自我是长歪了的盆景。一百零八个罗汉，相貌各异，但是看得到相同的东西，那相同的就是真我，佛就是我。一百零八个现代老大开会，每个人都看手机、发短信，心里想着"我，我，我"，这些是自恋着的长歪了的自我，堕阿鼻地狱，离佛千万里。

第七，我相信传承。我相信手艺，手艺和自然科学不一样，真、善、美有一条金色的水平线，从古至今一直在那里。到不到那条水平线，一定没有很多人知道，但是一定有人知道。我相信手艺能够接续，几乎断了的文脉也能重新勃起。在现世，我已经见到了很好的水墨、家具、木刻、紫砂、刺绣，手艺直逼康乾盛世。在现世，我已经见到了《诗经》和《史记》再现的可能。某个老教授告诉我，协和的传统是"吃得苦中苦，方为人上人"，现在只剩下上半句，但是，我还是看到，老教授们和他们带出的学生，每天七点之前到病房，听诊器在自己身上焐热了再放在病人身上，在没有空调的夏天，领带一直系着。

第八，我相信创造。我相信自由精神、独立思考。十年，Newton 咬牙变成了 iPad；今年5月，Apple 的市值超越了微软；今年6月，Apple 用诺基亚六分之一的研发费用推出了四代 iPhone，"This changes everything. again"（再一次，改变一切）。尽管财富五百强越来越大，尽管全球化，创造、保护、毁灭的规律依旧存在，在21世纪，小米加步枪还是能战胜飞机加大炮，一己之力，三寸之舌，还是能灭六国。经济社会了，一周送一首自己写的情诗还是比一周送一个 Miu Miu 包更能泡到好姑娘。

第九，我相信中庸。过犹不及，给别人留余地。太有钱，进了财富榜，就容易进监狱，儿子就被绑架。太没钱，就容易仇恨社会，就创立邪教。工作上，过了三十岁，要相信淡定，没什么大不了的，百分之八十的病，不医自愈。工作的九字真言："不着急，不害怕，不要脸"。

第十，我相信不二。有一天，车过无名山丘，忽然意识到，山就是山，不知道你叫它什么，不管你在山顶盖豪宅，不管你在山脚下盖便利店，不增一寸，不减一分，本一，不二。但是这一瞬间，山笑了笑，丫无比妩媚，艳冠古今。

愤青曾国藩的自我完善之路

曾国藩牛。

饱暖后，思淫。精溢后，希望如何能死而不朽。鲁叔孙豹在《左传》里这样给不朽分类和定义："太上有立德，其次有立功，其次有立言，虽久不废，此之谓不朽。"而不朽到底有什么用，没人说得清楚，就像为什么姑娘长成那个样子就好看，没人说得清楚一样。应该又是上天造人的时候，在人脑操作系统里留下的一个命门，同名利财色福寿禄等幻象一样猫抓狗刨人心，什么时候捅，都是肿痛。对于一些所谓刀枪不入的人，不朽甚至比名利财色福寿禄更厉害，不用鸦片或者大麻之类的生物碱，也让这类人上瘾和入迷。

曾国藩牛啊，把自己的肉身当成蜡烛，剁开两截，四个端点，点燃四个火苗燃烧，在通往牛×的仄仄石板路上发足狂奔。一个人在短短六十一年的阳寿中实现了全部三类不朽。有副对联高度概括曾国藩的一生："立德立功立言三不朽，为师为将为相一完人。"

立德。如果抛开时代限制，曾国藩弥补了诸多孔丘的不足，比孟轲更有资格评选亚圣。孔丘这个倔老头创建儒学的时候，办公条件简陋，手下三千门徒既懒惰又没出息，造成以《论语》传世的二万四千字理论体系有三个明显的不足。第一，没有成功人士作为理论的形象代言人。孔丘自己作为一个政治咨询顾问游走各个诸侯国，被君王们怀疑没有速效，被地痞追打，业务开展始终乏力。孔丘死后，也没有什么人因为身体力行其理论，吃上最大的黄花鱼，坐上最豪华的五花牛车，没有超级成功个案的励志型理论，缺乏实践吸引性。第二，没有很好地编写理论教材。《论语》是本优点和缺点同样明显的书。优点是孔丘这个倔老头的教导和体会，干贝、鱼翅、鲍鱼、燕窝，一句是一句，全是干货，不掺一点水分，几乎每句都能通过灌水成为一部长篇小说。缺点是毫无组织，毫无主题，胡乱将这些干货分了二十章，然后从每一章第一句话中随便挑出两个字，当成本章的题目，比如"学而"，比如"八佾"，太懒惰了吧？孔丘给自己的定位毕竟不同于亨利·米勒，不能用同样的写法吧？第三，没有很好地与时俱进，根据时代的要求丰富理论的应用。孔丘那时候，没有想象到工业革命、外族入侵、邪教猖獗、帝国官僚体系庞大、鸦片梅毒随风飘扬等一系列困扰近现代中国人的问题。后学青年曾国藩在苦修敏行孔丘儒学的基础上，拿庄周、老聃来泻火，平衡心态；拿大禹、墨翟来强筋，增加实用性。用他位极人臣的事实和修订精良的《曾文正公全集》，证明儒学可以致事功，儒学可以更丰富更实用，儒学可以与时俱进，漂亮地解决现代问题，从而在很大程度上弥补了孔丘时代儒学的三方面不足。尽管谈不上像德国哲学家那样构建完整逻辑理论体系，至少，普及本《曾文正公嘉言钞》有了大致准确的归类：治身，治学，治家，治世，治政，治军。而曾国藩自己在三十八岁时编写的《曾氏家训》，也按修身、齐家、治国三门，分成了三十二目。

立功。曾国藩的简历明摆着：二十八岁，中进士，授翰林院庶吉士，散馆后授检讨（官名，正处级吧），后在京十年七迁，连升十级。先后任四川乡试正考官、翰林院侍讲学士、内阁学士等（应该算正厅局级吧）、礼部右侍郎，历署兵、工、刑、吏等部侍郎（应该算副部级吧）。四十三岁，组建湘军。十一年之后，曾国藩五十四岁，湘军攻陷天京。五十五岁，创建江南制造总局。六十岁处理天津教案。六十一岁，提出在美国设立"中国留学生事务所"，病死于两江督署。曾国藩为师为将为相的经历验证了两个事情：第一，通才是存在的，人事练达，世事洞明，依靠常识百事可做。无论是抓黄赌毒还是整饬经济外交军事教育，里面贯穿着一条永远闪光的金线。第二，做事是硬道理。如果想立事功，不要总在集团总部务虚，到前线去，到二级公司去，真正柴米油盐酱醋茶，对付痞子混子傻子疯子，对一张完整明确的损益表负责。我唯一好奇的是，曾国藩有没有想过进一步做秦皇汉武，仿照赵匡胤，找件黄坎肩披披。曾国藩破天京之后，有条件：天下能打的兵百分之八十是他直接或间接带出来的。有说法："春秋大义别华夷"，"志在攘夷愿未酬"。有人教唆：野史讲，李秀成被俘后，很快和曾国藩进行了对话节目，在对话中涉及联合湘军和李秀成能控制的太平天国力量，驱除鞑虏，恢复中华，并写了几万字的心得。最后的结果是，曾国藩在俘获李秀成之后十六天，没有请示总部，杀了李秀成，上报总部的数万字供词，真伪难辨。曾国藩培养出来的李鸿章是极少数有见识又有胆量能指出他缺点的人之一，"少荃论余之短处，总是儒缓"。

立言。曾国藩初到京城，太平天国还没火爆，立德又太遥远太近乎扯淡。他最初的理想是以文章闻名于朝野，一扫文坛的颓风，做个愤怒的文青："少年不可怕丑，须有狂者进取之趣，过时不试为之，则后此弥不肯为矣。"他的目标很高："有所谓躬行实践者，始知范、韩可学而至也，司马迁、韩愈亦可学而至也，程、朱亦可学而至也。"总之，听上去像我们小时候常唱的歌词：当阳光照耀的时候，就该梦想，就该歌唱。但是，如果心平气和地剥离开曾国藩事功道德造就的光环，他的文字文采平平。一个原因是天分有限，老天不可能把所有好事都集中到一个人身上，而且几乎所有的好事都是"双刃剑"，一个人语缓行迟老成持重，很容易成就事功，但是很难心骛八极笔惊天地。另外一个原因就是俗务缠身，一直没能当上职业作家："古文一事，平日自觉颇有心得，而握管之时不克殚精极思，作成总不称意。安得屏去万事，酣睡旬日，神完意适，然后作文一首，以摅胸中奇趣。"曾国藩没有时间专业写专栏，但还是能挤时间读书："早岁有志著述，自驰驱戎马，此念久废，然亦不敢遂置诗书于不问。每日稍闲，则取班、马、韩、欧诸家文旧日所酷好者，一一温习之，用此以养吾心而凝吾神。"《廿三史》每日读十页，虽有事不间断。"长期纪律严格的阅读造成曾国藩对文字的见识强于他的写作能力，他编的文字比他自己写的文字强，他的评论比他的创作强，他的说明文（书信、日记和奏议）比他的其他文字强。曾国藩堪称说明文的大师，有话才说，意尽则止，辞足则止，绝不多添一笔。机场的书店最是势利，没市场的绝不稍留书架上。身死百年的曾国藩长了一张青瓜脸，不是美女也不是美男，一张裸照也没有传世，也没用下半身流水写作，也没用胸口蘸水写作，还能长期占领各地机场书店的书架。无论文字如何，这本身就证明他已经立言而不朽了。

愤青曾国藩走过的是一条自我完善之路。这条路说来老套：诚心正意修身齐家治国平天下。

第一步，也是第一个修炼的要点，是诚心正意。"方今天下大乱，人怀苟且之心。出范围之外，无过而问焉者。吾辈当立准绳，自为守之，并约同志共守之，无使吾心之贼，破吾心之墙。"决心一辈子同自己心中的贼做斗争，即使心中的贼像小鸡鸡一样竖起来，也绝不安抚，绝不自摸。"功可强立，名可强成。""不为圣贤，便为禽兽。莫问收获，但问耕耘。"

第二个要点，是好习惯。在生活学习上，曾国藩给自己定了一系列的规矩，而且一执行就是一辈子。比如，敬："整齐严肃，无时不惧。"比如，早起："黎明即起，醒后勿沾恋。"比如，读史："丙申年购《廿三史》，大人曰：'尔借钱买书，吾不惜极力为尔弥缝，尔能圈点一遍，则不负我矣。'嗣后每日圈点十页，间断不孝。"而且，还强制家人共同营造气氛："吾家子侄半耕半读，以守先人之旧，慎无存半点官气。不许坐轿。不许唤人取水添茶等事。其拾柴收粪等事须一一为之。插田莳禾等事亦时时学之。"

第三个要点，是好心境。不问收获，禁不住不梦见收获。无人的夜晚，不自摸心中的小贼，明天早上，小贼还会"咯咯"叫着迎着朝阳起床。长期的"抑然"和对名利的向往，会让人疯狂。曾国藩依靠心理暗示活下来，反复念叨："花未全开月未圆""有福不可享尽，有势不可使尽""恬静书味""治生不求富，读书不求官，修德不求报，为文不求传"。曾国藩还有物质帮助："阅陶诗全部，取其太闲适者记出，将钞一册，合之杜、韦、白、苏、陆五家之闲适诗纂成一集，以备朝夕讽诵，洗涤名利争胜之心。"仿佛建筑工人枕头下面压着的《人体艺术摄影精选》。到了真的功成名就了，可以张牙舞爪了，这种心理暗示已经根深蒂固。灭了太平天国，曾国藩马上自销湘军，自树对手淮军。两年后，五十五岁，上疏请求解除一切职务，注销爵位，提前退休。

并不是说，能一辈子做到上述三点，诚心正意，以好心境遵循好习惯就能成曾国藩。做到以上三点，即使再加上生而神灵，也只是做到了人和。其他的，还有地利，如果曾国藩的江东是上海而不是倔强狠霸的湖南，我不信能有三千汉子放弃小笼包子，挥舞梭镖长矛，和曾国藩开赴那一条近乎死路的战天京之旅。其他的，还有天时，如果没"拜上帝教"闹太平天国，不是太子党不是世家子不是海归的曾国藩最多能做上一两届 ×× 委员而已。这点，曾国藩自己也承认，曾氏自撰墓志铭也说："不信书，信运气。"总之，就好像一颗精子，即使你诚心正意好好学习天天向上，在千万颗一起出发的精子中拿到正齐治平四门功课的最高分，冲在最前面，如果想要和卵子受精产出不朽的儿子，你还要看造化，这次有没有戴避孕套，那个重要的卵子有没有在这次按时排放。

老聃的金字塔原则

进了麦肯锡公司，我被训练的第一个玩意儿是金字塔原则。后来证明，这也是之后诸多训练中，最宝贵、最有用的玩意儿。

阐明金字塔原则的是一个叫 Minto 的外国老太太，面容慈祥，金头发、金链子、金镯子，言语唠叨。她啰里啰唆写了一大本书，其实，我用一百字就能说清楚。Minto 没学好自己阐明的金字塔原则，或者是故意啰唆，充字数印书卖钱得版税，不用再在麦肯锡每周工作八十小时，当苦力加速身体折旧。

用一句话说，金字塔原则就是，任何事情都可以归纳出一个中心论点，而此中心论点可由三至七个论据支持，这些一级论据本身也可以是个论点，被二级的三至七个论据支持，如此延伸，状如金字塔。

这些事情可以很复杂，如：我们是什么，我们从哪里来，我们要到哪里去，世界经济五年的走势，以及中国社会保障体系的建立，等等。这些事情也可以很简单，如：小贾见到姑娘为什么会脸红，老妈每天喝半斤白酒是不是很危险，以及当高中时候的梦中情人问你她现在该不该带着三岁的女儿离婚时，你如何回答，等等。

对于金字塔每一层的支持论据，要求彼此相互独立不重叠，合在一起又完全穷尽不遗漏。

金字塔原则看似废话，但确实是一个伟大的原则、一个伟大的方法论。

伟大用途之一，解决问题。当你尝试解决问题时，你从下到上，收集论据，归纳出中心思想，从而建造成坚实的金字塔。有了这个大致的目标，问题解决起来最有效。

伟大用途之二，管理手下。如果你是领导，有经验，有手下，对于某个问题，你根据经验提出假设，迅速列出第一级的三至七个支持论据，分别交代给不同的手下。两周后，手下提交报告，你汇总排列，从而建造成坚实的金字塔。有了这个原则，管理起来最有效，领导做得最轻松。

伟大用途之三，交流成果。问题已经解决，你从上到下，只汇报中心论点和一级支持论据，领导明白了，事情办成了。如果领导和刘备一样三顾你的茅庐，而且臀大肉沉，从早饭坐到晚饭，吃空你家冰箱，你有讲话的时间，他有兴趣，你就汇报到第十八级论据，为什么三分天下，得蜀而能有其一。有了这个原则，交流起来最有效。

作为中国人，需要小心的是，我们传统上日常生活的交流，不是从金字塔尖尖到金字塔基底的，而是相反。比如我们通常这样对小王的妈妈说："小王吃喝嫖赌抽，坑蒙拐骗偷，打瞎子骂哑巴，挖绝户坟敲寡妇门，小王是个坏蛋。"我们通常不这样对小王妈妈说："小王是个坏蛋。"然后看看小王妈妈的反应，再进一步提供证据："小王吃喝嫖赌抽，坑蒙拐骗偷，打瞎子骂哑巴，挖绝户坟敲寡妇门。"纯用金字塔原则交流，在中国，容易找抽。

作为中国人，可以骄傲的是，我国文化博大精深，外国人所有的一切都是偷我们祖宗的，所以不是毕达哥拉斯百牛定理而是勾股定理，所以阴阳仪是最早的计算机，所以不是 Minto 的金字塔原则而是老聃金字塔原则。孔丘在春秋时代开了一家有三千个咨询顾问的管理咨询公司，帮助各个野心邪跳的诸侯通过加强基础管理而提升业绩。孔丘请教老聃如何培训新招的咨询顾问，老聃说，告诉他们，第一个要掌握的原则是，道生一,一生二,二生三,三生无数。

战略规划的十二大注意（专业文章，文青勿入）

战略规划重要，"胜兵，先胜而后求战。败兵，先战而后求胜"。做了十年的战略规划工作，学习过不少思想理论，建立过一些思考框架，开发过一些思维工具，参与过多个具体的战略规划项目，阅评过更多战略规划文件，想从个人经验出发，总结一下战略规划工作中最该注意的关键点。个人认为，这些关键点，在很大程度上比理论、框架、工具更根本，涉及更深层的意识和习惯，更能决定战略规划工作的好坏。

第一，公心为本。战略规划中，脑袋第一，实事求是，尽量争取心态中立，摆事实，讲道理，不能屁股指挥脑袋，不能心肠指挥脑袋，不能为了挣资源、牟私利而指鹿为马、颠倒黑白、把三七开说成七三开。

第二，"钱钱钱钱"。战略规划的根本目的是价值创造，不是为了富丽堂皇，不是为了招摇撞骗，不是为了蛊惑人心。"战略"这个词常常听到，但是定义"战略"这个词却非常难。宋董反复给出一个实用定义："战略就是你怎么赚钱，怎么赚更多的钱，怎么持续地赚更多的钱。"

第三，找到关键。在两三个月紧张的战略规划中，在信息的密林中，在纷繁的分析里，在厚重的文件内，要时常能走出来，抓住生意眼，一剑封喉，拿出解决问题的关键。记得给一个跨国医疗仪器公司做血糖仪的战略规划，最后的建议是：全国建立一支八百人的二十五岁到三十五岁男性专业销售队伍专攻二甲以上医院的老护士长。

第四，建"金字塔"。用一句话说，金字塔原则就是，任何复杂的战略规划都可以归纳出一个中心论点，而此中心论点可由三至七个一级论据支持，这些一级论据本身也可以是个分论点，被二级的三至七个论据支持，如此延伸，状如金字塔。对于金字塔每一层的支持论据，要求彼此相互独立不重叠，合在一起又完全穷尽不遗漏。

第五，大小结合。曾国藩说优秀的经理人要做到"大处着眼，小处着手"。做战略规划看不到大处，战略就成了战术，指导不了整个队伍，但是如果只做到大处着眼，容易虚，容易说一些永远不可能错的废话、大话、空话，诸如"我们未来的五年，面临机会也充满挑战，外部环境越发艰难，我们内部的能力需要进一步提升"等等。深挖关键点的细节，多问几个为什么："核心能力。什么核心能力？低成本运营的核心能力。怎么样的低成本运营能力？能把运营人员减少百分之七十的能力和能把电厂大修间隔时间从四年延长到六年的能力。怎么能做到这种减员不减效和减工不减效的？"挖一层，再挖一层，否则找不到关键，指导不了实际工作。

第六，认识自己。做战略规划最容易犯的错误不是误判市场，而是误判自己，不能客观冷静地看待对手的实力，常常高估自己的实力，或者对于自己获得新能力的学习能力过分乐观。"骄兵必败"。

第七，二八原则。学会使巧劲儿，使百分之二十的力气，成就百分之八十的效果。任何一个战略规划都可以无穷无尽地延展，界定好深度和广度，理解这个特定规划的听众，适可而止。战略规划不是大学考试，不是科学研究，不是爱情，不能上穷碧落下黄泉。使用二八原则，终极目的不是偷懒，是用百分之百的力气做出百分之四百的效果。

第八，数字说话。观点和观点争，很难分出胜负。与其争论观点，不如明确分歧之后，充分收集数据，用数字说话。如果能量化，尽量量化。"市场很大"，樱桃那么大？水蜜桃那么大？还是花果山那么大？

第九，现场有神。迈开腿，到一线去，看最基层的情况，听那里的风声，上那里的厕所，吃那里的食堂，看那支队伍的眼神儿，视触叩听，望闻问切，亲尝远胜于二手资料。文字有局限，就信息而言，落到文字上，失去的永远比被捕捉到的多，光看文件和听报告，远远不够。

第十，获得认可。战略规划不只是战略规划本身，一个高质量的战略规划报告只是战略规划的一个组成部分。$E = A \times Q$（E—Effect，效果；A—Acceptance，接受度；Q—Quality，质量）。战略规划另外一个重要组成部分是各主要相关方对于战略规划报告的认可。这种认可的重要程度不亚于报告质量本身。做战略规划，往往把过多的精力放在追求报告质量本身，忽视了做好交流，使报告获得多方的认可。

第十一，短胜于长。写短的战略规划远远难于写长的战略规划。如果能在十页 PPT 之内，把一个一千亿元营业额的生意说清楚，是真功夫。能短，说明思路清晰、文字高效，也更方便交流。假设坚实的金字塔已经建成，需要交流的时候，应从上到下，从金字塔尖端开始向领导汇报。过去早朝殿议，或许给你三分钟，现在你在电梯里遇到领导，你只有三十秒，你是否能把一件极其复杂的事儿在这三十秒内说明白？

第十二，行胜于言。一个好战略规划，没有好的执行，也是空。一个一般的战略规划，有好的执行，也有可能做出业绩。战略规划相对于战略执行，对于最终业绩的产生，重要程度三七开或者二八开，行胜于言。一个优秀的战略规划出台，即使得到了所有人的认可，只是成功的开始。坐言起行，动手吧。

比比谁傻，谁比谁傻

吴敬琏先生前些日子说了一句话"股市如赌场"，捅了马蜂窝。有痛心疾首的，那是赔了血汗钱又没多少机会翻本的小股民。有假装愤怒的，那是赚了容易赚的钱但担心有人搅局的庄家。

其实，吴老先生只是说了一句大实话，于是犯了某种忌讳。这个世界不怕好话、坏话、废话，就怕实话。想起鲁迅讲的一个段子：说大户人家给幼公子过满月，宾客A说，此子神秀，当升官，大户酒肉伺候。宾客B说，此子俊朗，当发财，大户酒肉伺候。宾客C说，此子肉身，将来一定会死的，大户乱棒打走。

股市也一样，说好话的如宾客A和B，吹起一个个泡泡：网络、媒体、生物、奥运会。庄家待之如上宾，拨通手机，告诉他们"我要清仓出货了，没事就跑吧"。其实庄家甚至不怕说坏话的，允许宾客A和B叹口气，假装一下正义，庄家们正好低位吸货建仓，等待宾客A和B吹起下一个泡泡。大户说：儿子毕竟是自己的儿子，能怎么样呢？庄家说：国家规定，股市是为国有企业改革服务的。国家规定，中国股市不能做空，不让做空的市场，不涨还能怎么样呢？但是，庄家怕人说实话，庄家是要做的，最没有可做的是"实话"。实话就像一根搅屎棍，不能让水多，不能让水少，只能搅了大家的局。古今中外，地主老财都是凶狠的，谁搅了庄家的活路，庄家就会夺了谁的生路。给吴老先生扣的最大的帽子是：严重阻碍改革开发、经济腾飞。要不是吴老白发苍苍，一副德高望重的样子，要不是吴老还没能像美国格老那样，能左右利率，庄家们肯定花千八百块钱，聘请两名精干汉子，打吴老的闷棍。

其实，吴老先生只是说了一句废话，古今中外，哪里的股市不是赌场？什么时候的股市不是赌场？看看现在处于发展最前沿的美国股票市场，一本叫《傻钱》的书讲道："华尔街是当今地球上受操纵最深、最邪恶、最腐败的市场。所有财务报告都是伪造的，所有消息报道都是虚假的。"地球是圆的，天下的乌鸦都是黑的。再多推一层，即使证明了股市是赌场，赌徒们就不赌了吗？财富还是要相对集中的，庄家们满足一己私欲之后，还是会用相对集中的资金做些相对的好事。一夜暴富的梦还是要做的，小股民是很容易忘却的，三个涨停板就能让公众的信心硬挺起来，然后去挤兑银行。黄毒赌，千古不绝，是有生理基础的。精满则溢，所以一段时间间隔后，想起烟花柳巷，忘记了花柳病的危险。毒瘾犯了，身体里的阿片受体嗷嗷待哺，一定要扎上一针。赌博也一样，几个人打麻将，想收手的肯定是赢了钱的，赖在桌子上不下来的，肯定是四圈没开和的，大声嚷嚷："不多来了，不多来了，再来十六圈。"

既然股市如赌场，下面一个问题是：小股民在这样的股市如何玩？

一种方案是遵循价值原则。2000年的早春，纳斯达克5500点，大泡泡晶莹亮丽。我在亚特兰大的一个大教堂里，见到了来开可口可乐董事会的股神沃伦·巴菲特。股神一脸倔强，坚信大泡泡就是个大泡泡，再美丽也是大泡泡。他在讲台布道："第一是价值，第二是价值，第三还是价值。就像到市场上买你用得着的产品和服务，你应该到股市买那些向你提供让你满意的产品和服务的公司的股票。"一年后，纳斯达克跌至不足1700点。股神这种价值原则具体体现在彼得·林奇身上。这个基金之王对自己经手股票的几百家公司了如指掌，随时跟踪，不到四十须发皆白。这个方案对于中国股民不适用。价值？中国上市公司的价值？摩根士丹利讲，中国所有上市公司中，只有二十家具有投资价值。有多少价值，谁知道呀？再者说，就算中国有思科，有通用电器，一买三千股，一放二十年，那叫什么炒股？对于热衷于黄毒赌的人来说，就好像劝他们走出夜总会，抱老婆睡觉；爱惜生命，多吃水果；远离牌桌，开一家包子铺，卖一个包子挣一毛钱净利。

另一个方案是遵循大傻瓜理论。按《傻钱》里的说法："在一个靠信心支撑的市场中，所有事情都取决于狂热的参与者能否对市场前景保持信心。"如果想挣钱，必须找到比自己更大的傻子。中国股市五十倍的市盈率，合不合理和你挣钱一点关系也没有。只要你找到认为市盈率应该是五十一倍的更大的傻子，你就可以挣到钱。要真的运用大傻瓜理论，还有很多技巧需要学习掌握，比如基本的技术分析（跟数理经济学、金融衍生物和诺贝尔奖奖金没有关系，大傻瓜！），比如消息的收集处理（别再问消息是真是假了，大傻瓜！），比如大众心理学。我将来要开个学习班，收费讲授大傻瓜理论。现在，可以透露其中一个重要原则：你需要战胜两个恶魔，一个是贪婪，一个是恐惧。今天买今天卖，不留股票过夜。后现代了，讲究的是一夜情。不要贪婪，不要认为睡过一次的人能是你一生的依靠。不要恐惧，该下单就下单，"伟哥"已经开始起效，老婆还在加班。

赶快报名参加我的学习班吧，比比谁傻，谁比谁傻，大傻瓜！

让人觉得愉快的事儿

让人觉得愉快的事儿是公历4月的第一个周末，一晚上的工夫，院子里的西府海棠忽然开了。只用了一天的阳光，深红的花骨朵就全部撑开成浅粉的花。只在上午六点到八点之间，深红的花骨朵和浅粉的花夹杂在树上。看到这幅景象，是让人很愉快的。一周干了八十小时有益于国家和民族的正经事儿，脑浆子疲惫，忽然在浦东机场的安检口看到四个姑娘，皮肤真白，头发真黑，腿真漫长，戴个墨镜。看到这幅景象，是让人很愉快的。

让人觉得愉快的事儿是听见早上五六点钟的鸟叫，胡同里的抽水马桶声音，深夜里郁闷的人借着酒劲儿向湖心喊平常说不出来的话。听见电话里，我老妈唠叨，法国总统的新老婆是个时装模特，韩国前总统是个北国汉子，美国邻居里这两个中年男人是同性恋，她都知道。我听得出，她元气还在，还能再活很多年。早就认识一个男歌手，气质实在太好了，声音实在太一般了。买来一对很适合听人声的喇叭，接上胆机，塞他的 CD 进去，听到他的声音不是那么一般了，气质竟然更好了。我像牛一样听古琴，我喜欢听那个姑娘的手指尖端摩擦琴弦的涩涩的响动。姑娘弹完说，她也最喜欢听那个响动，然后即兴又弹了一段，里面更多那个响动，这是让人愉快的。

让人觉得愉快的事儿是闻见槐树花和香椿花，慢慢烧了很久的墨鱼烧肉，初夏夜雨之后的土腥味儿。和一个老朋友坐着，没想起说什么的时候，喝茶，再喝茶，三泡之后的铁观音泛出兰花香。旁边有人抽当年的雪茄，雪茄的干湿合适，附近有人不太吵闹地哼歌儿，雪茄的味道慢慢飘过来。有人带来一瓶很贵的红酒，他喝之前，伸出鼻子，鼻翼翕动，说有花香、水果香、坚果香、巧克力味、树木味。我闻了闻，又闻了闻，只闻见了葡萄，这是让人愉快的。一个姑娘在旁边，新洗的头发，发出动物和植物混合的香味儿。她告诫我说，你新写的关于唐朝的书里，别说檀香，说沉香更好，这是让人愉快的事儿。

让人觉得愉快的事儿是喝了六道的茶，舌头凑过去，竟然还有美人迟暮的味道，枯涩里面，竟然还有香甜。我吃了头盘，吃了主菜，吃了甜点，喝了饭后茶，抹抹嘴，说，七分饱，下半身的牛仔裤，还是二十年前的，还没感觉腰间肉紧，还能系得上最紧的一格腰带，这是让人愉快的事儿。晚上六点，众神归位，点几个凉菜，开始喝酒。午夜十二点，找个地方吃碗面，再喝三瓶啤酒解酒。风起，如头发贴面而过，我忽然想起你，你在嘴里的味道和最后这瓶啤酒类似，苦苦的、爽爽的，这是让人愉快的事儿。

让人觉得愉快的事儿是摸五个月小孩的屁股，元朝的真品青花瓷，明朝末年柏木的画案。在车里，在飞机上，累极的时候，左手放在公文包上，电脑不能丢，右手放在腰间的西汉玉上，温润不留手，仿佛千年前摸这块玉的姑娘的手，慢慢睡熟了。我说上次忘了抱你，你说这次补上，你的腰间有你不知道的温暖，然而我知道，这是让人愉快的事儿。

让人觉得愉快的事儿是诸多杂事捏着鼻子全部清掉，全部账单已付，全部稿债已交，全部人情都是别人欠我的。买一个1TB的硬盘，把所有要听、要看、要想的都存进去，系统地放在不同的文件夹里，还可以远程登录，随时听、看、想。五个月的小孩儿长得像包子，双手牵着床，勉强坐着。我扒开他的双手，一捅他，他就倒了，还笑，这是让人愉快的事儿。以前的姑娘说，有人开法拉利新款跑车在美国1号高速公路上带着她跑，想泡她，她说怕风大，你丫赶快靠边吧。我说去看旧金山东亚博物馆吧，她遮盖住所有说明，我告诉她所有玉器的年代和真伪，全对了。她说，这比法拉利跑车管用，这是让人愉快的事儿。

生命中，眼、耳、鼻、舌、身、意，都有让人愉快的事儿。

人力和天命

我们这辈人，从小的教育是不信神、不信鬼、不信权威、不信天命。概括起来就是，人有多大胆，地有多大产。我想和隔壁教室的班花好，我就能和班花好；我想和银幕里的陈冲、刘晓庆好，我就能和陈冲、刘晓庆好。反之，宣传天命的，都是别有用心，比如皇帝号称天子，就是让别人以为天下本来就是他的，任何人都不要和他争。我问老师：如果我想班花、想陈冲、想刘晓庆，她们就是我的，我不就成了阿Q，我不就是在意淫吗？老师说：叫你父母明天来，我要找他们谈话，你的思想有问题，复杂，下流。

在这种教育下，我的自信心暴涨，放眼看天地，觉得大有可为；放眼看将来，觉得自己的命就攥在自己手上，一块胶泥一样，我想如何捏就如何捏，想如何规划就如何规划。

然而，三十岁之后的几年间，现实中的几件事好好地教育了我，告诉我山高地厚，宇宙洪荒，我再抬头看蓝天，开始怀疑有命的存在。

先是生活。我第二次连续十四天梦见长得很白的班花的形象，梦里的山谷里，白色的山花烂漫。好些年以前，我第一次连续梦见她十四天之后，我去告诉她，她说，她也梦见过我，但是一切太不真实，最好还是彼此忘记，如果能忘记，彼此梦见就是假的，彼此分开就是幸福。第二次之后，我打电话给她，她说，她也还是梦见，但是已经有了老公，今天早孕试纸测试阳性，感觉是个女儿，所以彼此不能忘记，也要忘记。我和我现任老婆说，在美国念完书了，我要回国，美国没有麻将打，没有正经的辣子吃。我老婆说，好啊，听说北京和上海，好看姑娘太多，先结婚再回去吧。我说，好啊，但是我可是有个复杂的过去。我老婆说，别腰里拴两个死耗子就冒充老猎人。我说，好啊。于是我们就去市政厅领结婚执照，去律师楼请一个容貌猥琐的律师主持结婚登记。全过程中，我的脑子清澄宁静，没有任何思考，没有任何规划，就是觉得这是一件无可争议的应该做的事儿，过了下午一点，我的肚子也没有饿。

再是写作。高考之前，写过一部长篇小说，记录我对班花的意淫，所有的故事情节都是意淫出来的，所有的思想都是真实的。十三万字，四百字一张的稿纸写了三百多页，然后寄给一本叫《中学生文学》的杂志，然后那家杂志就倒闭了。之后，把码字这件事忘记了十年，在第二次连续十四天梦见班花之后，在班花说早孕试纸测试阳性之后，我的手指开始跳动。我打开电脑，文字像小鱼和小虾米一样，顺着水流，沿着手臂到手指，再从手指蹦跳到键盘和屏幕，于是天暗下来，屏幕的池塘里雨打残荷。我想，忘不掉的，就是命吧，必须写出来的，就是责任和使命。

老婆是命，写作是命，他们如果不走到我的面前，我就带着鲜花、戒指和手提电脑走过去，这是不是就是所谓的认命？

食色

　　两千三百多年前，告子讲："食色，性也。"中国人伦理观念的基调就定了。

　　第一，作为探讨人和人之间以及天和人之间关系的伦理学，主要两个内容：食和色。食，讲工作，如何看待食，如何协调同事以及上下级的关系。色，讲生活，如何看待上床，如何保证生殖成功，子嗣繁衍。

　　第二，伦理学的基调是，食色，性也。不肮脏，不可耻，饮食男女，人之大欲存焉。老百姓需要的，皇上不禁。两千三百多年前告子的理论和今天的生物学理论一致。对于生物体，生存是最大道理，吃饭，是为了个体生存；上床，是为了种群的基因生存。百年后，老张的血肉筋骨归于尘土，基因还在市面上流转，基因编码蛋白，蛋白聚合成眼珠子，小张眼珠子里的瞳孔看到大奶和大钞而放大，和上辈子老流氓的瞳孔并无不同，这就是常人实现不朽的形式和佛经说的转世。老天爷编写人性操作系统的时候，认定人性的最终驱动力是让个体基因存在下去的概率最大化。为了生存，可以六亲不认，无法无天，有奶就是娘，大奶是大娘。

　　中国人的工作观，比较简单。君君，臣臣，父父，子子，也就是说，做事要讲规矩，年轻人要学会等待。但是对于到底规矩是什么，两千五百年来，中国人从来就没有直接总结过一二三四。只是明确了做事的态度：敬，出门如见大宾，使民如承大祭。只是明确了做事需要达到的效果：和，在邦无怨，在家无怨。只是明确了做事过程中要把握的两个原则：恕，己所不欲，勿施于人；仁，己欲立而立人，己欲达而达人。两千五百年了，中国人一直在用这一套工作伦理，不清晰，但是实用。理论太清楚了，流氓的种类太多，混账事情的种类太多，不能套用，不实用。两千五百年过去，即使现在中组部选拔特大型国有企业一把手，把上千亿的国有资产交给某个五十来岁二百多斤的胖子，仿佛两千二百多年前，秦王把全国一半的精壮男子交给王翦去灭楚国，用的不是平衡计分卡（Balanced Score Card）或者关键绩效指标（KPI），用的还是大拇指原则：这个人可不可以托三尺之孤，寄千里之命。

中国人的性爱观，是比较矛盾的。宋明以前，乐生，人活天地间，顺应自然，尊重人欲。没有电视，没有互联网，没有影院，天黑了后，农民们喝几杯自酿的米酒，院子里和自己身体里的虫子都在鸣叫着，于是彼此娱乐各自的身体，缓解一天的疲劳，制造新的劳动力量。城市里的文人和官员到青楼和寺院，作诗饮酒，商议国家治理边防漕运。歌妓和女道士比花还香艳，穿戴着当时最先进生产力制造的绫罗绸缎和金银珠钻，吟唱着"浮沉千古事，谁与问东流"，代表着当时最先进的文化水平。在自然规律面前，孔丘自己也无可奈何，说，吾未见好德如好色者也。即使孔丘本身也是这种性爱伦理的产物，《史记》中一针见血地指出，孔丘野合而生。到了宋明，国力狭促，理学盛行，讲究灭人欲，存天理。不是你老婆，看一眼都是不道德的，想一下都是罪过。有个笑话讲，一个理学信徒一辈子不上街，因为人上街则淫具上街，带着淫具在街上溜达，天理何在？"文革"时候，情况类似，衣服只有绿色和蓝色两种，偶像都是同一个人，男女手拉手，就是耍流氓。改革开放之后的性爱观，介于宋明之前和宋明之后的中间。白天在街上手拉手的还是很少，CEO们也基本都有老婆，最重要的业务是在娱乐场所谈成的。一个CEO教导我说："在中国做生意也复杂也简单，复杂到拜佛不知道庙门，简单到ABC，烈酒（Alcohol）、美女（Beauty）和回扣（Commission）。"

CEO们最近的潮流是每年去寺庙里上上香，吃几顿斋饭，住几天斋房，忘掉ABC，养肝固肾，想想公司未来三五年的战略和组织结构。有个老总上完香之后，问过我一个哲学问题："一个人应该用一生去明白欲望就是虚幻呢，还是用一生来追求一个又一个欲望的满足？"

领取而今现在

学生物的时候，教授讲，每个存在都是一个奇迹，所以我们要捍卫物种多样性。翻闲书，哲学家讲，幸福的严格定义是多态，所以隔壁班上女生的豆腐再好，我还是偶尔想起陈麻婆的豆腐；所以花瓶里的玫瑰花再好，我还是间或想起蒜蓉西蓝花。

于是我们期望改变，期望不一样。

摘下眼镜，戴上墨镜，眼里的姑娘漂亮了，整个世界变蓝了。塞上耳机，推土机、压路机的声音不见了，陈升在号叫："One night in Beijing，我留下许多情。"推开门，雪还没停，唯长安街一痕，景山一点，所有建筑，都被白色镇住。一觉儿醒来，窗户阴仄，雨疏风紧，想起年轻时候好多个不明白，其中包括一张脸能够长多少个疱、一双脚能够走多远、一个姑娘能够想多久。还有，我们换电脑墙纸、屏幕保护。我们换手机图标、来电铃声。我们学英文，加入 WTO。我们办奥运会，修通了五环六环路。

但是，"不一样"再走一步是"太不一样"，是翻天覆地。

"9·11"那天，北京时间的晚上，我在深圳，从客户那边回到酒店，打开啤酒，打开电视，纽约世贸大楼在里面冒烟。第一个反应是美国大片，《真实的谎言》续集，喝了一口啤酒，等着施瓦辛格撅着一身腱子肉出现；第二个反应是邪教闹事，拦截了通信卫星，播放假想的世界末日；第三个反应是打我同事的手机，看我自己是不是工作过度，开始幻视幻听。

2003年的春天，北京没来沙尘暴，北京来了非典。

山非山，水非水，生活改变。二十几年来，第一次感觉北京金刀大马，马路老宽，小孩子可以像我小时候一样，在街头踢足球，在便道打羽毛球。十几年来，第一次重游北海，丁香还盛，杨柳还青，"仿膳"还是国营的，还号称慈禧爱吃，红烧驼掌还是一股脚丫子味儿。几年来，第一次接到婚前某女友的电话，问还好吗，问邮寄地址，说刚买到城里最后一箱 N95 口罩，说放下电话就会用特快寄出。一年多来，老婆第一次主动下厨房，麻婆豆腐、蒜蓉西蓝花，我问她会不会做香辣蟹、福寿螺。

山非山，水非水，工作改变。第一次从周一到周五不用穿西装。老板的目的不是放松下属，而是希望同志们一天一洗衣服，远离非典。第一次七点前回家不感觉负疚。反正客户已经在家办公了，隔壁写字楼也被封了，我一个人急有什么用呢？七点回家，春夜方长，看老婆和玫瑰花，嗑瓜子和看《新闻联播》，读《霍乱时期的爱情》和《临床医学的诞生》。第一次，所有人都成了医学爱好者，讨论冠状病毒长什么样，为什么激素有效，什么时候出现疫苗。第一次想，为什么要求经济每一年每个月都要增长呢？为什么要求自己每一周每一天都要向上呢？

山非山，水非水，观念改变。第一次，大家了解，自然要敬畏，个人卫生要注意，当众打喷嚏、随地吐痰、滥杀邪吃是罪大恶极的。第一次，大家知道，除了道琼斯指数、恒生指数、GDP，还有非典指数：多少新增，多少疑似，多少死亡，多少出院。还有一群穿白大衣的同志，踏着生死，每天干十几个小时，领着很少的工资。第一次，大家明白，无论庶民公侯，说话做事都是要负责任的，没有报纸电视还有互联网，没有互联网还有短信息，没有短信息还有人心。

2003年5月底，坐在出租车上，三环东路又开始塞车了，街边的火锅馆子又基本上满了人。车上的收音机里，一个经济学家在发言："非典的影响是短暂的、局部的、可逆转的。"手机上老总留言：明天穿西装，见客户，新项目启动。写信谢我的前女友，告诉她我没得非典，但人却被N95捂得缺氧。问她为什么好久没有音信，她回了一句恶俗的台湾爱情诗：有时关切是问，有时关切是不问。这样水波不兴，你好我也好。山还是山，水还是水，生活和工作终会照旧。希望观念的改变能留得长久些：敬天悯人，相信人心。

学医的时候，老师讲，人是要生老病死的，致病微生物是到处存在的。回家刻了枚阴文印，截朱敦儒的《西江月》："不须计较与安排，领取而今现在。"

一个人的"二十四史"

一、时代

过了三十五岁之后，一年里会有一两天，再累也睡不着觉，还有好些事儿没做却什么都不想做，胡乱想起星空、道德律、过去的时光和将来的无意义等不靠谱的事情。这样的一天晚上，我坐在上海人民广场旁边一家酒店的窗台上，五十几层，七八米宽的玻璃窗户。下面灯红酒绿，比天上亮堂多了，显示我们中华崛起过程中的繁荣。仿西汉铜镜造型的上海博物馆更像个有提梁的尿壶，射灯打上去，棕黄色的建筑立面恍惚黄铜质地。

心想，这是一个什么样的时代啊。没有比现在的人类更变态的物种了。夜晚应该黑暗，眼睛发出绿光仰望天空，现在的人发明了电灯。双腿应该行走，周围有花和树木，现在的人发明了汽车。山应该是最高的，爬上去低下头看到海洋，现在的人发明了高楼。

人应该凑在一起，坐在相对宽敞的户外，头上有天，心里无事，没有主题地聊天，现在的人发明了互联网。

二、历史

我不喜欢旅游，喜欢读历史。旅游仿佛船行海面，基本不知道下面有什么。看看天海苍茫，感叹一下，或者晕一下船，说自己经历了痛苦。历史里杀人越货、怪力乱神，有虚假和夸张，也说不清楚对错和美丑，但是读多了，真相重叠，我能明白它要说什么。

我老妈喜欢旅游。我问："为什么啊？"我老妈说："以后别人问起来，去过纽约吗？去过！去过华盛顿吗？去过！去过欧洲吗？去过！"我问："去过又怎么样呢？"我老妈想了想："去过，懂吗？你去过吗？他去过吗？我去过！"

后来，我开一辆二手别克车，拉我老妈走80号公路北上，到华盛顿和纽约，一路上她在车后排睡觉，到了地方照相，然后就吵吵着要回去。

再后来，她自己参团，欧洲十日十三国游。我给她买了个数码相机，设置成最傻瓜，反反复复教，回来之后，所有的照片还是曝光过度、焦距模糊。"你瞧瞧你这个傻×破相机，但是我去过了，欧洲！"我老妈说。

读史的习惯形成得很早。小学后三年的数学和语文是一个大"右派"恩师教的，他"文革"前就是高中数学高级教师了，"文革"时候发现出身太差而且习惯性勾引妇女，没在城市挨打，被下放到小学。那时候，《李白诗集》和鲁迅骂人话是优秀汉语的标准品。我恩师说，别总背诵这些诗和骂人话了，很容易变成疯子、傻子和白痴的，也别看经、子、集，除了两三个人的几百句话，其他基本都是缺少独立精神、自由思想，基本都是庸人和死人写的。中国的历史记录牛，没有任何其他一个民族能比，从东周开始，每个月都有相当明确的记录。看过去的东西，着重看事实，不要看过去文人的总结归纳分析判断，自己动脑子做自己的思考。

我于是从《史记》开始，读"二十四史"。

读史的习惯形成前后，对我造成三个长期的影响。

第一个影响是曾经中了封建主义帝王将相的毒，一个恍惚，还是往疯子、傻子和白痴的方向出溜，脑子里涌出壮丽而空洞的句子："立德立功立言"，"男儿何不带吴钩"，"生当作人杰，死亦为鬼雄"，"得志则行天下，不得志则独善其身"，等等。把历史书当成练习题集读，看完情景描述，大殿上大臣禀报，掩住后面，自己在脑子里总结利弊，先做判断，再看历史上真实的决定是什么，后果是什么。一个额外的发现是，好的史笔需要无动于衷，不能在描述情景时就表现出倾向性，暗示答案，仿佛好的习题集不能这样编撰。十几年这种历史习题集的训练之后，我再去读美国的商学院，发现除了一些名词和金融会计知识，其他是如此地小儿科。

第二个影响是爱上古器物。最开始是玉器。主要目的是更好地理解不同的朝代，那时候的中国人怎么想象、怎么审美、怎么操刀，实物在手，容易体会。玉器是中国人灵魂级工艺品，比青铜早，比文字早，从新石器到夏朝到民国，绵延不绝，相当主流。

在中国文化中，没有其他任何器物有类似的特质，青铜器和陶器汉代以后就基本不用了，瓷器是宋代以后才开始，硬木家具要到明朝才兴盛。玉器另外一个好处就是便于携带，脖子上、手上、腰间，过机场安检，警报不响，摸上去和千年前一样温润，一个恍惚，左脚踏进唐初长安的春明门。后来喜欢上实用器：文房、家具、象棋、围棋、麻将。乾嘉盛世，大清国仿佛现在的美国，GDP 占全球的百分之二十以上，吃有机食品，用心用功做平常用的物件。

第三个影响是长久地迷恋文章。写文章的过程中，历史感在最开始是潜意识的。写《万物生长》是"为了忘记的纪念"，写个十来万字，忘记一个人，一段时间。等写《十八岁给我一个姑娘》和《北京，北京》的时候，就已经在写自己的改革开放史了。从1985年到2000年，十五年改革开放，一个少年从十五岁长到三十岁，外部是飞快变化的三环路、北京和中华人民共和国，内部是飞快生长的肉身，中间被锻轧锤炼的是情感、情欲、人生观、世界观。正是这种无意识的历史写作，解除了我帝王将相的毒。历史就像成年人打架，每个人都有每个人的道理，彼此的道理没有大小，胜负成败和道理没有关系。个人和体制相比，永远弱小。鸡蛋和石头相比，鸡蛋永远呆傻。不如归去，换了浅吟低唱。好的文字，从现在直到千百年后，和古玉等古器物一样，冷僻但是绵延不绝，甚至更好携带，脑子里、心上、裆下，过测谎仪，警报都不响，一个恍惚，跨进另一个人的肉身。小就是大，弱定胜强，让强大得不能弱小的人去做国师吧。

三、一个人的"二十四史"

所以在"北京三部曲"之后，我决定有意识地用自己的方式书写历史，一刀切下去，只管自己，不管他人和市场；只管瞬间圆满，不管往高处带人；只管宿命，不贪财名，不怕死。

至于写作的顺序，本来的设想是先挑口最重和我最着迷的题材写三部长篇，构成"怪力乱神"三部曲。第一部，《不二》，着重于"乱和神"，情色和宗教，一个禅宗和尚的得道，背景是初中唐。第二部，《天下卵》，着重于"力"，权力斗争，一个太监的专权，背景是辽金元。第三部，《安阳》，着重于"怪"，医学、巫术和古器物制作，一个贞人的使命，背景是夏商。然后再在剩下的朝代里，挑个感兴趣的人物，挑他十几个让我内心肿胀的瞬间，一朝一朝，按照我一个人的理解，恶狠狠地写下去，比如创立战略管理咨询公司的孔丘，比如小资产阶级色情享乐狂李渔，比如呕心沥血管理国企的李鸿章，比如跨清朝和民国两个世界、站着和坐着一样高大的袁世凯。这样一来，就有"二十四史"加现代史和当代史需要书写，我就有了两辈子也做不完的事情。

《不二》的预付稿酬早就收了，答应在2009年底交稿。利用假期，躲在美国乡下赶稿子，写完了《不二》的中篇梗概。我老妈在院子里种黄瓜，忽然问："我死了，你会想我吗？"声音很小，我还是听到了。我老妈没等我回答，接着问："我翻了你的公文包，除了三个电话和两个电脑之外，里面有眼药水，估计看电脑多了，眼睛累的时候滴的。还有巧克力棒，错过了吃饭，饿急了的时候吃的。还有润唇膏，开会说话多了，嘴唇裂了，抹的。还有呕吐袋，脑子使多了，想吐的时候接着。你会不会很快累死啊？"没等我回答，我老妈接着问："你哥打来电话，说你在写关于和尚的黄书，小心和尚啊，比好看姑娘和胖子更可怕。你这样敞开儿了撒了欢儿地写，发表之后，会不会被和尚闷棍打死啊？"

所以我决定，在写完《不二》之后，停下"怪力乱神"剩下两部的写作，在我老妈仙去之前，先写完《垂杨柳》这个以我老妈为中心人物的当代史。

位于北京广渠门外的垂杨柳是我的小宇宙。清朝这里是养鹿和养马的地方，20世纪末还有两个车站叫鹿圈和马圈。新中国成立之初，这里的定位是重工业区，重炮、吉普、坦克都可以造。北边是铁路和现在的CBD。南边是农村和水塘，有鱼、蜻蜓、蝴蝶。西边是城里，骑车几分钟就到天坛。东边是化工业区，骑车几分钟鼻子里就有氨水味道。我打算以这个地方为中心，从1949年写到2009年，一共六十年，一共六十章。

每章开头都从那年1月1日《人民日报》新年社论摘一段最具时代特征的段落，之后就是我老妈的唠叨，在她的记忆里，那一年的心事、家事和天下事。费了些周折，这六十年的《人民日报》也影印齐了。内地的图书馆，托关系走后门，死活借不出"文革"十年1月1日的《人民日报》。这些，在香港的公立图书馆都轻易补齐了。数码录音笔早就买好了，还买好了4GB的记忆棒、一大盒七号电池和几箱红酒白酒，找一段相对完整的时间，我要录下我老妈对于这六十年的唠叨，然后用最不破坏气韵的方式转化成文字。

我想，理想应该充分大于现实，尽管我一定写不完我一个人的"二十四史"，但是最差最差，我发表了《不二》，写完了《垂杨柳》，在我老妈仙去之前，被和尚打死，成为中国历史上第一个因为宗教被杀掉的写作者。这样的命运，遗憾不大，我可以接受。

一种解法是，宽容些、开放些、多看看、多听听，生命中没有感动就放过去，有感动就想一想。如果身心带宽足够，双重生活、三重生活，都是正路。

卷二

如何成为
一个怪物

如何成为一个怪物

　　我羡慕那些生下来就清楚自己该干什么的人。这些人生下来或者具有单纯的特质，如果身手矫健、心似止水，可以去做荆轲；如果面目姣好、奶大无边，可以去做苏小小。或者带着质朴的目的，比如詹天佑生下来就是为了修一段铁路，比如孙中山生下来就是为了搞一场革命。我从生下来就不知道自己该干点什么。我把自己像五分钱钢镚儿一样扔进江湖上，落下来，不是国徽的一面朝上，也不是麦穗的一面朝上。我这个钢镚儿倒立着，两边不靠。

　　其实很早我就知道我只能干好两件事情。第一是文字，我知道如何把文字摆放停当。很小的时候，我就体会到文字的力量，什么样的文字是绝妙好辞。随便翻到《三曹文集》，"青青子衿，悠悠我心。但为君故，沉吟至今"，就随便想起喜欢过的那个姑娘。她常穿一条蓝布裙子，她从不用香水，但是味道很好，我分不清是她身子的味道还是她裙子的味道，反正是她的味道。第二是逻辑，我知道如何把问题思考清楚。随便翻起《资治通鉴》，是战是和，是用姓王的胖子还是用姓李的瘸子，掩卷思量，洞若观火。继续看下去，按我的建议做的君王，都兵强马壮；没按我的建议做的，都垂泪对宫娥。

我从小就很拧，认定文字是用来言志的，不是用来糊口的，就像不能花间喝道、煮鹤焚琴、吃西施馅儿的人肉包子。逻辑清楚的用处也有限，只能做一个好学生。

我手背后，我脚并齐，我好好学习，我天天向上。我诚心，我正意，我修身，我齐家，我治国，我平天下。我绳锯木断，我水滴石穿，我三年不窥园，我不结交文学女流氓。我非礼不看，我非礼不听，我非礼不说，我怀揣孟子。我忙，我累，我早起，我晚睡。

但是，我还是忘记不了文字之美。

上中学的时候，我四肢寒碜，小脑不发达，不会请那个蓝布裙子跳恶俗下流的青春交谊舞。我在一页草稿纸上送她一首恶俗下流的叫作《印》的情诗，我自己写的：

我把月亮印在天上
天就是我的
我把片鞋印在地上
地就是我的
我亲吻你的额头
你就是我的

上大学的时候，写假金庸假古龙卖钱给女朋友买蓝布裙子穿。我学古龙学得最像，我也崇尚极简主义，少就是多，少就是好。我描写姑娘也爱用"胴体"。我的陆小凤不仅有四条眉毛，而且有三管阳具，更加男人。

上班的时候，我看我周围的豪商巨贾，拿他们比较《资治通鉴》里的王胖子和李瘸子，想象他们的内心深处。假期不去夏威夷看草裙舞，不去西藏假装内心迷茫。明月如霜，好风如水，我摊开纸笔，我静观文字之美。

两面不靠的坏处挺多。比如时间不够，文字上无法达到本可以达到的高度。数量在一定程度上决定质量，至少在很大程度上决定力量。比如欲望不强烈，没有欲望挣到"没有数的钱"，没有欲望位极人臣。就像有史以来最能成事的曾国藩所说："天下事，有所利有所贪者成其半，有所激有所逼者成其半。"我眼里无光，心里无火。我深杯酒满，饮食无虞。我是个不成事的东西。这和聪明不聪明、努力不努力没有关系。

两面不靠的好处也有。比如文字独立，在文字上，我不求名、不求财，按我的理解，做我的千古文章。我不教导书商早晚如何刷牙，书商也不用教导我如何调和众口、烘托卖点。比如心理平衡，我看我周围的豪商巨贾，心中月明星稀，水波不兴。百年之后，没有人会记得他们，但是那时候的少年人会猜测苏小小的面目如何姣好，会按我的指点，爱上身边常穿一条蓝布裙子的姑娘。

倒立着两边不靠，总不是稳态。我依旧不知道自己该干什么。年轻的时候，这种样子叫作有理想。到了我这种年纪，我妈说，这种样子就叫作怪物。

给未婚大龄文艺女青年的六个锦囊

　　这个社会养活了很多社会学家，有些社会学家研究社会的结论和我个人常识严重不符。比如，社会学家的统计说男性比例严重高于女性，这个势头恶化下去，将和贫富分化以及城乡差异一起构成将来社会最大的三个不稳定因素，阴阳不调。环顾周围，我看到的未婚女性远远多于未婚男性。看到的未婚女性多数是好腿好腰好臀好脸蛋好头发好肉身，不上妆，远看近看都好，不喷香水也有兰花香茶花香茉莉花香，弹古筝，围棋初段，练《九成宫醴泉铭》，喜欢齐白石、陈逸飞和岳敏君，喝花草茶，吃净心莲，听窦唯、齐豫、张悬，上豆瓣，上老罗学校而不是新东方，看《天堂电影院》《阿拉伯的劳伦斯》《蓝白红三部曲》，看《与无常共处》《莲花》，以及伊恩·麦克尤恩、张爱玲的书。看到的未婚男性基本很少，很少的这几个也是怎么看怎么和美好生活没有关系，刚升 VP 的全副心思想升 MD，刚升正处的全副心思想升副局，挣了几百万的想挣一个亿，挣了一个亿的想到创业板上市产品卖到美国去，一腔驴血，一脸大包，为了祖国和事业，何以家为？

　　存在基本有合理性，听说中国男性喜欢男上女下，老婆最好比他差，所以 A 男娶 B 女，B 男娶 C 女，C 男娶 D 女，A 女一不留神就成了剩女。听说中国未婚大龄文艺女青年基本落入四种结局：孤寡、后妈、拉拉、出家。

假设未婚大龄文艺女青年希望有更美满的结局，贡献六个锦囊如下，管不管用看造化。

按照重要程度从高到低，第一是小宇宙强大。世界观没有对错，但是有差异。人生观没有好坏，但是有的强大，有的弱小。没有被说服，坚持到最后，世界和人生就是你的。强大的小宇宙逻辑严谨、论据充分，在别人眼里，在风雨里，独自浑蛋着，简单牛着。比如遇上一个江南女生，就是觉得落红珍贵，可以携手、抚摩、拥抱，但是不结婚就是不能乱来，就是把童贞恶狠狠留到三十五岁，水蜜桃一样给了她第一个老公。这个女生的反面是个北京姑娘，六瓶小二锅头之后，解释自己如何腻人："就是天天腻着。"

第二是经济独立。不一定是富婆，但是有个工作能养活自己。有个自己的房子，相对清静，旁边有些林子或者水，可以走走。有足够的钱满足自己的衣食住行，有足够的钱给自己买花戴，买今年春天新上市的长长的裙子穿。

第三是身体健康。不能吃口冰激凌就胃痛，气压一低就头晕，看见月亮就伤心。身体一不好就容易脆弱，就容易渴望一个肩膀靠着慢慢让头不晕，一只男性的手握着自己的手慢慢让胃痛过去。为了这种虚无的渴望，女生常常干出令自己头发上指的蠢事儿。

第四是有个半专业的爱好。哪怕是去伦敦星相学院学过占星，哪怕是醉心公益，哪怕是热爱《植物大战僵尸》。

第五是有三五个小宇宙类似的闺密。类似的小宇宙在一起，一加一远远大于二，共同抵御生命中的邪风妖气。

第六是远离老男人。如果还想出嫁，远离饭局上的老男人。他们四十年前就开始就着北京白牌啤酒看春山春水春花，抱吉他，抱姑娘，抱《朦胧诗选》。他们像《西游记》里的老妖，肺腑里吐出的舍利球常常能熨平皱纹，抚慰心灵。和他们相比，未婚小男生怎么看入眼帘呢？

锦囊之外的超级锦囊是：如果真的不想嫁，就别嫁了。男生是比女生低很多的物种，二货、傻×居多。绝经之后，退休之后，和剩下的闺密和老男人结成社会主义互助组，一起补钙、饮酒、扯淡、旅行、泡澡、混吃等死，不知老之将至。

山寨精神的群众基础

　　"山寨"这个词刚出来的时候，我不能确定山寨精神的群众基础有多大。

　　想到的第一类人是贪图名牌带来的牛 × 但是不愿为之多付钱的人。在改革开放初期，我就是。我高中就拿青田石刻过阿迪达斯、耐克和彪马的标志，印在单色圆领衫上冒充名牌队服。当时北京市踢中学生百队杯足球赛，我们出场总是一水的名牌，阿迪达斯、耐克和彪马三个标志一齐印在左胸口，比起对手的铜牛、三枪、铁梅，牛大了。但是这类人的规模不该太大。改革开放初期，买一双耐克大白袜子的钱足够一个中学生一个月的伙食，几乎是明抢明夺。现在，我们富了，我国可以说不了，买一打耐克袜子也不用皱眉头了。至于那些顶尖奢侈品的仿造品，还是挺容易看出差别的。朋友送了一个 Motorola 的 Aurora，号称正品卖上万，他在深圳只用一千买了俩，几乎没有区别。盒子还没开，我就看出糙来，太糙了，Motorola 全部拼写成 Notorola。Motorola 的 Aurora 号称是用瑞士做高档钟表的工艺打造，这个山寨版，装上电池，拉上窗帘都看不到屏幕上的显示。从小就被科班训练，分开香椿和臭椿、良性肿瘤和癌症、熟坑古玉和老玉新工、鲍鱼和女阴。逼着我承认两者没有区别，先得废掉我二十多年的理科教育和十多年的世事历练。

想到的第二类人是贪图名牌带来的功能但是不愿为之多付钱的人。在改革开放三十年之后，我还是这样的人。在深圳华强北，买山寨版iPhone充电器，二十块钱，正版要二百。正版手机大厂一直说，用非原厂手机配件会炸烂裤裆，我用了二十年，至今没被炸成司马迁。我老爸有一天说，我要告世界卫生组织，总说抽烟得癌，我抽了六十年烟，到现在也没得肺癌，你奶奶十年前戒了烟，去年得肺癌死了。华强北两千块能买到解码的原厂黑莓，干吗花五千块去买带着两年合约的正版？生产工具在屋子里，市场在门口，法治在大洋彼岸，如果原厂不主动山寨，反对暴利也是民主的一种形式，人民就主动山寨。

我没想到的第三类人是我老爸。和他真正住了一阵，我发现，我老爸什么都不贪图，他只贪图便宜。山寨产品和牌子之间，只要山寨便宜一半，我老爸就动心，只要山寨便宜百分之八十，我老爸不管有没有用就买回来。比如山寨版鹿牌暖壶，十五块，暖壶上的鹿看上去像踩了高跷的猪。更烦的是，基本不保温，是壶，但不是暖壶。最怕的是，我老爸倒水的时候，爆炸。比如山寨版鲍鱼罐头，二十九块一大桶。我老爸说，罐头都是鲍鱼新鲜时灌装的，比发了之后的干鲍鱼好吃。可是，无论怎么吃，我还是觉得味道介于放多了味精的豆腐和年糕之间。比如山寨版空运新鲜热带榴梿，价钱比从郊区骡子运来的西瓜还便宜。我老爸说，这个品种叫黄金枕头，如果新鲜，好吃极了。他杀了这个黄金枕头，气味四溢，十分钟之后，邻居敲门说，再不封好，就报警了。黄澄澄的，我老爸吃了满满的一碗，剩下所有的果肉封进冰箱。冰箱在之后的两周，一直有胡同口公共厕所的气息。

我老妈气急了的时候，常说，有时候真的想杀了这个老东西。我总是不理解。现在，在被我老爸多次山寨之后，我渐渐开始体会我老妈的心情了。

弱智后现代之英雄新衣

识字之后，两个词对我的诱惑最大，一个是"英雄"，一个是"美人"。

"美人"自然人见人爱，想起来热血上升：隔壁班上的那个女生昨晚又跟谁睡觉了？可是到底什么样的姑娘是美人？隔壁王叔叔的女儿、同班的小翠，还是书上说的杨玉环？为什么胸饱满一些腰纤细一些就是好看？美人也是人吗？睡觉吗？吃饭吗？每天都洗脸刷牙上厕所吗？美人在想什么？这一街一街的两条腿的男人，为什么她单挑了那个人睡觉呢？

"英雄"自然人人敬仰，想起来心中肿胀：我什么时候才能成为英雄？可是到底什么样的是英雄？收腊肉当学费的孔丘，身残志坚的司马迁，立德、立功、立言三不朽的曾国藩，还是好事做尽的雷锋？要走过多少路，吃过多少苦，干过多少事，挣下多少钱，写过多少字，别人才认为你是英雄？

读史之后，一个时代和一类人物对我的诱惑最大。

那个时代是春秋战国，那类人物是刺客。春秋战国乱得无比丰富，一口火锅，五百来年，炖涮出中国文明绝大部分的重要味道。

《诗经》《易经》《道德经》《论语》《庄子》。武士动刀子，谋士动舌头，骗诸侯或装孙子或臭牛×，活得一样生动激越、真实刻骨。刺客和娼妓是人类最古老的两种职业。与生俱来，有拳头就能当刺客，有大腿就能当娼妓。司马迁把刺客列在吕不韦之后李斯之前，立传留名。他对一个叫豫让的刺客崇敬不已，反复引用他的话："士为知己者死，女为悦己者容。"这类人中，最著名的一个就是那个好读书喝酒击剑的荆轲。他临刺秦王的时候，高唱："风萧萧兮易水寒，壮士一去兮不复还！"如今，北京的沙尘暴飘起，我背出这些诗句，还是涕泪沾襟。所以如果不是赴重要的牌局、酒局，我绝不轻易吟诵。

所以，当听说一个叫张艺谋的导演要拍一部叫《英雄》的电影，讲述刺客刺秦的故事时，我想，有的看了，一定要看。又听说，投资了三千万美元，挑了一水的大明星，梁朝伟在《春光乍泄》中一把抱住张国荣的后腰是如此柔情似水，张曼玉是我从高中就贴在床头的偶像，李连杰能用自己的脚踢爆自己的头。另外，马友友的大提琴、谭盾的音乐、程小东的武打设计，都是一时才俊、不二之选。我想，至于动这么大干戈吗？被阉掉的司马迁在两千年前，只用了不到两千个浅显汉字，就让我在两千年后，看得两眼发直，真魂出壳，知道了什么是立意皎然，不欺其志，名垂后世。又听说，片子拍出来后，媒体上到处报道，还跟奥斯卡扯上边，好像谁要是不看谁就没文化谁就没品位谁就不尊重华语声音，跟送礼都要送"脑白金"似的。盗版一点也见不到，跟各级政府、武警、公安局都有积极参与似的。深圳提前首映，一人一票，入门搜身，查身份证，比到天安门广场毛主席纪念堂看老人家遗容都严格。片头广告早卖出去了，游戏改编权也早卖出去了。

我想，坏了，琢磨着像有骗子在整事儿，纺织机器已经启动，皇帝的新衣正在制作。

北京首映的时候，暗恋梁朝伟和李连杰的小秘书老早就积极安排，公司包场，新东安小厅。为了不影响观看，同志们说好，不带小孩，不买爆米花，手机不调振动，彻底关掉。电影开始四分之一，大家沉默期望，很多好电影都是慢热的。电影进行一半，大家互相张看，不知道到底是谁弱智。等到张曼玉问梁朝伟道："你心里除了天下，还有什么？"大家相视一笑，知道是谁弱智了，于是同声先于梁朝伟说道："还有你。"最后，被射成刺猬的李连杰被抬走了，演出结束了，小厅里灯亮了，我们领导严肃地说："谁撺掇看的？谁安排包场的？扣他这月工资！"

工资事小，反正不扣我的，但是，这帮家伙借着电影的名义用所谓艺术的手段，毁了对我诱惑最大的两个词之一——"英雄"。还毁了我无限神往的那个时代和那群人物——"春秋战国的刺客"。

画面恶俗

按说画面是张艺谋的长项，当年柏林评委说《红高粱》："这么优美的画面预示着一个天才导演的诞生！"《英雄》的画面里，有李连杰这样的精壮男子，有张曼玉这样的曼妙女子，有各种中国符号——围棋、兵器、古琴、秦俑、银杏、汉字，但是怎么看怎么觉得是堆砌。想起中餐的大拼盘，蛋糕雕的城楼、黄瓜摆的大雁。想起北京街头的塑料椰子树，上海的霓虹灯，餐馆里挂的巨幅塑料风景画，花卉市场卖的盆景：一个白胡子老头坐在一座假得不能再假的土山上钓鱼，旁边有个黄白相间的大理石球，一边转圈一边冒白烟。小时候文化底子薄，长大了也是可以补的。多背背"西风残照，汉家陵阙"，多看看范宽的山水、齐白石的花草鸟虫，明白中国式的画面美没那么难。

音乐恶俗

经高人指点，我的确发现，《英雄》里面添加了好多猛料：歌剧，"大王，杀不杀？杀不杀？"京剧，芭蕾舞剧，秦腔，等等。但是，不是鲍鱼、鱼翅、海参、火腿、燕窝放到锅里，一通乱炖就是"佛跳墙"。这里面还有起承转合、节奏火候，阴阳调和、五行匹配。要不然，每个药铺掌柜都能号称华佗了，不管什么病，反正山参、黄芪、鹿茸、狗鞭、肉苁蓉，挑贵的好的有名气的地球人都知道的往里扔，全当阳痿早泄治。

演员无辜

兄弟姐妹们还是挺卖力的，演员是无辜的。全剧没有任何细节让梁朝伟表现他的温柔淳厚。陈道明对着"剑"字、对着刺客朗诵"天下和平"，一定是导演逼的。李连杰死着一张脸，台词没有差池，至少没有在《罗密欧必死》中用英文笑着说"I miss you"的尴尬。张曼玉老了，香港最好的美容院也挡不住岁月无情，一张脸仿佛是涂了蜡但是搁了很久的水果，临战前和梁朝伟以情人关系睡在一起，让人怀疑是母子。看得出章子怡在加倍努力，每次叫喊着抢着刀剑冲上来的时候，都是口歪眼斜，好像中风早期，好像我某个北京前女友得知我红杏出墙。

导演丑陋

常年提茶壶的，一朝苦混出来，成了喝茶的，第一件事是不要浮躁，不要得意忘形。既然成了腕儿了，就有资本心平气和、宠辱不惊，继续按照自己看待世界的方式，恶狠狠看下去，继续按照自己理解的表达方式，恶狠狠拍下去。看王家卫火了，就拍《有话好好说》；伊朗火了，就拍《一个都不能少》；《卧虎藏龙》火了，就拍《英雄》。就这点点耐性，就这点点胸襟。如果真有才气，应该明白如何点化。我在《双旗镇刀客》里看到了司马迁的《刺客列传》和古龙的《七种武器》，我在吴宇森的《变脸》和《碟中谍2》中同样也看到了。如果才尽了，本着对自己名声负责的态度，应该选择沉默。在这点上，我崇敬曹禺和王朔。

剧本

"文章千古事，得失寸心知。"作为对文字虔诚的人，我拒绝评论，我拒绝将其称为文字。

如果绝大多数人认为，这帮人就是中国乃至华语电影乃至华人艺术的最杰出代表，那么在这个弱智的后现代，这帮家伙毁掉的，不仅仅是我心中的"英雄"和"春秋战国的刺客"，他们更毁掉了我的信心。欧美人拿出 Montblanc（万宝龙）、Tiffany（蒂芙尼）、Leica M6（徕卡 M6）、BMW Z8（宝马 Z8），我们还能拿出祖宗的景泰蓝、景德镇、故宫、长城。他们拿出荷马、莎士比亚，我们还能拿出唐诗、宋词、李渔。他们拿出伍迪·艾伦、《低俗小说》《美国往事》，我们能拿出什么？张艺谋吗？《英雄》吗？

谈谈恋爱，得得感冒

　　我自从在协和医大念完八年之后弃医从商，每次见生人，都免不了被盘问："你为什么不做医生了？多可惜啊！"就像我一个以色列同事在北京坐出租车，每次都免不了被盘问："你们和巴勒斯坦为什么老掐啊？"我的以色列同事有她的标准答案，二百字左右，一分钟背完。我也有我的回答，经过多次练习已经非常熟练："我的专业是妇科卵巢癌，由于卵巢深埋于妇女盆腔，卵巢癌发现时，多数已经是三期以上，五年存活率不到百分之五十。我觉得我很没用，无论我做什么，几十个病人还是缓慢而痛苦地死去。我决定弃医从商，如果一个公司业绩总是无法改善，我至少可以建议老板关门另开一个；如果我面对一个卵巢癌病人，我不能建议她这次先死，下辈子重新来过。"多数人唏嘘一番，对这个答案表示满意，迷信科学的少数人较真儿，接着问："你难道对科学的进步这么没有信心，这么虚无？"我的标准答案是："现代医学科学这么多年了，还没治愈感冒。"

　　感冒仿佛爱情，如果上帝是个程序员，感冒和爱情应该被编在一个子程序里。感冒简单些，编程用了一百行；爱情复杂些，用了一万行。

感冒病毒到处存在，就像好姑娘满大街都是。人得感冒，不能怨社会，只能怨自己身体太弱，抵抗力低。人感到爱情，不能恨命薄，只能恨爹妈甩给你的基因太容易傻×。

　　得了感冒，没有任何办法。所有感冒药只能缓解症状和（或）骗你钱财，和对症治疗一点关系也没有。最好的治疗是卧床休息，让你的身体和病毒泡在一起，多喝白开水或者橙汁，七天之后，你如果不死，感冒自己就跑了。感到爱情，没有任何办法。血管里的激素嗷嗷作响，作用的受体又不在器官，跑三千米、洗凉水澡也没用，蹭大树、喝大酒也没用，背《金刚经》《矛盾论》也没用。最好的治疗是和让你感到爱情的姑娘上床，让你的身体和她泡在一起，多谈人生或者理想，七年之后，你如果不傻掉，爱情自己就跑了。曾经让你成为非人类的姑娘，长发剪短，仙气消散，凤凰变回母鸡，玫瑰变回菜花。

　　数年之前，我做完一台卵巢子宫全切除手术，回复呼机上的一个手机号码。是我一个上清华计算机系的高中同学，他在电话里说，他昨晚在外边乱走，着凉了，要感冒。他现在正坐在他家门口的马路牙子上看，让他感到爱情的姑娘派她的哥哥搬走她的衣物和两个人巨大的婚纱照片。在搬家公司的卡车上，在照片里，他和她笑着，摇晃着。这个姑娘和他订婚七天之后就反悔了，给他一封信，说她三天三夜无眠，还是决定舍去今生的安稳去追求虚无的爱情。

在三十岁遥想四十岁退休

有了电子邮件没几年，几乎就开始收不到正经纸信了。20世纪90年代初的大学时代，和相好分布在两座不同的城市，鞭长莫及，周一、三、五，千字长信，周二、四、六，百字短札，周日休息，晚饭饺子就蒜之后，医院澡堂子洗澡之后，重读这一周的柏拉图交流，一笔挨着一画地想象，相好这周里在什么时候用什么姿势以什么心情写下这四千来个钢笔字，感觉心田满溢。现在，这些纸信都装在一个长得像大号骨灰盒的小箱子里了，作为三十好几岁肚腩满溢的我也曾经是情圣的铁证。现在，信箱里塞的都是垃圾纸信，推荐家政的，超市降价促销的，安装非法卫星电视的，问我的房子什么时候要卖的。

在信箱里看到我最新的国航里程报告，瞥见消费总里程，七十六万公里，吓了我一跳。八年前加入这个常旅客计划，之前没坐过飞机，当时看到手册里提及，累计一百万公里就是终身白金卡，想，要什么样的衰人才能飞这么多啊。女的飞到了，一定绝经；男的飞到了，一定阳痿。八年过去，三十多岁，我看着印刷着的"七十六万"，开始畅想四十岁退休。

退休后，五六身西装都送小区保安，二十来条领带和黑袜子捆个墩布，几个 PDA 手机和黑莓跟我外甥换他的 PSP 和 NDS，固定电话也不装，只保留一个小区宽带，MSN 每次都隐身登录。谁要找我，来门口敲门。

退休后，第一，睡觉。睡到阳光掀眼皮，枕头埋头，再睡半天儿。

第二，写书。过去码字和大小便一样，都要抓空当儿，不顾礼法，不理章法，脱了裤子，劈头就说。反复被别人提意见：节奏感太差，文字太挤，大小不分，一样浓稠。现在，有了便意就去蹲着，一边蹲着一边看王安石和古龙，等待，起性，感觉来了，只管自己，不管别人，只管肥沃大地，不管救赎灵魂。

第三，念书。高中的相好，女儿都那么大了，她的手是不能再摸了，高中念的《史记》和《西京杂记》，还可以再看吧。然后还用白白的纸，还用细细的水，还洗手，还拿吹风机把手吹得干燥而温暖。

第四，修门冷僻的学问。比如甲骨文，比如商周玉，比如禅师的性生活史。

第五，开个旧书店。刘白羽《红玛瑙集》的第一版和凯鲁亚克《在路上》的第一版一起卖，叶医生的明式家具图谱和 Jessica Rawson 的玉书一起卖。夏天要凉快，冬天要暖和。最好生个蜂窝煤炉子，炉子里烤红薯，上面烤包子，吃不了的，也卖。

第六，和老流氓们泡在一起。从下午三点到第二天凌晨三点，从2012年到2022年，从90后到00后，姑娘们像超市里的瓜果梨桃，每天都是新的，老流氓们慈祥地笑笑，皱纹泛起涟漪，连上洗手间的想法都没有。

第七，陪父母。老爸老妈忽然就七十多岁了，尽管我闭上眼睛，想起来的还是他们四五十岁时候的样子。我去买支录音笔，能录八小时的那种，放在我老妈面前，和老妈白嘴儿分喝两瓶红酒（自从她得了心脏病、青光眼之后，就不劝她喝白酒了），问她："什么是幸福啊？你相信来生吗？这辈子活着是为了什么啊？"怂恿她："我姐又换相好了，是不是脑子短路了？我哥每天都睡到中午，一天一顿饭是不是都是你从小培养的啊？我爸最近常去街道组织的'棋牌乐'，总说赢钱，总说马上就被誉为垂杨柳西区赌神了，你信吗？"我老妈眼睛会放出淡红色的光芒，嘴角泛起细碎的泡沫，一定能骂满一支录音笔，骂满两个红酒橡木桶，原文照发就是纳博科夫的《说吧，记忆》。文字上曾经崇拜过的王朔、王小波、周树人、周作人，或者已经不是高山，或者很快不是高山，但司马迁还是高山，我老妈还是高山，两个浑圆而巨大的标志，高山仰止。老爸如果没去"棋牌乐"，这时候饭菜该做好了，干炸带鱼的味道闪过厨房门缝，暖暖地弥漫整个屋子。

白日飞升

没做过调查，但是我想，在中国内地，按摩这个伟大的人类独有的活动，是个相对新生的事物。应该是在20世纪80年代末90年代初，从资本主义制度的香港传到改革开放的深圳，再由深圳在20世纪90年代末到21世纪初传到沿海，直到现在全国皆摸。

至少我小时候没有按摩，那时候基本没有这个必要。个人认为，正规按摩的兴旺有两个前提：第一，作为人类社会最大怪物的个人电脑的产生和普及；第二，城市化、市场化之后急剧增加的个人压力。整个动物界和植物界，只有人类在有了电脑之后，才长时间地端着肩膀、弓着腰、扭着脖子坐在一个平板电脑前，两个前爪狂敲。人的心理压力通常也会通过自己肌肉和自己肌肉较劲儿的形式，在暗中慢慢对筋肉造成伤害。按摩历史相对较短的一个佐证就是，出版家张立宪非常真诚地认为，异性按摩就是你交完钱之后去摸异性。这一方面说明他心里饮食男女，从另一方面讲，他的肉身那时候没有被拿捏的饥渴。另一个佐证是我老爸。他不会电脑，操作了一辈子数控机床。我死活拉他去按摩，按摩师手重的时候，我老爸就问"你干吗打我啊"，手法放缓和，我老爸就喊"你不要挠我痒痒肉"。电脑普及之前，城市化、市场化之前，唯一有按摩需要的古人估计是禅师。他们长期在一面墙之前打坐，筋肉钙化严重，所以死后火化，好多舍利子。

我第一次按摩比初夜晚十年。高中三年，十点熄灯之后点蜡烛看英文小说，毁掉了我祖传的好眼睛。一周八十个小时的咨询工作，毁了我祖传的一整条好脊椎，颈椎痛、胸椎痛、腰椎痛、骶椎痛、尾椎痛，脊椎两边全是疙疙瘩瘩的肌肉劳损和肌肉钙化，像是两串铁蚕豆。干了两年之后，任何时候按上去，都是硬痛酸胀。我和不太熟悉的人吃饭，都要提前声明，我肩背不好，吃饭的时候，间或自己摸自己的上述部位，不是有精神疾患的表现，别怕。终于有人忍不住，带我去按摩。那是个美好的夜晚，比初夜美好多了。初夜的时候，仿佛一个人拎着一根打狗棒子，站在一个陌生的花园里，也不知道有没有狗，也不知道狗什么时候来，也不知道狗来了之后要不要打，左右上下前后看看，想想天上的星星、街上的居委会大妈、为中华之崛起而读书，很快人就糊涂了。第一次给我按摩的那个按摩师是个美丽的小伙子，有气力，认穴准，一双大肉手，一个大拇指就比我一个屁股大。我一米八的个头，在他巨大的肉手下，飞快融化，像胶泥，像水晶软糖，像钢水一样流淌，迅速退回一点八厘米长短的胚胎状态，蜷缩着，安静着，耳朵一样娇小玲珑。我出门的时候，每个关节囊都被拉长，脚底下多了一片莲花状五色云彩，身子轻了二十斤。我拽着绿化带的杂树，生怕自己白日飞升。

但是从那以后，按摩效果越来越差，身体需要按摩的力度和频率越来越大，不知道是我的肩背越来越差，还是人对美好事物的适应能力和对苦难的忍受能力一样巨大。我现在在想，是买个按摩椅还是整个小孩子出来，胖乎乎的，七个月能坐，八个月能爬，几十斤的嫩肉在我背上动来动去。

茶与酒

茶是一种生活。

在含阴笼雾的日子里，有一间干净的小屋，小屋里有扇稍大些的窗子，窗子里有不大聒噪的风景，便可以谈茶。

茶要得不多：壁龛里按季节插的花只是一朵，不是一束。只是含苞未吐的一朵，不是瓣舞香烈的一束。只是纯白的一朵，不是色闹彩喧的一束。茶要得不浓：备茶的女人素面青衣，长长的头发用同样青色的布带低低地系了，宽宽地覆了一肩，眉宇间的浅笑淡怨如阴天如雾气，如茶盏里盘旋而上的轻烟，如吹入窗来的带地气的风，如门外欲侵阶入室的苍苔。茶要得不乱：听一个老茶工讲，最好的茶叶要在含阴笼雾的天气里，由未解人事的女孩子光了脚上茶山去采。采的时候不用手，要用口。不能用牙，要用唇去含下茶树上刚吐出的嫩芽。茶要得不烦：茶本含碱，本可以清污去垢，而在这样的小屋里饮这样一杯茶，人会明白什么叫清乐忘忧，会明白有种溶剂可以溶解心情，可以消化生活。

只要茶的神在，也不一定要这么多形式。比如心里有件大些的事，一通电话，便会有三两个平日里也不甚走动的朋友把小屋填满，一杯茶后，我们便是饱食终日、无所用心，所以来谈谈棋的神仙，屋顶上的天空或是屋门外的世间便是我们着子的棋盘。待茶渐无味，天渐泛白，心里的事情便已被分析得透彻，一个近乎完美的计划便已成形。走出屋子，这盘棋一定会下得很精彩。

再比如，心里实在不自在，七个号码接通那个女孩："心里烦，来喝杯茶，聊聊好吗？"如果人是长在时间里的树，如果认识的朋友经过的事是树上的叶子，她和我之间有过的点点滴滴的小事，说过的云飞雪落不经意却记得的话便是茶。这个时候，你我之间不属于尴尬的沉默便是泡茶的水了。话不会很多，声调也不会很高，我可以慢慢地谈我所体会到的一切精致包括对她的相思，而不会被她笑成虚伪。

这茶也可以一个人喝。"寒夜兀坐，幽人首务"，自古以来，一个人喝茶是做个好学生的基本功。一杯泛青的茶，一卷发黄的史书，便可以品出志士的介然守节，奸宄的骄恣奢僭，便可以体会秦风汉骨，魏晋风流。不用如孔丘临川，看着茶杯中水波不兴，你也可以感知时光流转，也可以慨叹："逝者如斯夫！"

酒是另一种生活。阳光亮丽，天气好得让人想唱想跳想和小姑娘打情骂俏想跟老大妈打架骂街。小酒馆不用很堂皇，甚至不用很干净，但是老板娘一定要漂亮，一定要解风情，至少在饱暖之后能让你想起些什么。"垆边人似月，皓腕凝霜雪"，发髻要绾得一丝不乱梳得油光水滑，衣服要穿得不松不紧，至少在合适的角度可以看见些山水。菜的量很足，酒的劲很大，窗外的人很吵，偶尔闪过的花裙倩影可以为之尽一大杯。人很多，店很乱，如果喝多了吐出些什么没人会厌恶，如果用指甲清清牙缝或是很响地打打饱嗝没人会在意。

这样的时候，最好有朋友，可以一起大块吃肉大碗喝酒，憧憬着将来可以一起大块分金分骗来的小姑娘。高渐离是酒保，樊哙是屠夫，刘邦是小官吏，刘备是小业主，朱元璋是野庙里的花和尚，努尔哈赤是林子里的残匪头目。杯中无日月，壶中有乾坤，我们可以煮酒论英雄，说"儿须成名酒须醉"。看着窗外的俗汉，想起自己的老板，想起小报里的名流："唉，时无英雄，方使竖子成名！"看着窗外的丑妇，说起办公室满脸旧社会的女孩，说起黄色边缘上的杂志封面："唉，时无美人，方使竖子得宠！"

这样的时候，也可以和自己的老婆喝。有些女人是天生的政治家，有些女人是天生的酒鬼，只是这两种才能很少有机会在这个男人统治的世界里表现。酒能让女人更美，能让她颊上的桃红更艳。酒能让女人更动人，能让她忘记假装害羞，可以听你讲能让和尚对着观音念不了经的黄故事，而不觉得你如何下流。这样的时候，也不妨一个人干三大杯，唱"对酒当歌，人生几何"，拣几个自己赔得起的杯子摔摔。

茶是一种生活，酒是一种生活。都是生活，即使相差再远，也有相通的地方。酒是火做的水，茶是土做的水。觥筹之后，人散夜阑灯尽羹残，土克火，酒病酒伤可以用杯清茶来治。茶喝多了，君子之间淡如水，可以在酒里体会一下小人之间的温暖以及市井里不精致却扎实亲切的活法。酒要喝陈，只能和你喝一两回的男人是不能以性命相托的酒肉朋友。只能和你睡一两回的女人是婊子。茶要喝新，人不该太清醒，过去的事情就让它过去，不必反复咀嚼。酒高了，可以有难得的放纵，可以上天摘星，下海揽月。茶深了，可以有泪在脸上静静地流，可以享受一种情感叫孤独。

不是冤家不聚头，说不尽的茶与酒。在这似茶般有味无味的日月中，只愿你我间或有酒得进。

红酒招魂

　　学医的时候，教授一边讲人体构造和机理，我一边琢磨这种构造和机理可以由逻辑衍生出来的观点，比如性爱得当其实也能治疗诸如阴道炎、慢性盆腔炎之类的妇科疾病，比如人类的设计寿命或许只有四十年，比如出生决定论和童年决定论。

　　出生决定论是个基因问题，也就是说，和兽性相关的，百分之九十，一个人出生时就已经决定了，比如说乳房大小、阴茎短长、脑子反应速度、是情圣还是清华男生、能记住《短歌行》还是《长恨歌》。天生是刘翔的，什么不练都比你我跑得快。至于刘翔能不能成世界冠军，由出生后那百分之十的因素决定。

　　童年决定论是个定型问题，也就是说，和人性相关的，百分之九十，一个人五岁之前就定型了，比如说人生观、世界观、价值观。我五岁之前只喝茉莉花茶，到现在也分不出龙井和毛尖的好坏，分不出明前茶、谷前茶，总觉着都缺茉莉花的香味。我五岁之前陪我姥姥和我老妈喝散装二锅头，一两一毛六，到现在也分不清白酒的好坏。对于我来说，白酒只有三种：二锅头、像二锅头的、不像二锅头的。只要是五十度以上的白酒，半斤下去，地板都开始柔软，星星都开始闪烁，姑娘都开始好看。

唯一例外的是红酒。

第一次喝红酒是掺着海南咖啡喝的。我老姐和我老哥当时也不大，他们坐在马扎上，拉起窗帘，一起偷听邓丽君的靡靡之音。邓丽君的歌儿在当时还属于资产阶级腐朽没落的东西。我也坐在马扎上，拿床铺当书桌，做作业，背唐诗"美人天上落，龙塞始应春"。我偷听着邓丽君的歌儿，想象她应该是个肉肉的好姑娘。我偷看着我老姐和我老哥，这两个没出息的，他们表情古怪，偶尔互相看一眼，仿佛对方有可能听着听着邓丽君忽然变成男女流氓，仿佛喝了雄黄酒的青蛇、白蛇。邓丽君有一句歌词很淫荡："美酒加咖啡，我只要喝一杯，想起了过去，又喝了第二杯，明知道爱情像流水，管他去爱谁。"我老姐和我老哥听了心痒，找来半瓶烟台产的味美思葡萄酒（之所以能剩下半瓶，是因为我姥姥和我老妈喝了半瓶之后，一致认为，这种酒一定是散装二锅头兑葡萄香精汽水做的），再倒进半杯我老爸剩下的海南咖啡，逼我先喝。这两个缺心眼的，我之后就再也没喝过比那杯液体更难喝更难看的东西了。

我对于红酒的恶劣印象是我最早的书商帮我扭转过来的。这个书商热爱红酒、拉丁舞、妇女。跳拉丁舞，他吃亏在个头儿。有次他喝多了，随便抓了一个腰身妖娆的妇女跳探戈，他的腿甩出去，本来应该悠长绵延地一甩，然后在瞬间收回，但是我只看到了瞬间收回，仿佛林忆莲的眼睛在瞬间闭上。那天，一群人喝光了酒馆以及附近小铺的二锅头，书商跳完舞，脑门上渗出细碎的汗珠儿，从书包里拿出一瓶外国红酒，说：你们这群人渣，这红酒是好酒，太早拿出来，一定被你们浪费了，现在拿出来，慢慢喝。

这红酒真是好东西。如果和二锅头比，二锅头是抽你一巴掌，这红酒是足底按摩。二锅头是北京姑娘，脾气比你大，这红酒是江南女子，一句话不说，注意到你每一个表情，理解你心里每个皱褶。

我老姐在美国湾区的家里，有一只我们共同的狗，德国牧羊犬，它叫 ZhaZha（喳喳、扎扎、插插）。它五岁，比一般五岁小孩聪明，会用抽水马桶，做家务，每天负责打开信箱取报纸。ZhaZha 喜欢跑步，我偶尔去美国，把老姐家当寺庙，码字，躲清静。每次我写累了从电脑前站起来，ZhaZha 就叼着狗链子凑过来，脑袋顶着我出门。它想我带它去百米之外的大湖跑步。

我老妈心脏查出毛病之后，戒了二锅头。她开始唠叨，红酒好啊，血脂高的人，最好喝红酒，一瓶红酒下肚，红酒进了血管，拉着血脂的手走进膀胱，然后尿出来，尿里都带着油星儿。我说：您说的，好像和我医学院里病理生理学教授说的不一样啊。我妈问：你教授怎么说的？我说：从前有个叫赵之谦的文人，一个月内妻女双亡，刻闲章"如今是云散雪消花残月阙"。我身体里有个半兽半仙，只要云散雪消花残月阙的时候，它就醒过来，脑袋从身体里面顶我，让我打开一瓶红酒。一瓶红酒下肚，小兽小仙渐渐柔软，沿着红酒的溪水，漂流出来。我老妈问：你们医学院里病理生理学教授就是这么教你的？

距离

世间存在距离。

距离有许多种：月亮与地球之间，是空间上的距离。也站在河边，也说"逝者如斯夫"，你和孔丘之间，是时间上的距离。白发如新，倾盖如故，熟悉的地方没有风景，身边的姑娘不懂爱情，人与物与我之间，是心理上的距离。

空间上和时间上的距离，可统归为物理上的距离。物理上的距离需要超越。在超越的过程中愉悦心智，在超越的尽头脱凡入圣。

物理学贵在以近知远，以易知知难知，以可知知不可知，超越距离。阿基米德洗澡的时候发现了浮力定律，想出了鉴定金冠真伪的方法，于是欢呼雀跃，裸奔于雅典街头。伽利略在比萨斜塔上扔了两个大小不等的铁球，人和神之间的距离在瞬间消失，他险些被教会做成意大利式烧烤。

而心理上的距离需要保持。在保持的过程中愉悦心智，在生命的尽头脱凡入圣。爱情和感情是不完全一样的。梦归梦，尘归尘，土归土，情人是要梦的，老婆是要守的。黄脸婆永远是黄脸婆，梦中情人淡罗衫子淡罗裙，总在灯火阑珊处。可是走近些，挑灯细看，灯火阑珊处的梦中情人也不过是另一个黄脸婆。

但丁足够聪明，暗恋 Beatrice 四十年，得《神曲》三篇。他从不敢让他的暗恋接受日常生活的洗礼，所以他的暗恋精细而悠长。试想但丁如果和他的暗恋对象结合，一个星期之后，他不会觉得 Beatrice 比一盘新出炉的比萨饼更诱人。

司马相如不是不够聪明，而是卓文君太好，他无法把持。文君解风情，听得出相如撩人的琴心。文君有勇气，千金身家一笑抛之，随相如私奔天涯。文君充满世俗智慧，开个小酒馆恶心娘家人，从而过上小康生活。可到头来，有好妇如文君，相如还是要逃。逃出来，便是生前身后名。

所以不要小看这段距离。它或许只是一堵墙，一个严厉的家长，一个存款的差额，或一个固有的观念。但是在这段距离里可以种植相思，可以收获汉赋唐诗宋词元曲明清小说。

所以要学会知足。春有百花秋有月，夏有凉风冬有雪，每段时光都是最好的时光。环肥燕瘦，胸大的苗壮，胸小的跌宕，每个女人都是最美的美人。

但是，世间又有几个敏而好学的人？

我们为什么喜欢明朝的桌椅板凳

人心易变，潮流一会儿一个方向。前年兴吃红焖羊肉，今年兴吃水煮鱼麻辣蟹，后年不知道又会兴什么。昨天兴看大眉大眼健康热闹的宁静，今天兴看尖鼻尖嘴酷涩狐媚的王菲、周迅，后天不知道满大街满电视里红旗招展的又是谁的脸。

人心不变，多少年过来，还是两个心室、两个心房，一些事情还是流转不散。过去有黄包车和骆驼祥子，现在有夏利和的哥，市井依然。过去有陈圆圆，一轮明月下比较李自成和吴三桂的短长，现在有璩美凤，在摄像头前讨论，淫邪常在。从过去到现在，小孩子都要背诵"鹅、鹅、鹅""床前明月光"，我们都喜欢明朝的桌椅板凳。

为什么明朝的桌椅板凳最牛？因为明朝（特别是明朝后期，特别是在江南）推行了市场经济。仓廪实知礼节，饱富思淫，这个道理亘古不变。有了钱才会感觉空虚，开始琢磨星空和道德律。有了钱才会下体肿胀，开始琢磨美人"临去时秋波那一转"。所以明朝的文人写出《肉蒲团》《金瓶梅》，所以明朝的匠人造出牛 × 的桌椅板凳。研究明式家具的泰斗王世襄讲了类似的两点原因："明及清前期家具之所以能有如此之高的成就，除了继承宋代的优良传统外，主要有两个原因：一是由于城市乡镇的繁荣，商品经济的发展，不仅大大增加了家具的需求，而且改变了社会习尚，兴起了普遍讲求家具陈设的风气；二是海禁开放，大量输入硬木，使工匠有可能制造出精美坚实并超越前代的家具。"

为什么我们到现在还喜欢明朝的桌椅板凳？对于这个问题，王老只是陈述了一个事实，原因讲得不清楚。王老写道："明及清前期家具陈置在我国传统的建筑中最为适宜，自不待言。不过出乎意料的是见到几处非常现代化的欧美住宅，陈置着明式家具，竟也十分协调。不难设想，如将上述的情况倒转过来，把近二三百年来，豪华的西洋家具摆在我国的古建筑中，必然会感到不伦不类，而为什么明式家具和现代生活却能这样合拍呢？思考一下似乎也不难理解，正是由于西方现代生活所追求的简洁明快的格调在本质上和明式家具有相同之处。"

王老提出的"简洁明快"肯定是原因之一。明式家具的简洁应和后现代的极简主义：少就是好，越少就是越好。禅宗讲，一花一世界，一叶一如来。一句也是多，一说就是错。见过一个日本知名商社的董事会室的设计：一庭院，一枯石，一干松，一石屋，一木桌。一束阳光从屋顶打在空荡荡的石屋里的那张小木桌周围，周围再无他物。做得有些极端，但是道理昭然，那么多业务，那么多投资的可能，那么多人事，必须去繁就简，想想清楚。见过周公瑕（文徵明弟子，工行草及兰花）刻在一具紫檀椅子靠背板上的文字："无事此静坐，一日如两日。若活七十年，便是百四十。"字写得一般，有些甜弱，但是意思明确。五色炫目，五欲乱心，说到底，还是静以修身，俭以养德，心不乱，一切就都有了。"简洁明快"不是缺谁都行，做得好的"简洁明快"，功能一点都不能减弱，甚至更强。这需要功夫。残破的维纳斯，缺了胳膊是"简洁明快"，如果缺了乳房和屁股，就该送进废品收购站了。女孩子的小衬衫只露一点肚脐和两指宽的胸脯，也是旖旎无限，也促进观众的激素分泌，需要裁缝更好的手艺。做管理咨询的常提"电梯测验"：假设你在电梯里碰见了你的大老板，考你能不能在同乘电梯的三十秒中，向你的大老板讲清楚最近几个月你都干了什么。过去大臣上朝，向皇帝陈述政见，能用的时间也不过三十秒。在这三十秒中，能简洁明快，说得清楚又不干涩，需要功夫。

我们到现在还喜欢明朝桌椅板凳的第二个原因是"细腻精致"。"简洁明快"不等于偷工减料，明朝的桌椅板凳做得细腻精致。从小就知道我们的文明博大精深，从古数到今，唐诗宋词元曲明具。明朝的桌椅板凳料好活细，大匠制器，好像大师作诗，"两句三年得，一吟双泪流"，好椅子做成，"日三摩挲，何如十五女肤！"。现在逛红桥市场、潘家园市场，时常感觉害臊：东西做得太假了，活太糙了。一个白胡子老头卖旧书，仗着胡子长装行家胡说八道："你看，这旧春宫假不了！你看，扉页印着呢，北宋印制！"心里想，真是今不如昔。过去出来混，当个董小宛，也得琴棋书画粗通，《素女经》《洞玄子》精读，采阳滋阴都明白。

要搬新房子了，我需要添把椅子。生命中花时间最多的地方，一个是床，另一个就是椅子，我决定不吝银子。有两个选择，一个是明式的黄花梨南官帽椅，另一个是 Herman Miller 的 Aeron。Aeron 是个化工材料做的网眼椅，严格按照人体工程学原理，椅子所有关键部位都能调节。由于有网眼，夏天坐再长时间，屁股也不出汗。坐上去，调节好，感觉仿佛你的初恋情人从你后面在轻轻抱着你。想来想去，我买了 Aeron。黄花梨南官帽椅太费事了。卖椅子的行家说，这种椅子要出彩儿，出灵气，一定要时不时让黄花姑娘在上面摩挲。现在新社会了，哪儿找去？

古玉十条

严格定义，中国玉指透闪石和阳起石等软玉。宽泛定义，包括慈禧之后，二老婆坐大，才开始流行的缅甸硬玉，即翡翠，也包括玛瑙、水晶、碧玺、绿松石、青金石等"石之美者"。

严格定义，古玉是汉朝之前雕琢制造的玉器。宽泛定义，古玉是民国之前、蛇皮钻等电动琢玉工具出现之前用手动砣具雕琢制造的玉器。

中国五千年的社会历史，写成了三千卷的"二十四史"。中国这块土地上，有明确出土证据的用玉历史八千年，从新石器时期直到如今。关于古玉，如果全部写出来，需要多本厚书。出于长期做管理咨询的职业习惯，再复杂的事情也要尝试几句话说明白，所以在古玉问题上，总结归纳最重要的十点。提纲挈领，挂一漏万。

第一，古玉贯穿中国文化。体会中国绵延不绝的文化，没有比古玉更好的媒介。

收藏古物的一个目的是理解祖先，进而在时间的维度上理解一个民族，甚至人类。古物在手，时间被极大压缩。手上的这块兽面仿佛昨天才被玉工历时半年雕成，明天会用细细的小牛筋挂在巫师的脖子上。你体会到在古物诞生的时代，人们的审美、判断、好恶、智慧、性格。为什么神兽的眼睛睁得这么大？为什么头可以这样扭？为什么其他地方可以这样省略？

在奥地利的一个叫 Kitzbuhel 的小镇开会，周围除了风景还是风景，除了退了休的白胡子老头就是退了休的白毛老太太，手拉手牵着狗走来走去。入夜，静得听见松针和月芒坠落地面的声音，清得看见不远处阿尔卑斯山顶，岩石一样白色的巨大的天神。倒时差，睡不着，竟然想起北京，竟然想起写诗，其中一段：有风在午夜三点的城市吹起 / 胯下的小兽咆哮颈上的仙人弹琴 / 有字句如鬼火在身体里 / 我想你。收邮件，玉商小崔发来一个商代玉佩，鹰的爪子下面是人头，鹰的脖子上面是条飞龙。

就单一物件而言，最具代表性的，中国是玉，西方是金。中国用玉八千年，历朝不绝，各有特点，高潮迭起，不仅迷惑汉人，而且蛊惑外族。新石器时期的玉器，素面朝天，随形通神。商周玉器，嚣张迷幻。春秋繁复，云蒸龙腾。战汉剽悍，切刀为主，八刀成形。唐宋雍容，花鸟带板。辽金简素，秋山春水。元俗明粗，清朝堆砌。但是如果不论艺术水平，只谈工艺水平，清朝的康雍乾是古玉的最高峰，前无古人，后无来者。那时候的中国比现在的美国还牛，想打谁就打谁，GDP 占全世界的百分之三十。

相比之下，文字只有四千年，唐诗只有一千年，唐以后的诗传统时断时续。宋瓷不到千年，宋之后，神淡气衰。明朝家具五百年，明之后，纤秾俗甜。

第二，古玉象征五德。涵盖范围和各种宣灌的企业文化基本相似。

从上古开始，玉就用于祭祀和装饰。春秋战国，玉被定义，代表儒家五德：仁、义、智、勇、洁。"君子无故，玉不去身"，脖子可以挂，腰上可以佩，仿佛毛主席像章和毛主席语录。手里不时摸得到，感到玉的温润、透明、舒扬、坚硬、干净，心兵不起，妄念渐平，三军不可夺志。

到了现代，对于现代企业，道理类似。刚加入麦肯锡的时候，被教育，要从五方面培养自己的领导能力：同伴、客户、思考、创业、协作。对于同伴，要仁爱，培育、扶持、甘苦共尝。对于客户，要义气，尽心、尽力、荣辱同当。对于问题，思考、分析、慧剑除魔。对于新大陆，明快、决断，勇者无畏。和古玉的五德相比，近似程度百分之八十。

第三，古玉如好女。落花无言、人淡如菊、碧桃满树、风日水滨。萝卜白菜，各花入各眼。

刚开始喜欢玉的时候，喜欢清中期的东西，玉白啊，纹饰雕工好啊，就像十八九岁的江南小姑娘，皮肤白啊，眉眼腰身好啊。

很快转爱战汉，简洁、自信、嚣张、凌厉，天风浪浪、海山苍苍、真力弥满、万象在旁，制玉几乎不用琢功，八刀成形，神气具足，仿佛拎着青龙偃月刀的北京姑娘，说："犯我强汉，骗我姑娘，虽远必诛。"

进而转向商周，巫医不分，灵异通神。当时的人平均寿命三四十年，生命如花和朝露。专业玉工一年做两三件玉器，琢玉之前饮酒，看着商周玉上的飞鸟、游龙、长发飘舞的人头，我闻见烟草的温暖和浑厚。

第四，古玉真假难辨，如同人心。

刚开始学辨别古玉的时候，玉商摊开十件古玉，说：仔细看，哪个是对的，哪个不对？哪个是老改老，哪个是老玉后补工，哪个是新玉新工做旧？

我想起在大学学植物学的时候，白发的先生摊开十种树枝，说：仔细看，分别是什么目、什么科、什么属、什么种？我们抱怨，要给全才好辨认啊，给全根、茎、叶、花、果实、种子吧。先生说，朝鲜战争的时候，美帝国主义用叶子为载体向朝鲜空投细菌武器，也没有带全根茎叶花果实种子，我们还是要能辨认出，这种阔叶只有美国西海岸有，细菌武器一定是美国使用的。

我想起在医学院学病理学的时候，白发的先生摊开十个切片，说：仔细看，哪些是正常组织，哪些是原位病变，哪些是良性瘤变，哪些是恶性肿瘤组织？好好看，病理诊断是最后一关了，良性看成恶性，病人的一条好腿就会被截掉；恶性看成良性，病人就会因为一条坏腿被保留而死掉。

我想起胡兰成在三十六岁满含真情为张爱玲写下：现世安稳，岁月静好。之后，红尘滚滚，胡兰成又找了一个武汉的小护士。之后，兵荒马乱，胡兰成又找了一个浙江的寡妇。张爱玲二十五岁前写完这辈子最重要的文字，一个人在美国活到七十五岁。

第五，街面上百分之九十九的所谓古玉是假的，不要轻信自己的判断。

尽管潘家园地摊上的玉器看着真像玉做的，看着真老，别信。自古以来，造假就是浙江、河南、安徽等地区的高科技。

不要看器形和纹饰多像图谱，六卷本《中国玉器全集》、十五卷本《中国出土玉器全集》都是公开发行的，奸商很可能看得比你仔细。这年代，刀工也不能全信了，重利之下，也开始有人手工磨老玉，填上纹饰多卖钱。

唯一模仿不了的是气韵和包浆。现在的玉工，早上想着股票能不能上五千点，中午饭没有大鼎人参炖老鹰，晚上没有当年的大麻和罂粟，手上出来的玉器，花不活、鱼不飞、辟邪仙兽不咬人。老玉的包浆，是千年来多少双手摩挲、多少道乳沟浸泡、多少层黄土掩埋出来的光华，去年雕的新玉怎么可能有？即使再包装、再练习，张靓颖也无法展现，陈圆圆离开李自成的一瞬间，秋波那一转。

第六，官府发现的古墓，百分之九十九已经被盗掘过。

作为职业，盗墓和卖淫、暗杀一样古老，几乎是历史最悠久的有组织犯罪。

绝对平均的原始共产主义过去之后，统治阶级逃不出人性诱惑，总想把现世的金玉珠宝骏马美女带到来世，就有了厚葬。有了厚葬之后，就有了盗墓这个职业。有确凿记载，周朝的时候，就有人挖商墓。三国的时候，曹操就亲自组织过盗墓别动队。民国的时候，孙殿英盗了清东陵，西后嘴里的夜明珠和手上的满绿冰种老翡翠镯子不知道现在在谁的枕头下面。

虽然从技术上，盗墓不比种土豆复杂很多，但是古墓不是土豆，不能生长繁殖，不可再生。所以四千年下来，特别是20世纪末21世纪初大规模建设之后，古墓一定不像古玩市场一样，到处都是。

总之，如果玉商告诉你，这坑东西上个月才挖出来，闻闻，还有远古的尸骨味儿。别信。

第七，到底是唐朝古玉还是宋朝古玉，像辨别唐诗和宋诗一样简单、一样复杂。

别人问："这块玉是什么时候的？"我回答："西汉的。"最常听到的下一个问题是："你怎么知道是西汉的？上面刻着西汉年造吗？"

如果不想多说话的时候，我的标准回答是反问："你怎么知道'天上白玉京，十二楼五城。仙人抚我顶，结发受长生'是唐诗而不是宋诗？我不仅知道这是唐诗，还知道这是李白的诗，不是杜甫的诗。"

如果想多说话的时候，我会讲，从五个方面看：玉种、器形、纹饰、刀工、沁色。每个朝代有每个朝代的特点。

通常，我都不想多说话。

第八，在能够承受的范围内，买价格最高的古玉，不要买价格最低的。

如果把古玉当投资，基本原理和其他投资类似。买价格合理的好东西，别买价格低廉的次东西。温饱之后，其他行为的准则是好玩和开心。要对自己狠一点，不要贪多、贪全。如果真喜欢玉，酒就只喝二锅头吧，烟就只抽都宝吧，正装就只穿七匹狼吧。

第九，古玉被你拥有了，只是经手，只是暂得。古玉活得比你要长得多，陪完你，再去陪别人。

作为成年人，这点道理要想明白，一切流逝，生命是借给你的，饭是老天赏的，我们所有人的结局都相同，我们都会死很久。即使效法西汉人，死了的时候把玉藏在你身体的各种孔穴中（嘴、鼻孔、眼睛、耳朵、肛门等），还是逃不过盗墓人的洛阳铲。刨出来的时候，百分之百的情况下，你身体的各种孔穴都消失了，那些含玉、眼盖、鼻塞、耳塞还在。详情参考第六条。

第十，个人盗墓违反国家法律。

不用细说了，从哪方面讲都不是我专业。详情参见《中华人民共和国刑法》和《中华人民共和国文物保护法》。

寄生在笔记本上的生活

因为有过悲惨经历，所以从小不喜欢笔。

小学的时候还开毛笔字课，讲课的老师，男的，分头，腰肢细软，睫毛翘长，现在想来一定是"玻璃"，写一手好的瘦金体。电脑打印机还不存在，庞中华的名头和现在的余秋雨、韩寒一样响。我哥说，你瘦得像芦柴棒，这辈子做肌肉猛男比较困难，写一手好字，看书看坏眼睛，出门衬衫上别支上海英雄金笔，戴一副金丝眼镜，很跩，牛×，又比较照顾我的先天条件。所以，我决心练好毛笔字。但是，班上有个男生，我怎么练，他的字都明显比我的好。他学柳公权，我学颜真卿，看他的字，想起名山大川，看我的，发挥想象，想起舒同，不发挥想象，基本就是猪肉包子、大胖丫头之类肥厚的东西。我换过很多次毛笔，什么八羊二狼，七羊三狼，六狼四羊，七狼三羊。听说"狼"其实是兔子毛，狼的成分越多羊越少，笔越硬，字越挺，但是对于我没有用，即使是全狼毫笔，我写出来的字还是像个胖子。得出结论，笔不能让我很牛。初中的时候，开始写小说，处于自恋狂状态，十几万字的长篇，写残了三支永生钢笔，右手中指远端指间关节生出老茧，变了形，永久性下垂不举，伸出去做下流手势，完全没有睥睨自雄的气势。在写残钢笔的过程中，屁股也扁平化了，苔藓化了，站立再久也不能恢复一点点曲线。小说稿定名《欢喜》，在十七岁的时候寄给一家叫《中学生文学》的杂志，一个月后，杂志倒闭了。得出结论，笔让我倒霉，我最好忘记写小说这件事。十七年后，《欢喜》发表在《小说界》上，得了七千元稿费，如果发生在十七年前，我的命运将会彻底改变。十七年后，我发现我得了痔疮，也是那三支永生钢笔害的，久坐血瘀，血瘀生痔，每月定期血溅裤头，影响我喝酒食辣的心情。在这件事上，自然界的规律如期应验，我的命运没有丝毫改变。

因为迷信机器，所以迷恋笔记本电脑。

最早接触笔记本电脑，是在北大，1991年，选了一门课——"计算机工作原理和286芯片"。老师的业余爱好是国际标准舞，他说，笔记本电脑在中国基本不存在，要是在中国有台笔记本电脑，很踮，牛×。之前，在中学接触过电脑，单色绿屏幕，鬼火闪闪，进计算机房要脱鞋，屋子里飘荡一股脚、袜子和鞋的混合味道。人生第一次了解，女生的脚也可能是臭的，美丽女生的脚也可能是臭的。这点，女生和鲜花不一样。我姐已经在美国，不端盘子，也能上学过生活，她答应我，大学期间，供我周游中国。我说，还是送我一台笔记本吧。在北大的选修课上，我和老师反复讨论，如何从美国夹带一台笔记本过海关。我们讨论了清朝银库兵丁夹带库银和毒品贩子夹带海洛因的手法，觉得基本是屁眼运动，不人道，笔记本太大，不适用。另外的参考对象是文物走私，计算机老师说他去过纽约，大都会博物馆，两人高的北魏佛像，有好几十尊，比笔记本大多了，但都是清朝时候运出中国的，那时候的海关，腐败。我姐说，她命壮，五年前她能用我刻的青田石单位公章出国，五年后就能什么招数也不用，把笔记本电脑带回国。那是一台东芝 Satellite 系列，英特尔486芯片，33兆赫兹主频，4兆内存，微软 Windows 3.2操作系统，12英寸黑白液晶屏幕，鼠标像个耳朵似的，要外挂在机身右边。第一次开机的时候，小屋子里一片漆黑，我觉得眼前亮起了一盏水晶宝莲灯。我哥也在，问：能看电影吗？能听音乐吗？还是黑白屏幕，看毛片分不清脸、奶子和屁股。我姐说：有彩色屏幕的，太贵了，这个黑白的都要两千美元，我买了之后，兜里就剩二十块了，想了想，还是买了。

我开始长在笔记本电脑上。笔记本比姑娘好，多数姑娘，需要你帮她承担各种心理杂碎，笔记本帮你承担你的各种心理杂碎。笔记本也变老，在我手上，"N"键和"I"键很快磨成白板，但是笔记本不抱怨。笔记本也帮你解决生理问题，调节激素水平，但是基本不逼你自责自省、脑袋撞墙或者思考人生。笔记本也改朝换代，比女友规律，基本上三年一款。花在笔记本上的时间，比花在女友和父母身上的时间长很多，电脑打开，Word 启动，不朽比窗前的月光更实在，心里无名肿胀，手指微微颤抖，以为能用文字打败时间，以为键盘就是琴键，仿佛夏商周时代的巫师，身体在瞬间被一种更强大的力量占据，手指便像流水般起伏，文字就如小鱼小虾一样在屏幕上跳动。忘记了屋外，蓝田日暖，良玉生烟，陌上杂花盛开，姑娘的手比文字更软嫩幼滑，姑娘的眼睛比文字更明亮光鲜。过几天，点一根烟，重新检点那些文字，基本一无是处，了无生意，比不了事后的姑娘，手还光滑眼还明亮，那些月亮一样的东西，都是幻象，都是少年人进了老天挖的陷阱。痔疮还在，有从内痔发展到外痔的倾向，肩背基本完蛋了。医生说，颈椎危险，需要半年照次片子，观察进展。这些，都不是幻象。

最近买了多普达900，PDA 手机，女生常用的铝皮饭盒大小，勉强能塞进裤兜。德州仪器500兆主频，128兆内存，3.6英寸 TFT 屏幕，全尺寸 QWERTY 键盘，Wi-Fi，蓝牙，红外，GSM，WCDMA，什么都有。听姑娘说，小气的男人才用巨大的手机，开悍马吉普车。我说，个子几年前就不长了，个儿本来就不大，过一阵，文章也写不出了，脑子也会逐渐萎缩的。这款像笔记本电脑的手机，用1GB 的 SD 存储卡，我想，一辈子的文字也占不了它千分之一的空间，比骨灰盒能盛多了。骨灰多了，就撒进龙潭湖里，过去叫龙须沟，靠近天坛，小时候我钓过鱼。文字就散进那些笔记本电脑里，再过几百年，能不能比那时候姑娘的手还光滑眼还明亮，能不能摄人魂魄，就看它们自己的造化了。

网事思量着

我最早碰过的电脑，是单色的苹果Ⅱ。那时那刻，机房里漆黑一片，淡淡的男女生脚臭，隐隐的女生头发香，绿绿的屏幕一闪一闪，人头大小，水晶球一样，感觉上比晶体管收音机复杂多了。我想，和女生类似的复杂，我这辈子都明白不了，只有使使的份儿。

那年是1985年。

那年的网络其实也是无线的。电脑像一个个岛屿，我骑着辆二八破自行车，撑船一样，从东三环南到东三环北，从一台电脑跑到另外一台电脑，5英寸和3英寸软盘就是鸡毛信。两台电脑之间，第一次传递的是我写的一个程序和一首打油诗。运行程序，单击回车，屏幕上显示一个六角形，傻极了。打开诗，只有六行，涉及天文、植物、女生，傻极了。我那时候还能劈叉，横叉、竖叉，完全劈开，双卵着地，比不过篮球和百米，就比劈叉，傻极了。这三件傻事，现在基本都没能力做了。

之后的二十二年中，我被换了若干女友，换了九台电脑：东芝Satellite，同方，索尼 PCG-505，康柏 Armada M300，康柏 Evo N600c，IBM ThinkPad T41，IBM ThinkPad X31，惠普 Compaq NC4010，联想 ThinkPad

T60p。最后这台 T60p，2006年刚到手的时候，据说是当时最快的笔记本。我轻轻抚摩它充满弹性的键盘，在 MSN 上和我初恋吹牛，什么独立显存、硬盘保护之类。她不屑地回答，再过两年就什么都不是了，仿佛二十二年前，她还是最艳丽的班花呢。

现在的网络基本上无线了。网络变得和电、汽油、厕所、空气、茶水一样不可缺少。一年到头，看屏幕的时间比看任何一张人脸的时间都多太多，摸键盘的次数比摸任何一只人手的次数都多太多，挂在网上的时间比睡在任何一个人身边的时间都多太多。晚上，在结束工作之后，在困到不得不睡去之前，我狂敲键盘，仿佛电脑是一架钢琴，我无法无天，我在无声处听见锣鼓喧天。

2007年正月十五，午夜之前，我敲下《北京，北京》的最后一句："我最后听见的是麦子店西街上救护车的鸣叫声，我放心地失去了全部意识。"在那一瞬间，我想做的不是同时按下 Ctrl ＋ S，而是打开窗户，北风吹进来，把这台 T60p 随手扔出窗外，在任何人类看到《北京，北京》之前，在它播散进网络深处之前，摔碎硬盘，摔碎 Intel PRO/Wireless 3945ABG 无线网络适配器。我很傻地想："广陵散从此绝矣。"

十年一觉

微软杀进游戏市场的早期，有个广告，我印象深刻。一个男孩儿炮弹似的被老娘生出来，抛物线上升，下降，一分钟后掉进坟墓，这一路上他变换装束，这一路上他的下边由小到大再到无。最后一句总结：人生苦短，耍吧。（Life is short. Play more.）

人类从繁盛至今，经历了六个时代：石器时代—玉器时代—铜器时代—铁器时代—火器时代—电脑时代。我们这拨儿人见证了电脑时代的到来，眼瞅着这个怪胎如何一寸寸长成怪物。像我外甥这样被电脑化仪器接生出来的一代，平均一周和人类说七八句话，一天在电脑前七八个小时，最崇拜Pokemon（宝可梦）。估计到他下一代，小男孩儿出生的时候，做包皮环切，顺带在两球之间安装无线网卡，802.11z，1Gbps，全球漫游，人和人之间不用再说一句话。

我第一次碰电脑，需要排队。队比瞻仰毛主席纪念堂的还长，轮到了，一个人碰十分钟。需要脱鞋，男生脱，女生也脱，班花也脱。4月，倒春寒，班花没穿袜子，露出鲜红的指甲，比她嘴唇还红。

我第一个迷恋的游戏叫《沙丘》，即时战略。才7MB大小，三方势力，共27关，断断续续，三周通关。那时候，我正在人生的拧巴期，正谈大恋爱，总恨祖国形势一片大好，北京凄风苦雨的时候太少。我爱杜牧，她爱杜丘。我爱孔丘，她爱篮球。我爱司马迁，她爱唐国强。为了加强共同基础，我带她到我家，给她看电脑里的《沙丘》。她挽着袖子，说：暑假要结束了，这个好玩，给我留着，将来一起打。

后来，和她就没了后来。后来，我一直等《沙丘》出续集。后来，听说做《沙丘》的团队去了西木（Westwood），1995年，出了《命令与征服》（*Command & Conquer*）。在北京买到盗版光盘之后，黑夜和白天没了界限，宿舍里一台老奔腾电脑，我们歇人不歇机器，一周通关。一个月回味，根据游戏设计漏洞创造各种流氓玩法，比如把炮台建到敌人家门口。一年在宿舍里联网打，用一根伪 Modem 线连接两个破电脑，真人一对一，军旗被夺的下去，换别人。

后来，那个总能把我的军旗夺走的人，娶走了我们的班花。后来，听说西木被艺电公司（Electronic Arts）买了，又出了《命令与征服2》。后来，在受虐心理支配下，我开始干上每周七八十个小时的工作，我的右肩彻底完蛋了，用一个小时鼠标，就会剧痛，什么时候转动，什么时候嘎吱嘎吱响。我玩不动了。

后来，十年之后，我外甥第一次去机场接我，第一次主动开口和我说话，而且一连说了三句："小舅，你好。小舅，明天我十岁生日。小舅，你给我买个 Wii 吧。"在 Best Buy 买 Wii 的时候，我转头看到，游戏架子上摆着《命令与征服，第一个十年》（*C & C, The First Decade*），双 DVD，一共十二个游戏，全部安装一共10GB。

我买了两套，绝对正版，一套留给自己，和古龙全集一起，等自己退休，混吃等死的时候用。那个总能把我的军旗夺走的人，已经和班花不在一起了，另一套送他。我还记得1995年《命令与征服》盗版光盘上的说法：两张 CD，一张给你自己，一张给你最爱的敌人（One for you, one for your favorite enemy）。

春宫遥遥

　　脑神经里，嗅神经排第一，最古老，在上帝玩弄生物的进化史上，很早就被他整出来了。嗅神经直通大脑负责性欲的区域，包含众多无法理喻的信息处理模式。两个人，如果人生观和世界观不同，还可以商量，求同存异，一起重读初中物理和《金刚经》，但是如果彼此忍受不了对方的味道，今生就注定没有缘分。

　　人类发明的事物中，语言最诡异，比火、车轮、指南针都重要。两三个字的组合，在特定时间特定地点，轻易地让你上天入地，比如胴体，比如春宫。

　　春宫总给我无限想象。春，惊蛰，初雨，榆叶梅开放，杨花柳絮满天，棉袄穿不住了，心里的小虫子在任督二脉蠕走。宫，飞檐，隐情，仙人骑鹤，紫禁城角楼，天上白玉京，十二楼五城，一千零一夜，司马迁胯下没有了。

　　但是我的想象构不成图画，我成长在一个没有图画的年代。

　　初中前，我唯一和情色有关的图像记忆来自厕所。我们小学有个手脚笨拙的精瘦女生掉进厕所，连惊带臭，发高烧，转肺炎，差点儿死掉。厕所改建，有了马桶，双手获得了更大的自由，每个马桶有了隔断视线的门，创作有了更多的私密。我在马桶门背后，看过至少三种版本我男根的未来和至少五种版本剽悍女校长的胯下仰视图。我曾坚信，每个成年男子胯下都骑着一头中型恐龙，每个剽悍女性胯下都藏着一个渣滓洞。

上了初中，开始有可口可乐喝，古籍出版社开始影印封建社会的坏书，比如冯梦龙的"三言"，凌濛初的"二拍"，包括《挂枝儿》在内的明清黄色打油诗总汇《明清民歌时调集》。影印的全本"三言二拍"很贵，一套《警世通言》二十多块。那时候，我在食堂一个月中饭任食，八块，我老妈涨了工资之后，一个月八十多块。而且，书被新华书店的店员看管得很严，放在他们扎堆聊天的书架最上层，塑料纸包裹着，不买不让打开翻看。我和我老妈说，鲁迅在日本的时候，就是因为读了全本的"三言"，才有了冲动，编辑了《古小说钩沉》，走出了他成为文豪的坚实的第一步，毛主席都佩服他的成就，我也想走出我坚实的第一步。我老妈说，不吃肉是提升道德的第一步。我们吃了三个月白菜馅儿的素饺子，我老妈分三个月，帮我买齐了"三言"。我每看一套，都觉得上了当，不如吃肉。每套书中，几十回的插图都集中在书的最开始，黑白两色，人画得很小，体位、表情和器官完全看不到，房屋、院落和摆设反倒画得很大，是研究明代家具和建筑的好材料。

宽带入户之后，毛片仰俯皆是。但是，完全不符合"春宫"两个字给我的那种种想象：白玉一样的美人下颌微微仰起，双目紧闭成两条弯弯的曲线，漆黑的长长的鬓角渗出细小的汗珠，些许散乱的发丝被汗珠沾在潮红的两腮。

我不得不认命。如同我十五岁前没听见过钢琴声，我一辈子不能为古典音乐狂热；我二十岁前考试没得过不及格，我一辈子不能创立自己的 Google；我的幼功不够，我的春宫遥遥，不可及。

执着如怨鬼

我在幼儿园里吃打蛔虫的宝塔糖。甜啊，比砂糖还甜啊。当天大便时，看见蛔虫的尸体随粪陨落。白啊，估计它们很少见阳光，还晃悠，不知道是风动还是虫动。

幼儿园阿姨要求我们把拉出来的数目汇报给她，她在一张草纸上做两三位数加减，汇总后写在给院长的工作总结里："祖国伟大，毛主席万岁，我们努力工作，帮助班上祖国的三十个花朵摆脱了一百二十五条阶级蛔虫，花朵们被阶级蛔虫毒害的日子一去不复返了！"第一个论点，我完全同意。一百二十五条阶级蛔虫是我们三十个小朋友弯着脖子，撅着屁股，一眼一眼瞅见的，一条一条数出来的。第二个论点，没有逻辑根据，我怎么知道肚子里的阶级蛔虫都被杀死了？后来事实证明，我的怀疑有道理，阶级蛔虫很顽强，还在。它们在我小学三年级的时候钻进胆道，让我差点儿没痛死，也让我第一次打了吗啡。吗啡好东西啊，肥厚如我老妈，忽悠如宗教。

从那次胆道蛔虫之后，每天晚上，我就总想，肚子里还有几条蛔虫啊？它们现在正干什么呢？它们所有的近亲都结婚了吗？一共繁衍几代了？天天群奸群宿吧？

冷静一想，这是我强迫症的第一个表现。

冷静一看，周围其他人强迫症的表现还有好多。比如，厌恶划痕。给新 iPod 和新手机穿上半透明硅胶套子，给新数码相机的液晶屏蒙上保护膜，给新书包上书皮。卖 iPod 挣的钱或许还没有卖套子之类的外设挣得多，液晶屏保护膜一定比数码相机的利润率高。比如，反复关门。商学院有个同学，人生圆满的标准就是有辆路虎车。人生圆满之后，每次离开那辆路虎车，他总觉得没关车门，扭头再回停车场，一次离别，平均回顾二点五次。我一直劝他搞个无线开关装置，学校停车场和教学楼直线距离一百米，红外、蓝牙都不行，Wi-Fi 应该是个好选择。再比如，咀嚼自己。有吃嘴唇死皮的，更常见的是吃手指。有个级别高我很多的鬼佬领导，两只手，十个手指，没一个手指的指甲剩下一半以上的，间或还有一两个缠着创可贴。有次一起吃饭前，他接了两个漫长的电话之后，一通狂啃，血从一个手指残端涌出来，我随手把餐桌上的食盐和胡椒小罐儿递过去，看他是否撒到手指上接着咀嚼。从那之后，他恨我入骨。

佛说，戒执、戒着，强迫也是症。我自我治疗的方式有四个。第一，改变人生观。六尘皆幻，六根皆误，一切都会逝去，一切都是烟云，拿起，放下，了无不了，那么在乎干吗？第二，崇尚科学。放到高倍放大镜下，刚出厂全新的 iPod 和理光 GRD 表面就已经满布划痕了，肉眼看不到而已，保护这种表面作甚？第三，逃避。不买、不用新货。家具买旧的，老花梨、老鸡翅木买不起，买老榆木。老物件上面，划痕就不叫划痕了，叫包浆。房子买二手，买回来涂涂抹抹，就比接手时候强。新衣服先洗几遍，新手机先让老爸用半年，不和处女童男说话。第四，选择。如果强迫症实在治不好，就选些实在不能割舍的。只对文章执着如怨鬼，其他随他大小便吧。

肉体需要思想，思想需要歌唱

　　无数酒局中的一个，无数陌生人中的一个，留下联系办法，有手机号码、MSN 号码、个人博客链接。我想，中国移动股票的市盈率不过十五就该买些了。微软太可怕了，再过十年比任何一个传统电信运营商都会强大的。全民皆博啊，身体不让只穿内衣上街，但是精神可以啊。那个陌生人好像是做 IT 的，继续问我：你猜中国现在有多少人有博客？我用了五秒告诉他：两千万。他说：报纸上说一千六百万，还是去年底的数，现在一定在两千万左右了，你是怎么猜的？我微微一笑，什么都没说。

　　这个不能告诉他，把脑子当水晶球拍，还不管用就把屁股当数据库拍，是我们做管理咨询这个行当必需的基本功和看家本事之一：中国网民一个亿，IDG 的报告里有这个数。人群中有百分之十的人有露阴癖倾向，网民中这个比例应该加倍，我原来学医的，上过心理学和精神病学，这个比例我知道。一个亿的百分之二十，就是两千万。

　　我不太懂的是，为什么自我感觉好的露阴癖比二十年以前多了那么多，比糖尿病、高血压、心脏病的增幅还大，增速还猛？我老姐多年前有个日记本，硬壳封面、粉色、有玫瑰花和八音盒图案，纸也是粉色的，有玫瑰花和其他各种花，有各种诗句（例如"我的日子里／在抒情的寂寞中／寻找一段摇滚的呐喊／我的爱情躲在摇滚的方式里／渴望拥有长久的古典"）。我老姐在扉页上写了一首诗：看花要等春天来，看本要等主人在，要是主人我不在，请你千万别打开。我每回都自己打开，每回都没被发现。我老姐练铁饼的，大行不顾细谨。我老妈看了一次就被我老姐发现了。我老妈过目不忘，偷看日记那天，当着我老姐面，晚饭桌上背了半小时。我老妈唠叨：有什么的啊，不就是第一次出血，觉得自己要死了，到现在不是还没死吗？不就是第一次亲嘴，觉得要生孩子了，到现在不是还没生吗？这也值得一写？浪费！隔着饭桌，我老姐捏着一个空盘子，看着我老妈，许久，仿佛捏着一个铁饼，盯着要投掷的目标。

前两个月，我老姐从旧金山打来电话，说她在 GoDaddy 申请了个互联网域名，说找了个免费服务器，说做了个人主页贴照片贴小电影贴要卖的房子还有博客功能，说隔三岔五把情感垃圾心情鼻涕倾泻到博客，说还有人追着看还有人留言还有人要求线下见面，说太好玩了，要是早有这个早不吃抗抑郁药了早消灭好些精神病人了。我问：老妈看了吗？我老姐答：老妈听说全人类都能看见就一点兴趣也没了，说要买个红外夜视型望远镜，看隔三十多米远右手边那个偶尔不拉窗帘的房子里，两个三四十岁的长胡须的男人之间到底能做些什么。

都算上，我有三个博客。

一个是我个人主页自带的博客，大师级朋友设计，简单好用。Fengtang.com 早就被我注册了，怕被别人注册，然后在我自己院子里拉屎放屁或者闭月羞花。后来发现，这个判断傻。第一，别臭美了，你招不来那么多变态的人；第二，如果真招来了变态，注册了 Fengtang.com 也没用，他可以注册 Fengtangshabi.com、Fengtangsucks.com 等。这上面的博客我基本空着。在上面写，还是让我产生写其他正经文章的紧张，我更喜欢用小软皮本子记札记。

另一个博客是被新浪相熟编辑抓的壮丁。基本上是帮我把主页上原有的短文搬上去凑数，自己基本没时间打理。后来编辑说，好好打理一下吧，写点新的，随便扯扯龟毛鼻毛，就有上千万的闲人点进来看你如何扯的。如果她说的属实，我想，一、各种企业应该禁止员工上班时间浏览新浪，一个员工白天七个小时有效工作时间，两个小时消耗在新浪上了。二、当初新浪股票一美元一股的时候，我苦劝一个要买宝马 X5 带着海子诗集找他重庆籍女神谈人生的清华结巴男生，别买了，X5 什么时候买不行？买新浪吧，中国总要一两个门户网站吧。（可是，我自己当时为什么没买呢？）三、新浪和 MSN 早晚会推出博客贵宾服务，像经营卡拉 OK 的钱柜一样，出租网页位置，按时间和点击率收钱。

第三个博客是被和菜头拉到牛博开的，是唯一一个我更新的博客。牛博的管家是罗永浩。百度"傻×"，第一条跳出来的就是他。这是真正意义上的天下第一，如果默想这个定义下的种群总数，如果罗永浩没付钱给百度买断这个第一的位置，那就是奇迹。书商早就在催我《万物生长》三部曲最后一部《北京，北京》的书稿了，不带薪水的两个月假期也请好了，我老爸也自愿从旧金山回来给我做饭，我初恋也考虑是否二婚了（又是别人），没有任何理由不完成。为支持天下第一，为断绝后路，我开始在牛博连载《北京，北京》，保证一周贴一章。徐星和和菜头都告诫说，不要这么贴，容易习惯性看别人评论，自己都不知道如何小便和如何下笔了。

我说，别说别人，我自己都管不了这支笔，它有它的生命和人生观，无法无天，自行自止。

《不二》笔花四照

从2007年初到2011年初，时间的缝隙中，写了《不二》这九万字的小长篇。这是一件非常不靠谱的事儿：用挤出来的休息养命时间写了一部不一定出版的小说。算是送给自己四十岁的生日礼物吧，祝自己继续困惑，继续不知死之将至。

不能出版，贴上附录四个，不要脸地号称"笔花四照"。

附录1 第零章：伪经

2007年3月8日，我坐在兰州机场的候机厅，窗外大雪，我在窗子里面等待飞往敦煌的飞机除霜完毕。

客户是个石油公司，每年在固定资产上花上千亿的钱。总部总想把花钱的权力收上去，地区公司总说：我 × 你妈。本来这次去地区公司访谈的应该是我的一个女同事，但是她前天小产，身心愁苦，不明白她肚子里的肉为什么被判了死刑，问天问地，无法释怀，于是让我来顶替。

第一站是兰州，从机场坐出租车出来，道边的树木都长得比别处尖酸刻薄，溜着肩膀，缩着下巴，不像好人。中饭就开始喝酒、吃面、抽

如何成为一个怪物　**129**

兰州牌香烟，香烟壳上有紫蓝色的飞天。负责招待的副总说：晚上我带你去城里逛逛，兰州晚上像香港，我们都像外来分子，骂总部这帮小畜生一千遍。最后一句是他肚子里的声音，我没怎么仔细听都听见了。

第二站是敦煌，青海公司的后方总部。据说，青海公司有三个总部，两个在沙漠的盆地里，一个在敦煌，三个总部呈三角形，相隔六百公里戈壁盐碱地。彼此往来的方式两种：直升机和丰田大霸王。直升机飞得快，死得也快；大霸王结实，坐大霸王的人，屁股也得长得结实，尾椎骨尖都被颠平了。

坐在兰州机场很久，买了两次方便面，都泡热水吃了。广播里先是说，因为飞机延误所以飞机延误；然后说，因为天气所以飞机延误；再然后，我看见两个人没有任何保护爬上飞机尾翼，用个铁铲子刮尾翼上的冰块，冻得跟孙子似的。

冰块看不到了之后，我被通知上飞机，我找了个前排的座位，一屁股坐在一个大胖子旁边，大胖子眼窝深陷，一看就非我族类。飞机起飞之前，一个双奶无边的空嫂对我身边的大胖子说：飞机太小了，需要平衡，你到最后一排左面就座。大胖子脸一红，指着我，用不清晰的汉语说：为什么不让这个人挪动？空嫂说：他瘦得跟杆儿似的，于事无补。大胖子脸再一红，说：你自己为什么不坐到后面去？你没瘦得跟杆儿似的。空嫂脸一红，说：信不信我叫乘警扔你出去？

从敦煌机场下来，海蓝的天，屎黄的地，树更小，但是毫不猥琐，叶子稀疏，精神健硕，紧缩成一束，仿佛一个个七天七夜水米未进的托钵僧。酒店前厅巨大，柱子上飞金龙，池子里飞金鱼，我和前台的服务员交谈，感觉我们的个子都很渺小，因为回音，提高了嗓音还是听不真切。

入住之后，有个瘦小的男人掐灭烟卷，尾随我进入电梯，瘦小但是毫不猥琐。他从怀里掏出一卷纸，说：这是我上周在鸣沙山后山捡到的。后山捡到的，都是唐朝或者唐朝以前的东西，同时还找到些虎骨和虎牙，你看看，值多少钱，你想不想买。我粗通古玉，对旧版书毫无了解，但是知道，这种事儿，一百件中有一百件假的，如果是真的，那是古董商犯蒙，给你拿错了。

我没敢上手，怕是碰瓷儿，悄悄瞥了一眼，纸是真黄、真薄，看着真老，仿佛一吹就破，封面枯笔写着"不二甲乙经"，枯墨画着一个和尚，脸如满月，身躯妙曼，腰弯如钩，脊椎如簧，自己在让自己快活，笔意近明末石涛，近我在北京大学图书馆厕所看到的壁画。我说我出十五块吧。瘦小男人说：再加五块，给你了。我说，好。

我洗了手，看了一宿。当晚大雪，如菩提树叶，如手掌，如渡船。月亮细窄，但是贼亮，灭了酒店房间的灯，合上全部窗帘，还是遮不住，直接刺进胸腔。卷子的文笔一般，文白掺杂，显然经过多人多次酒后药后女人后的高骇阅读和肆意篡改，笔迹和文风都有明显差异，至少有三个以上的男人，或猥亵，或愁苦，对最终版本做出过实质性的贡献。禅宗和尚中，文盲和禅油子从来丰富，见佛杀佛，见祖呵祖，连教宗最根本的《坛经》都改得面目全非。我无法完全辨别这卷《不二甲乙经》的真伪和添改先后，但是翻阅后莫名其妙地失眠，然后反复做梦，梦见非我族类的胖子把那玩意儿埋进属我族类的空嫂的双奶，然后在凌晨坐起来，打开电脑，作为另一个猥亵而愁苦的男人，一边录入，一边再次肆意篡改这个真伪难辨的敦煌卷子。

附录2 第一千零一章：玄黄

佛终于露出一个巨大的微笑，这个微笑再也没有在他脸上消失。

关于这个微笑，前世有很多预言，后世有很多传说。其中一个预言是，千亿年之后，有佛露出微笑，其大小超过荷花，不可估量，其色碧如菩提树叶，从不同角度看过去，有不同的深浅。预言又说，当这个微笑出现的时候，这个佛就得到了可以传授的道，他就成了时间和空间里唯一一个可以救众生的佛。和这个佛相关的一切都可以被无限细分，每个细分都完整无损，包含全部佛法，众生和任何一个细分接触，都有了悟佛法的可能，了悟之后，脱离生死，永无烦恼。佛露出这个微笑之后，就一动不动了，这个一动不动的位置偏僻，十天之内，只有五千人设法穿越山水而来，具礼膜拜，心生感动。比这五千人多十倍、百倍、千倍的人听说了这个事儿，开始变卖家产，放下手头的工作，离开家人，向佛赶来。在沿途山谷的入口，渐渐出现了小型集市，一些桥梁开始在宽一些的河面上铺设，一些木筏和皮筏出现在久无人迹的圣河里，筏子上的人相互搂抱，彼此不太说话，眼神简单而复杂，仿佛要去的那个地点是一切的终结又是一切的开始。礼佛而来的众生沿途取食，也和当地人交流一些他们沿途耳闻目见的事情。众生经过之后，沿途几个小国相继发生了内乱，几个口碑很差的国王被打死了，几个口碑很好的国王也被打死了，无论口碑差还是好的国王，面对暴徒的时候，都高喊："你们要干什么？"暴徒们没人能回答这个问题，于是更加暴怒，把国王往死里打。国王成为尸体之后，衣服被抢走，肚皮白软，远远看，难分男女。

距离此佛最近的舍卫国很快向国民阐述了这事儿官方的真相：没有什么佛，也没有佛法，更没有佛得无上佛法这回事儿。这个所谓的佛是一个遥远小国的逃犯，很久以前，他在那里策动暴乱失败，躲进山林研究火、罂粟、经血、酒等物质，发现了能使众生六觉紊乱的巫术。舍卫国国王的武士们来到佛面前的时候，佛已经一百八十天没吃没喝，没有改变笑容。武士们的乱刀砍到佛身上，血流出的速度很慢，颜色如珊瑚，脸被砍成肉糜，微笑还没消失，武士们看过去还是绿色的，大过莲花。佛成为尸体之后，平时遮体的茑萝藤蔓还在，远远看不到肚皮。武士们放了一把火，火势很大，多数痕迹在火中消失。等火基本熄灭之后，武士们齐齐回来，他们也听过预言，在灰烬中拾起不同大小的残留的骨头，向四面散去。

五百年之后，这些武士的后人偶尔相遇，背诵佛死前没有记录和整理的佛法，彼此一字不差，但是他们对于佛骨舍利的大小、形状、颜色、光泽、重量、气味等的描述完全不同。有的说，佛指大小如人指大小，黄润如玉。有的说，佛指大小如人的手掌，空隙中嵌满珍珠。不认同的质疑，佛又不是剑齿虎，牙齿怎么能如手掌大小。亲见的人反驳，佛的身体像山一样巨大，牙齿怎么不能如手掌大小？何况，你见过绿色的大过荷花的一百天不消失的微笑吗？

佛被火无限细分的三百六十五天之后，一个头发黑亮的女人出现在舍卫国的都城，逢人便说她知道的真相。

十年前，佛被圣河河水冲带到舍卫国都城旁边这个山丘，这个女人看着他醒来，觉得他非常像自己早夭的第一个孩子，给了他一个盛了水的陶罐。佛谢了女人，用逐渐恢复的力气挥手让女人离开，他说，女人的头发好看，他的责任没完，他要通过他的肉体找到一个他丢失了很久的东西，这个东西对于众生的意义超越他的肉身。

三百六十五天之前，这个女人再次在这个山丘见到佛，佛已经变成了山丘的一部分，女人感到巨大的心痛，拨开和佛颜色一样的一些石头和土块，露出佛的全身。佛说，他好久没喝水了。女人喂陶罐里的酸奶给佛喝，佛喝到最后一滴。有了些气力的佛伸手抓了女人的头发，和女人一起睡了，佛醒来的时候，梦里的一切都在，胃里的酸奶、身边的女人，还有抓着的女人的头发。他沿着抓着的头发看着头发末端没随梦消失的女人，女人点点头，他们眼前的一切和他们两个在梦里看到的完全一样。

佛和眼前的人一样，眼前的人都和胚胎一样，胚胎都和佛一样，佛的每个部分和眼前的景色都与宇宙开始的时候一样。

宇宙开始的时候，是黄的，一种无限遥远而透明的黄色，一万年换算成长度就是股沟到下身的距离。一时，一处，佛露出一个巨大的微笑，这个微笑再也没有消失。

附录3 代序：三点说明

第一，小说纯虚构。时间、地点、人物、器物、起因、经过、结果如有雷同，纯属巧合。

第二，写作纯真实。在一时一刻一处，一切如梦如幻如泡如影如露如电如你如我。手指敲击键盘，想起记忆中闪烁的事儿，雪片儿大过眼神儿，文字和山鬼就落满了窗外的南山。这个真实大过键盘和手指，大过你我，它不容置疑。

第三，内有异兽，摄人魂魄，量小就别看了。不负责通过满足一般审美习惯让人身心愉悦，不负责歌颂现有正见维系道德基础，不负责遵从主流把人往高处带。杀父杀母，佛祖前忏悔。杀佛杀祖，什么地方忏悔?

附录4 代跋：我为什么写黄书

有某个女性读者朋友问："我不奇怪你会写黄书，但是你为什么要写？只是为了发泄吗？为什么啊？啊？"

有某个女作家一针见血地指出："你的核心读者群是三十五岁到五十五岁的中年妇女，她们正在相夫教子，和绝经、绝望搏斗，渴望爱情。她们需要的是浪漫爱情和到深情拥抱为止的性幻想，不是书。你这样转型，是自掘坟墓。"

实际情况是，从二十多年前我倒腾汉字开始，我写作从来不是为了功名利禄、经世济民、传道解惑、净化心灵，从来都是为了发泄，从来都是被使命驱动、神鬼附体、龙蛇入笔，从来都是为了一些细碎的、肿胀的、一闪一闪无足轻重的原因。瞬息间我也羡慕过靠写作一年挣成岭成山的银子，名气大到需要戴墨镜上街，签名售书时千万双手在面前挥舞，被扔臭鸡蛋、可口可乐或花朵，但是那些只是瞬息间。更多的时候，我告诫自己，最不能忘记的是写作带给我的单纯的细碎的离地半尺的快乐。我的脑袋是炼丹炉，不是必胜客的烤箱。刘勰评价作为最好中文之一的《乐府》："志不出于淫荡，辞不离于哀思。"欧阳修评价自己，"书有未曾经我读，事无不可对人言"。我告诫自己，淫荡书卷，这样的志向已经够高了，我没有更高的志向。

总结我写黄书的动机如下：

第一，自《肉蒲团》之后，过去二百年中，没有出现过好的汉语黄书。即使是李渔的《肉蒲团》，也是唠唠叨叨，认识水平低下。总共二十章，论证自己是佛教启蒙读物而不是黄书就用了前三章，论证使用女人伤身体又用了三章，论证因果报应又用了三章。

第二，写黄书不易。写得不脏，和吃饭、喝水、晒太阳、睡午觉一样简单美好，更难。手上正在写的这个《不二》是按这个要求做的一个尝试。

第三，小时候壮烈装 × 成长时，常看文艺片，惊诧于人类头脑的变态程度，也常看毛片，听说自摸严重危害健康而惶恐终日。总想，为什么暴风雨不能来得更猛烈些呢？为什么美好的文艺片和美好的毛片不能掺在一起？这样，会不会给人们一个关于美好生活的全貌？具体操作时，才发现，这是一个巨大的挑战，灵肉过渡的别扭程度，远远大于清醒和入睡，稍稍小于生与死。

第四，眼看快四十岁了，现在不写，再过几年，心贼僵死，喝粥漏米，见姑娘只想摸摸小手，人世间就再也不会有这样的十万字了。现代医学看得仔细，男人也有绝经期，"老骥明知桑榆晚，不用扬鞭自奋蹄"。

第五，我们下一代这么美好，如果都靠看非我族类的日本 AV 和非我教义的基督教派的《查泰莱夫人的情人》和《在巴黎的屋顶下》启蒙，作为中文作家，我内疚。

第六，希望在过程中自我治疗好过早到来的中年危机和抑郁症。

至于这本黄书的风格，我是经过反复摸索的。

首先，写完《北京，北京》之后，我决定不再写基于个人经历的小说了。基本意思已经点到。对于"成长"这个主题，"北京三部曲"竖在那里，也够后二百年的同道们攀登一阵子了。

在成长之外，我决定写我最着迷的事物。通过历史上的怪力乱神折射时间和空间范围内的谬误与真理。先写《子不语》三部。

开始构思《不二》的时候，想分甲乙卷，甲卷写禅宗在中晚唐的西安，乙卷写禅宗在中晚唐的敦煌。甲卷纯情欲，乙卷纯精神。甲卷估计在网上也贴不了了，乙卷或许只有北医六院（简称"神六"）的病友能有耐心从头读到尾了。但是在写作过程中，越来越觉得这样太装了，太二了，决定还是按现在这个样子，合在一起写，淋漓而下，意尽而止。听说今年（2011年）的2月14日是国际癫痫日，看来人同此心，心同此理。

过程中发现，我一不留神，又把黄书写成了情书，恰恰符合可以正式放到报纸标题的那个词语"情色"。看来读者群的确存在细分，《肉蒲团》服务于手淫，《不二》服务于意淫。

过程中发现，这本书的流传很可能让我多了一种精神和世俗掺杂的死法：被没参透的佛教徒打死。这个世界，任何时候，参透的佛教徒都远远少于没参透的。我甚至梦见，我被棍僧乱棍打死在中非的草原上，秃鹫就在天空飞，我竟然一点也不害怕。梦里我听见《金刚经》中的句子。"须菩提！于意云何？若人满三千大千世界七宝，以用布施，是人所得福德，宁为多不？"须菩提言："甚多，世尊！何以故？是福德即非福德性，是故如来说福德多。""若复有人，于此经中受持，乃至四句偈等，为他人说，其福胜彼。何以故？须菩提！一切诸佛，及诸佛阿耨多罗三藐三菩提法，皆从此经出。须菩提！所谓佛法者，即非佛法。"嘿嘿，其福胜彼，来吧来吧，小宝贝。

过程中发现，编故事，其实不难，难的还是杯子里的酒和药和风骨，是否丰腴、温暖、诡异、精细。

是为后记。

2009年1月至2011年1月

北京，香港，深圳，旧金山

活这么大，我明白一件事，十年之外的事情，不想。有时候，我连明天自己要干吗还不知道，我连一年后我会在哪里还不知道，如何去想十年之后的事情，又有什么必要去想十年之后的事情。

卷
二

饭局酒色
山河文章

像狗子一样活去

我今年三十，从小到大，总共有过三个梦想。

我的第一个梦想是当一阵小流氓。那时候，可崇拜的太少，三环路还没模样，四大天王还没名头，开国将帅多已过世。那时候，街面上最富裕的是劳教出来没工作两把菜刀练瓜摊儿的，最漂亮的是剃了个刘胡兰头一脸正气的刘晓庆，最滋润的是小流氓。当小流氓，不用念书，时常逃课，趿拉着塑料底布鞋，叼着"大前门"。小流氓们时常聚在一起，集体观看警匪片三级片。当流氓自然要打架，练习临危不乱、挺身而出、舍生取义等将来当爷们儿的基本素质。小流氓们没架打的时候，也难免忧郁，于是抱起吉他学邓丽君唱《美酒加咖啡》，或者抱起女流氓说瞧你丫那操行一点不像花木兰。

第一个梦想最终没有实现。小流氓们说我不合格，没有潜质。第一，学习成绩太好，没有不及格的；第二，为人不忍，不愿无缘无故抽隔壁大院的三儿；第三，心智尚浅，被女流氓小翠摸了一下手，脸竟然红了起来。

我的第二个梦想是吃一段软饭。原因之一是希望能一劳永逸。我从小热爱妇女，看到姑娘们的裙裾飞扬和看到街上的榆叶梅花开一样欢喜。我从小喜欢瑞士军刀，带一把出去，替姑娘开汽水瓶的起子、记姑娘电话的圆珠笔、帮姑娘震慑色狼的小刀就都有了。所以男大当婚的时候，希望找到一个像瑞士军刀一样的姑娘：旗下三五家上市公司，还会作现代诗，还谙熟《素女经》。这样一个姑娘就能满足你心理、生理以及经济上的全部需要。原因之二是渴求男女平等。男色也是色，也是五颜六色的一种，也应该和女色有同等的地位。一些男人有一颗好色的心，并不排除另一些男人有一张好颜色的脸。

第二个梦想最终没有实现。最接近的一次，姑娘上妆之后，容貌整丽，好像榆叶梅花开，一点瞧不出实际年龄。手下三五百号人，写的现代诗也旷然淡远，其中一句我现在还记得，"我念了一句瞧你丫那操行，天就黑了下来"，读《素女经》也挑得出错儿，说"不就是老汉推车吗？还转什么文言，弄些鸟呀兽的好听名字"。我的瑞士军刀有一天丢了，我替姑娘开汽水瓶的起子、记姑娘电话的圆珠笔、帮姑娘震慑色狼的小刀一下子都没了。我想，风险太大了，软饭吃习惯了，以后别的都吃不了。可能忽然有一天，心理、生理、饭票都没了，还是算了吧。至于男女平等，还是让那些长得像F4那样有男色的去争取吧。我自己照了照镜子，如果这也叫颜色，那鸡屎黄、鸟屎绿也叫颜色了。

我的第三个梦想是像狗子一样活去。我第一次见狗子，感觉他像一小盘胡同口小饭馆免费送的煮花生米，他脑袋的形状和颜色跟煮花生米像极了。狗子的活法被他自己记录在一本叫《活去吧》的随笔集里，"我全知全能却百无一用""名利让我犯晕……至于名利双收，当然好了，但我一般想都不敢想""我们整天什么都不干，却可以整天吃香的喝辣的，这就是20世纪50年代我国人民向往的共产主义吧""你们丫就折腾我吧""自古英雄皆寂寞，唯有饮者留其名"。就像《钢铁是怎样炼成的》一样，当我三十年后回首往事的时候，我怕我因没像狗子一样活过而悔恨。

　　一本描述一种生活方式的书，文笔不应该在被评论的范围，但是比起以前出的《一个啤酒主义者的独白》，狗子的文笔的确有长进，其中《活去吧》一篇绝对是当代名篇，百年后会被印成口袋书，被那时候的小姑娘随身携带。可能酒喝出来了，文笔自然就跟着长出来了。现代社会和古代相比，太便宜了当姑娘的。当姑娘的，会唱个卡拉 OK，连《唐诗三百首》都没读过就冒充当代李师师了。过去"李白斗酒诗百篇"，拿到现在，一篇七绝二十八个字，百篇也就是一篇随笔的量，有什么好牛的。狗子喝百扎啤酒，回家爹着脑袋还要想十万字的小说如何谋篇布局，所以狗子和啤酒奋斗的精神与日月同辉。

　　我不知道我第三个梦想最终能不能实现，我现在的生活充实而空洞。我不敢重读《月亮和六便士》，我不看高更的画。我翻陆游的《长短句序》:"少时汩于世俗，颇有所为，晚而悔之。然渔歌菱唱，犹不能止。"当下如五雷轰顶。

叫我如何不想她

告子说："食色，性也。"吃了两根油条，喝了一碗豆浆，春花开了，秋月落了，血管里的激素水平上升。"叫我如何不想她？"如果多问一个问题："是什么叫我如何不想她？"到底什么是国色，什么是天香？

纯从男性角度，非礼勿怪。从大处看来，女人的魅力武库里有三把婉转温柔的刀。

第一把刀是形容，"形容妙曼"的"形容"。比如眉眼，眉是青山聚，眼是绿水横，眉眼荡动时，青山绿水长。比如腰身，玉环胸，小蛮腰，胸涌腰摇处，奶光闪闪，回头无岸。比如肌肤，蓝田日暖，软玉生烟，抚摩过去，细腻而光滑，毫不滞手。

第二把刀是权势。新中国了，21世纪了，妇女解放了，天下二分而有一。如果姑娘说："我是东城老大，今天的麻烦事儿，我明天替你平了。"如果姑娘说："我老爸是王部长，合同不用改了，就这么签了吧。"如果姑娘说："我先走了，你再睡会儿，信封里有三倍的钱和我的手机号码，常给我打打电话，喜欢听你的声音。"姑娘在你心目中的形象，会不会渐渐高大？

第三把刀是态度，"媚态入骨"的"态"，"气度销魂"的"度"。态度是性灵。我的师姐对我说："怎么办呀？总是想你。洗了凉水澡也没用。"我们去街边的小馆喝大酒，七八瓶普通燕京啤酒之后，师姐摘下眼镜，说摘下眼镜后，看我很好看，说如果把我灌醉以后，是不是可以先奸后杀，再奸再杀。态度是才情，记得我初中的同桌，在语文课上背诵《长恨歌》(背什么自己选，轮到我的时候，我背的是"床前明月光")，字正腔圆，流风回雪。她的脸很白，静脉青蓝，在皮肤下半隐半显，背到"芙蓉如面柳如眉，对此如何不泪垂"，眼泪顺着半隐半显的静脉流下来，落在教室的水泥地面上。多少年之后，她回来，一起喝茶，说这些年，念了牛津，信了教，如今在一个福利机构管理一个基金会。她的脸还是很白，静脉依旧青蓝，她说："要不要再下一盘棋？中学时我跟你打过赌，无论过了多久，多少年之后，你多少个女朋友之后，我和你下棋，还是能让你两子，还是能赢你。"

既然是刀，就都能手起刀落，让你心旌动摇，魂牵梦绕，直至以身相许。但是，形容不如权势，权势不如态度。

形容不足恃。花无千日红，时间是个不懂营私舞弊的机器，不管张三李四。眼见着，眉眼成了龙须沟，腰身成了邮政信筒。就像"以利合以利散"，看上你好颜色的，年长色衰后，又会看上其他更新鲜的颜色。形容不可信。如今这个世道，外科极度发达，没鼻子我给你雕个鼻子，没胸我给你吹个胸脯。如果你肯撒钱、肯不要脸，就算你长得像金百万，也能让你变成金喜善。

权势不足恃。江湖风雨多，老大做不了一辈子，急流勇退不容易，全身而退更难。那个姑娘的老爸官再大，也有纪检的管他，也有退的时候。软饭吃多了，小心牙口退化，面目再也狰狞不起来。

落到最后，还是态度。"只缘感君一回顾，使我思君朝与暮"。老人说"尤物足以移人"，国色天香们是用来移人的，不是 Lancôme 粉底，不是 CD 香水，是"临去时秋波那一转"。多少年过去了，在小馆喝酒，还是想起那个扬言要把我先奸后杀的师姐。见到街头花开，还是记起"芙蓉如面柳如眉，对此如何不泪垂"。

违反人性

"冯唐，你觉得，一夫一妻制的婚姻，从生物学和医学的角度看，是不是违反人性？"

我做任何其他事情，都是自修的野路数，除了医学和生物。连带在北大生物系的三年预科，一共老老实实地修了八年临床医学，而且还是妇科，再狡辩，也算是科班了。所以，不管我原来学得如何稀松，不管我已经离开原来营生多少年了，早就记不清颅底那十几个大孔分别进进出出着哪些神经血管了，尽管我对战略管理素养实战俱佳，对公司治理高管薪酬了然于胸，熟悉或不熟悉的人和我聊天，基本没人问我，联想应该采取什么样的国际化战略，如何加强审计监察才能避免中银香港刘金宝和朱赤违规贷款私分小金库的问题再次出现。由于我又是个妇科大夫，问我的问题大多怪力乱神，海淫海盗，比如四十二岁怀孕生孩子生成傻子或是怪物的概率有多大，比如一夫一妻制的婚姻是不是违反人性。

简单地说，从古至今有三类男人不被女人当成男人：太监、乳腺外科大夫、妇产科大夫。改了行的也不行。

问我这个问题的是小马姑娘。小马姑娘出身名门，清华国际金融系毕业，哈佛商学院 MBA，前知名管理咨询公司金牌分析员，现知名投资银行实习。小马姑娘腰身妩媚，皮肤很白，头发很黑，屋子里稍热一些或是一点酒精，不用腮红，腮自然红，不用唇彩，唇自然光彩。小马姑娘态度谦和，微微笑着，话不多，声音婉转，总是低八度，戴黑边眼镜，黑边宽厚，掩盖眉头一弯秋月、眼角一朵春花。小马姑娘说出话来，用字平和，但是观点一刀见血，逻辑水泼不进。有道菜叫拔丝鲜奶，做得好的，鲜奶如皮肤嫩白态度谦和，拔丝如腰身妩媚声音婉转。小马姑娘是拔丝鲜奶，但是每块鲜奶里都有一颗或是半颗铁钉。古龙说，迷死人不偿命的，就是这种人吧。

"冯唐，从生物学和医学的角度看，老天爷设计人性的时候，最终的效果是不是让个体基因存在下去的概率最大化？"小马姑娘接着问。

我们坐在交易广场三期旁边的一个叫"MIX（我倾向于翻译成杂交）"的快餐厅，地板是用水泥细抹，墙上全是绿色。"杂交"号称健康食品，以各种混合鲜榨果汁、健康三明治和分量很少为特色。从生物学和医学的角度看，让你吃成半饱，吃什么都是健康的。我嘬了一口蓝莓和猕猴桃的杂交汁液，味道近乎猫尿。

"冯唐，人性逼着我们，跳来跳去，逛来逛去，睡来睡去，生命不息，恋爱不止。所以，是人性，不是我。树欲静而风不止，即使理智告诉我，我妈告诉我，身份证告诉我，我一把年纪了，该嫁人了。你不是也告诉我，先嫁人再离都比耗着好。我还是不能不恋爱，一旦心有它动，很难对一个人承诺：我会恪守妇道。"小马姑娘也嘬了口她面前的杂交汁液，血红色的，不是西瓜，不是木瓜，不知道是什么瓜。可以不穿职业套装的时候，小马姑娘最爱小女孩装扮，浅粉浅蓝，条条点点，小护士、小保姆的样子，浑然不管身份证说什么。

"我想，从设计上讲，人有适应能力，人体各种感官受体都是这样设计的。比如，你一把抱住郑伊健，他刚做完俊士香水广告，你一鼻子的美好的郑伊健俊士香水味道，各种生物化学信号从鼻子直奔大脑中的海马体，进而引发你各种下流想法。但是不出十分钟，你的鼻子基本停止了传递。如果你觉得这个场景恶心，你可以想象，你上一个没人打理的乡村厕所，你踹门进去，苍蝇推了你一把，你一鼻子的屎尿的胺类味道，各种生物化学信号从鼻子直奔大脑中的海马体，进而引发你各种厌恶想法。但是不出十分钟，你的鼻子也基本停止了传递。苍蝇乱飞和群莺乱飞没有本质区别，乡村厕所和郑伊健没有本质区别。"

"一样恶心。你接着说。"小马姑娘又嘬了口她面前的杂交汁液，毫无芥蒂。

"进一步讲，人适应之后的需求是变化，喜新厌旧。好吃莫过饺子，你连吃十顿试试？好受莫过躺着，你连躺十天试试？"列侬和小野洋子在床上躺着反战几个星期。如果列侬那个时候真情告白，问他看到大野洋子和床想到什么，他会说，想吐。

"这么说你是同意我的说法了？一夫一妻制的婚姻就是违反人性。"

"感觉没有就算了，心不止就让它燃烧着，顺其自然吧。"我和了和稀泥，没有继续谈人性。人性太复杂了。懒，也是人性；怕孤单，也是人性；顺应规则维护社会，也是人性。这些人性创造银婚、金婚、钻石婚。在人体神经体液内分泌等构成的庞杂信息系统里，相互矛盾的人性如何相互作用，如何分出雌雄，我这个医学叛徒，如何知道？

我吐尽一口气，深嘬吸管，吸干了面前那杯杂交汁液。

我知道的巴金

我最早知道巴金是因为小学语文课本。那时候的课本充满弱智信息，主要编撰目的是方便弱智老师出弱智问题，让学生逐渐走向弱智。小学语文老师考试前暗示重点，最喜欢提巴金。围绕巴金，可以出三四道填空题：巴金，原名（李尧棠），字（芾甘），其代表作《爱情三部曲》和《激流三部曲》，分别是（《雾》《雨》《电》，《家》《春》《秋》）。

我还知道巴金有一身真功夫。从个人兴趣出发，我喜欢李白，不喜欢杜甫；喜欢古龙，不喜欢金庸；喜欢钱锺书、沈从文，不喜欢茅盾、巴金。但是作为写字的，我无法否认茅盾、巴金身上的真功夫，他们不行神如空，不行气如虹，他们隔山打牛、寥寥长风。真功夫的感觉还来自数量，巴金三四个三部曲，有没有人看，都是一种高度。真功夫的感觉还来自创作的持续，三十岁之前喷出三四本长篇，四十岁之后还能写出他最好的作品《寒夜》，还能悟到文字上的伟大不是来自题材的宏大和叙事的雄伟，反而是来自小人物琐碎事里透出的恒久微光。

我还知道巴金有一席真话。巴金近八十岁写作《随想录》，不够痛快，不够凶狠，但是至少不是假话。当时，文人基本可以分为两类：说假话的和不说话的。巴金绕着弯弯的真话，在那时候，已经是雷、是电、是雨。

我还知道巴金有一本杂志。百分之八十的文学男青年和文学女青年飘荡在北京，但是最好的文学杂志《收获》却在上海，一本杂志就是一本中国当代文学史。我过去有过一个文学青年女友，最大的兴趣爱好是读小说和谈恋爱。她说，如果我能在《收获》上发表一篇长篇小说，她就收心，戒掉恋爱，替我一辈子煎茶煮饭。

我最近几天知道，巴金去了，1904年到2005年，他生命最后的三十四年和我生命最初的三十四年重合。我想，最真实的，最现世的，也就是最恒久的。我想，我再使劲儿活，也活不过百岁，我还有六本长篇小说要写，我剩下的时间不多了。我想，我就剩这么一点理想了，我要用文字打败时间。

大片王朔

拉着箱子走过机场书报亭，瞥到2007年第四期的《三联生活周刊》，王朔好大一张脸，侧仰望虚空，占了封面的四分之三，视线躲都躲不过。《三联生活周刊》是本鸡贼杂志，从五块一本到八块，从半月刊到周刊，脚步扎实地圈眼球圈钱。但是，它和《财经》是少有的精耕细作的两本北京杂志，"炮制虽繁必不敢省人工，品味虽贵必不敢减物力"，勉强在同仁堂的祖训面前脸不红。《三联生活周刊》的封面故事尤其不取巧，听常主刀的人说，写起来残人，和写长篇小说一样，治疗精神病，导致阳痿。王朔同样也是著名品牌，比《三联生活周刊》的品牌创建得还早。"文革"之后，王朔和王小波两个人平衡南方余华、苏童、格非的阴湿文字，和美女下半身写作、韩寒郭敬明大卖构成过去二十年来三大社会文化现象；和赵本山、郭德纲构成过去二十年来三大民间艺术大师。就个人而言，我认为王朔有气质，华艺出版社出的四本《王朔文集》，我读完了前两本，第三本读不下去，第四本是垃圾。人民文学出版社出的《红楼梦》，我读完了上、中两册，下册读不下去，说不好是不是垃圾。三十岁之后，陌生人最常问我的三个问题：第一个，为什么念到博士之后不做妇科医生了？第二个，你的工作单位麦肯锡和麦当劳有什么关系？第三个，你写的东西和王朔、王小波有什么关系？我的标准答案是：第一，我不再热爱妇女了；第二，麦肯锡和麦当劳都是源于美国的公司；第三，我和王朔、王小波都在北京长大，都用北方汉语码字。

理由足够了，掏钱买杂志，花时间，看。

连图带文字，二十二页，飞机上一小时看完，脑子里浮现出关于王朔的三个关键词：名利、转身、精明。

名利乱神。有气质的人，点正，一脚踩上块西瓜皮，很快辉煌。长坂坡的赵云，挑滑车的高宠，青年王朔一年写了上百万字后，发现一个字可以挣十块钱了，一个剧本可以卖一百万元了，在整个文学界、影视界乃至文化界可以入朝不趋、奏事不名、片儿鞋菜刀上殿了，不知道个人能力的上限在哪儿了，于是说不留神写个《红楼梦》，于是除了垃圾影视剧本之外，好久看不到他写的东西了。还好没说不留神写个《史记》，否则《三联生活周刊》封面上的特写就更没胡子了。

转身困难。写小说"喷"的是脑力和体力。写小说的人，如果为了自己的精神健康，百分之一百该写；如果为了记录不能被其他方式记录的人类经验，百分之九十九不该写。这百分之一该写的人当中，百分之九十左右的人，就三到五毫升的刻骨铭心、三到五毫升的销魂断肠、三到五毫升的脑浆童尿，喷一二本书、三五十万字，刚好。曹禺、钱锺书、沈从文、凯鲁亚克、芥川龙之介都是例子。之后，转身，可以像曹禺那样守节缄口，可以像钱锺书那样做《管锥编》之类琐细缜密的学问，可以像沈从文那样把对妇女的热爱喷到对古代服饰的研究上，可以像凯鲁亚克那样饮酒嗑药，可以像芥川龙之介那样了断。另外中气足的百分之十，要充分了解自己，要顺应自己的气质，这和立功立德读书游走打架喝酒泡女明星去云南西藏听古典音乐练瑜伽背《金刚经》都没关系。气质偏阳的，比如亨利·米勒、菲利普·罗斯、海明威、王小波，就应该举杯邀明月，死守烂打一个"我"。气质偏阴的，比如劳伦斯、纳博科夫、库尔特·冯内古特，就该用小人之心、小人之眼，臆想意淫一下"非我"。内心里，我一直期望看到好的汉语的有禅味的小说，本来寄希望于阿城，但是原计划写八王的阿城写了三王之后，或许是名利害人，也去写剧本了，或许是"言语里断"，决定杀死文字，反正不写小说了。到现在，还是《边城》最靠谱，还是日本作家川端康成的《千只鹤》《名人》更接近。王朔是个气质偏阳的人，这次转身，听吆喝，仿佛是要探讨时间，涉及生物碱，把自己和众生往高层次带。我觉着，难。

　　精明满溢。青年王朔到了中年王朔，没变的是他气质里的精明。那是一种北京街面上的精明，属于天资加幼功，过了十来岁，基本学不来，相比刘邦和朱元璋的那种精明，小些，温柔些，局限些，和韦小宝的类似。相比江浙沪一带的精明，大些，隐蔽些，明快决断些。所以估计新书出来，王朔不会像余华宣传《兄弟》一样，是媒体就见，是书城就支张桌子去签售。中年王朔上了《三联生活周刊》，洋洋洒洒二十多页，读上去像听道行高的国企领导讲话，螳螂形意八卦太极，三四个小时，表面看毫无结构章法，其实该点到的都点到了，该埋的伏笔都埋了，表面看锋利猖狂，其实不该得罪的都没得罪，不该说的一句都没说。中年王朔骂的不是半截入土的就是正在发育的。被骂的半截入土的，念过大学本科都能看出是垃圾；被骂的正在发育的，仔细挑选，想扒拉出来半个二十六岁写出《妻妾成群》的苏童，都不可能。

　　拿着这期没开苞的《三联生活周刊》上飞机，我心理阴暗地期望，又有裸奔的可看了，街上围了这么多人，应该好看。挤进人堆一看，有负责灯光的，又有负责录音的，还有维持秩序的，裸奔的穿着金裤头，戴着金面罩，原来又是个拍大片的。

关于美女作家鼻祖的文字研究

在开说之前，首先承认，我是狐狸。

自己也写文字，虽然从小到现在，竭尽全力不想靠文章糊口，但是认定文章千古事，提笔从来按专业水准要求自己。文人相轻，同行说同行的文字，就是狐狸说葡萄。

《伊索寓言》中记载：狐狸说，葡萄是酸的。

卫慧在《上海宝贝》中的文字除了通顺，谈不上任何可取处。鲁迅的文字如青铜器，张爱玲的文字如珠玉盆景，沈从文的文字如明月流水，川端康成的文字如青花素瓷，亨利·米勒的文字如香槟开瓶。这些大师不提，卫慧连平实清楚都谈不上。眼睛扫过去，半干不湿的，好像腹泻没痊愈。至于书里常识性的英文拼写错误，不知道是编辑的责任还是倪可（半拉卫慧）没睡美国人的关系。欧洲猛男睡起来可能更时尚、更有款，那个地方神秘遥远，文化和他们砖石结构的建筑一样坚实。但是，美国没文化的生意人可能不懂太繁复的床上姿势，可是会教你如何用 MS Word 里的拼写检查功能。卫慧中短篇的文字明显强过长篇，初读挺唬人，有一丝张爱玲的眉眼，多读几篇就露出马脚，没有了张式的尖酸刻薄、古怪精灵，眉眼仿佛张式的文字没有了神采，好像珠玉盆景没有了珠玉风景，只剩下了盆。这和卫慧上没上复旦中文系没有关系。我上医学预科的时候，和北大中文系的几个坏孩子住对门，一块儿写假古龙骗钱。他们说，刚入学的时候中文系主任就明确告诉他们，北大中文系的任务不是培养作家，而是培养小官吏。

卫慧的结构除了完整，没有任何新意。那么多的名人名言看来是白列了。不知道到底读过没读过。如果没读过，列在那儿，唬谁哪？如果都读过还写成这样，智力水平就有限了。北京土话，没吃过猪肉还没见过猪跑吗？话糙理不糙。随便支一招。那个叫天天的阳痿死得稀里糊涂。笑笑生写来，一定会让天天勃起一次，拼死一搏，最后死在倪可的肚皮上。

卫慧的内容是她走红的原因。盛名之下无虚士，卫慧是市场营销天才。她描写了一种中国普通百姓无从接触的生活，她把头发散下来照了相当封面，她起了《上海宝贝》这样的好名字，她把好些张自己的明星照贴到网上。卫慧如果写平常生活，她就死定了。你跟卖菜的说，西红柿能卖两百一斤，他肯定说你扯淡。你跟他说，两万块睡一宿名妓，他的口水会滴滴答答流下来。亨利·米勒要是知道有这样一个中国俗媚崇拜他，他会自己把自己的书禁了的。亨利·米勒没一分钱在巴黎穷混，永远不知道下顿饭在哪里，把土鸡当成万里挑一的万人迷。亨利·米勒不知道什么派对、上流社会或是白领生活。

卫慧的公关，独步天下。她的做势能力异常强悍，第一个提出"美女作家"这一概念，第一个为了捍卫这一概念不惜亮出胸膛。宋朝柳永写的"忍把浮名，换了浅斟低唱"，被皇帝看了，说以后就让他浅斟低唱吧，功名利禄就不要想了。从此柳永就成了"奉旨填词"，到处臭牛 ×。

史料暗表，这件事，柳永使了老多的银子，托了七八个知名太监才办成。卫慧的牛 × 不让柳永：盗版卖得火爆，国际版权卖得盆满钵满，借着名声以学者身份讲学硅谷、纽约，吸引了当地华人社区所有著名的老色鬼和意淫爱好者。

同时代作家可以放心的是，卫慧红不了很久。写文章光靠脱，靠市场营销和公关，是不行的。脱第一次，大家叫好。再脱就是露阴癖，大家会叫警察的。让同时代作家羡慕的是，卫慧一定会在文学史上占据一定位置。卫慧的历史地位，是社会的发展阶段造就的，其文化史的地位将远远高于其文学史的地位。这是没有办法的事情，谁叫人家抢占了先机？希腊先哲早就告诉过我们，不要做第二个在月亮上行走的人，因为人们只会记得第一个。

卫慧这种质量的文字存在反映了这个年代。外国作家中也有美女：睡遍黑白两道（包括亨利·米勒在内）的阿娜伊斯·宁，睡遍千山万水（包括20世纪30年代上海滩阔少文人邵洵美在内）的项美丽。但是这些女作家知书达理、恪守妇道、知白守黑，从不把女人的美丽和文字的美丽掺在一块儿练。她们明白，女人的美丽，一分姿色二分打扮三分聪明四分淫荡，文字的美丽和这些不搭界。以前物质生活条件不好的时候，一间屋子又当客厅，又当餐厅，又当卧室，又当书房。现在物质生活好了，客厅、餐厅、卧室、书房，可以是分得清清楚楚的四间房。但是现在，精神生活条件还有限，没有公开卖的《花花公子》，没有选美比赛，没有合法的三级片，卫慧之类的文字只能又当小说又当色情杂志又当毛片，真是辛苦她了。

狐狸自信能吃到葡萄，但是说到底，葡萄还是酸的。

你一定要少读董桥

在走过的城市里，香港最让我体会后现代。我对后现代的定义非常简单：不关注外在社会，不关注内在灵魂，直指本能和人心，仿佛在更高的一个物质层次回到上古时代。

在长江中心的二十五层看中环，皇后大道上，路人如蚂蚁，耳朵里塞着耳机，面无表情，汽车如甲虫，连朝天的一面都印着屈臣氏和汤告鲁斯（内地译为汤姆·克鲁斯）新片《最后的武士》的广告。路人和汽车，都仿佛某个巨型机器上的细小齿轮，高效率、高密度地来来往往，涌来涌去，心中绝对没有宏伟的理想和切肤的苦难。绝大多数人的目的简洁明了：衣食住行，吃喝嫖赌，团结起来为了明天，明天会更美好。

所以很容易说香港没文化，是个钱堆起来的沙漠。这个我不同意。香港至少还有大胖子才子王晶、陈果，还有曾志伟。但是，这样的地方不容易长出像样的文字。李碧华是异数。即使中非某个食人部落，几十年也出一个女巫，善梦呓，句式长短有致，翻译成汉语，才情不输李清照。

有人会说，香港有金庸。可是，金庸有文化吗？除去韦小宝的典型性直逼阿Q，其他文字在文学史上的地位略同《七侠五义》，低于《水浒传》，而且，金庸的幼功是在内地时练成的，到了香港以后，基本是输出。

还有人会说，香港有董桥。

董桥的背景灿烂：台湾外国语文学系的科班、伦敦大学的访问学者、美国新闻处《今日美国》丛书编辑、英国 BBC 时评员、《明报月刊》总编辑、《读者文摘》中文版总编辑、中年藏书家、英国藏书票协会会员。在海外，有苏柳鼓吹；在大陆，有陈子善呐喊。苏柳写过一篇文章，陈子善编过一本文集，题目都叫《你一定要看董桥》。如果评小资必读作家，董桥必列其中。

董桥的好处，反反复复说，无非两点：文字和古意。

董桥的文字，往好了说，仿佛涂鸦癖乾隆的字，甜腻。仿佛甜点，吃一牙，有滋味。吃几坨，倒胃口，坏牙齿。比如："笔底斑驳的记忆和苍茫的留恋，偶然竟渗出一点诗的消息。"比如："窗竹摇影，野泉滴砚的少年光景挥之不去，电脑键盘敲打文学的年代来了，心中向往的竟还是青帝沽酒、红日赏花的幽情。"比如写张国荣："古典的五官配上玲珑的忧郁，造就的是庸碌红尘中久违的精致；柔美的围巾裹着微烧的娇宠，矜贵的酒杯摇落千载的幽怨；暮色里，晚春的落花凝成一出无声无色的默片，没有剧本，不必排练，只凭一个飞姿，整座抱恙的悉城顿时激起一串凄美的惊梦……"

其实写这种东西，用不着董桥。我见过几个以写青春美文出名的东北糙汉，经常在《希望》《女友》之类的时尚杂志上发文章。听说冬天三个星期洗一次澡，夏天两个星期洗一次澡，腋臭扑鼻，鼻毛浓重。他们张口就是："紫色的天空上下着玫瑰色的小雨，我从单杠上摔了下来，先看见了星星，然后就看见了你。"

董桥小六十的时候，自己交代："我扎扎实实用功了几十年，我正正直直生活了几十年，我计计较较衡量了每一个字，我没有辜负签上我的名字的每一篇文字。"他一定得意他的文字，写过两篇散文，一篇叫《锻句炼字是礼貌》，另一篇叫《文字是肉做的》。这些话，听得我毛骨悚然。好像面对一张大白脸，听一个六十岁的艺伎说："我扎扎实实用功了几十年，我正正直直生活了几十年，我计计较较每天画我的脸，一丝不苟，笔无虚落，我没有辜负见过我脸蛋上的肉的每一个人。"

文字是指月的手指，董桥缺个禅师帮他看见月亮。意淫的过程中，月上柳梢头，在董桥正指点的时候，禅师手起刀落，剁掉他指月的手指。大拇指指月就剁大拇指，中指指月就剁中指，董桥就看见月亮了。

董桥刻过一枚"董桥痴恋旧时月色"的闲章，想是从锻句炼字中感觉到旧时的美好。旧时的美好还延伸到文字之外的东西，比如"鲁迅的小楷，知堂的诗笺，胡适的少作，直至郁达夫的残酒，林语堂的烟丝，徐志摩的围巾，梁实秋的眼镜，张爱玲的发夹"。这些"古意"，又反过来渗入董桥的文章，叫好的人说恍惚间仿佛晚明文气重现。

学古者昌，似古者亡。宋人写不了唐诗，元人写不了宋词。忽必烈说：文明只能强奸掠夺，不能抚摩沉溺。周树人的文字，凌厉如青铜器；周作人的文字，内敛如定窑瓷器。他们用功的地方不是如皮肉的文字本身，而是皮肉下面的骨头、心肝、脑浆。

其实，香港的饮食业，天下第一。对于香港，不要苛求。少读董桥肉肉的文字，多去湾仔一家叫"肥肥"的潮州火锅，它们肉肉的牛肉丸实在好吃。

黄老邪收集伟大的语词

收藏是动物和人共有的天性。

看过一个纪录片，勤劳的公鸟在树杈上造巢，然后收集各种五颜六色、不同质地的东西点缀，从玻璃珠子到塑料纸，什么都有。然后请母鸟来看，母鸟左看右看，前后踱步，仿佛县级城市梦娇娇发廊五颜六色的霓虹灯门口，踟蹰徘徊的一个中年出差男子。如果母鸟觉得公鸟的收藏还不错，就进巢搞公鸟一下，否则就飞走了之。纪录片最后出现了一只懒惰的公鸟，它不事收藏，它看着母鸟钻进有收藏的鸟巢，它生气，它趁着有收藏的公鸟离开，它舞动双翅和双脚，它把人家的鸟巢都搅和了。

人对收藏，也一样。小时候是合成磁片、烟盒、火柴皮。一吕二赵三典韦，这三个人力气大，能打，他们的火柴皮级别最高，最难找到，偶尔要动用暴力，大嘴巴抽小屁男生的嘴巴才能得到。大了，饱暖食色之后，还剩两三个钱，青花瓷、红山玉、明清家具。一黄二黑三红四白，黄花梨和紫檀在旧家具里级别最高，品相好的，要从四大银行提取成麻袋的钞票才能凑够钱。

黄老邪集伟不去古玩城和潘家园，黄老邪集伟收藏品相怪力乱神的语词。从1999年起，每年将他的语词收藏，配上插图和文字，到2002年已经有四本语词笔记问世（书的出版一般都要滞后一年到一年半）：《请读我唇》《媚俗通行证》《非常猎艳》和《冒犯之美》。

　　没听说黄老邪集伟有过其他不良的败家爱好，包括狭义的腐败收藏，所以，他一定是个悟性极高的人。黄老邪集伟对收藏的主要窍门一清二楚。

　　比如窍门之一，剑走偏锋，人走偏门，从垃圾中拣到珍宝，从北京街头找到一箩筐"章子怡"。古玩城的坏蛋仗义行侠玉商小崔，谈起古玉收藏如同巴菲特谈起买卖股票：不要跟风，现在清中期玉牌子贵得离谱，这时候还往上冲，有病。要挑价值被低估的东西。现在，我告诉你，收三种货：第一，种好沁好的剑饰；第二，高古文化期的素器；第三，十厘米以下的玉环。

　　就我所知，收藏语词，黄老邪集伟是古往今来第一人。冯梦龙在明末收集过民间黄色情色歌曲，比如《五更转》《十八摸》之类，最后结集为《挂枝儿》。周作人在民国期间收集过市民的黄色笑话，立志比过《笑林广记》，但是沉吟良久，最终没敢结集出版，私印册数不详。但是，这些都不是严格意义上的语词收集，格调还普遍低下，黄老邪集伟不只盯着黄色，甚至不主要盯着黄色。

　　比如窍门之二，坚持就是胜利，坚持体现力量。黄老邪集伟已经写了六年，出了四本。厄普代克写一本《兔子，快跑》，就是一本《兔子，快跑》。但是等到他再写出《兔子归来》和《兔子富了》，厄普代克就是人物了。等之后再出七本关于兔子的书：《兔子嫁人》《兔子伤心》《兔子老了》……是垃圾还是珠玉不论，厄普代克就逼近不朽了，百年后，别人一提起兔子，就会想起厄普代克。产量高，藏品丰富还有其他好处，按坏蛋仗义行侠玉商小崔说，剑饰当中，剑首、剑格、剑鼻、剑珌四个一套，如果你有四五十块剑饰，你很容易配成套，配成套就能卖得很贵，这是常识，比如那个叫"十二乐坊"的十二个女的，拆开了就成洗头妹了。而且，如果别人四个一套缺一个，你能给他配上，你也能卖出大价钱。我先在黄老邪集伟那里体验了一下配套。我买了《非常猎艳》，黄老邪集伟送了我《冒犯之美》，在东四的中国书店，看到《请读我唇》和《媚俗通行证》，旧书比原来定价高一倍，还是买了，四本一套啊，而且全是初版，到时候我再都弄上黄老邪集伟的亲笔签名，有收藏价值。

比如窍门之三，确定一个简单实用的收藏标准。黄老邪集伟收藏语词的标准只有三个字："好玩儿"。生命太短，还是找些自己喜欢吃的，多吃一些，找些好玩儿的，多玩儿一些。不好玩儿的，再有用，不可能不朽，不值得收藏。只要好玩儿有趣，黄老邪集伟没有忌讳，照单收：大街标牌，小报标题，电视解说员的口误，二货歌手的歌词，互联网上丝毫不讲章法的文章和灵光闪烁的签名档，手机上的黄色笑话和恶作剧短信。就像孙中山还没名满天下、到处拉赞助拜码头的时候，他的态度是：读万卷书行万里路的书生，眼里没高低贵贱，不肯接见不给赞助不把家里藏着的黄花闺女嫁给我，是王侯商贾们没长眼。黄老邪集伟的好玩儿是个广义的好玩儿，能挑战你的头脑，冲击你的情感，就是好玩儿。就像艾未未说的，人有七情六欲，欢乐舒服只是一种情绪，人不应该永远追求和体会欢乐舒服。

黄老邪集伟有个极其普通的小相机（数码还是光学的，不详），他晃荡在北京的街道，看到诸如"人革制品经销部"和瘦金体黑底白字的"禅酷"之类，就停下来照一张，留着将来配插图。现在东三环的"禅酷"已经被拆了，黄老邪集伟的照片已经有了史料价值。我问过黄老邪集伟为什么不买个好点的相机，他的回答近似于布列松（布列松一辈子只用50毫米定焦标准镜头），"重要的不是机器，重要的是我的视角牛"。

黄老邪集伟有支很专业的笔。北师大汉语科班出身，主持专栏多年，笔力韧利如刀，明月流水，俯仰皆是。黄老邪集伟的解说，为他收集来的语词，配些框架，交代背景，点拨妙处，让满街晃悠的不带着相机、眼睛和脑袋的人，也能马马虎虎悠悠心会。讲文字本身妙处的文字极其难写，如果不是完全不可能。文字不像数字。数字是叛徒，花花钱，上上大刑，数字能做你想让它做的任何事，能给你想要的任何证据。文字本身就是最大的幻象，修禅宗的历代高人早就定论，得意忘言，得言忘意，直接描写是死路一条。黄老邪集伟是骨灰级的人物，他常用的办法是不夸姑娘漂亮，而说迎面走过来的老头偷看姑娘一眼，舌头尖尖禁不住舔了舔上嘴唇。

除了在街上、网上、手机上、报纸上、人心上收集好玩儿的语词，黄老邪集伟还在自己的院子里种玫瑰送给他媳妇，最新的想法是不用蓝墨水也能整出蓝色的花朵。黄老邪集伟还教育他一对分别叫黄佐思和黄佑想的活宝儿子："我们夫妇让佐思大声朗诵下面这条'手机短信'：岸是绿，岸是茂绿，岸是依透茂绿……佑想，你来，你念下面这条……"黄老邪集伟还出版《小猪麦兜》和《鸡皮疙瘩》之类好玩儿好卖的书籍。

看着黄老邪集伟以自己的方式，心怀不朽，亵玩文字，在通往牛 × 的小道上徐徐行走，我艳羡不已，就像读《论语》的时候，艳羡在陋巷里那个态度积极、饮食健康的颜回。我说我要写篇叫作《唐宋八大家和黄老邪》的随笔，他说我骂人不带脏字，不兴这样玩儿，我说恨古人不见你我。

一万年来谁著史

　　小时候，老师最爱问的一个问题是，你长大了做什么？不努力学习，什么都做不成。

　　我的答案经常变化，曾经有一阵，我说，我想当个科学家。后来学了医，先在北大学生物，再到东单三条五号的医科院基础所学基础医学，见了太多白痴科学家、文盲科学家、政工科学家、骗子科学家、民工科学家。唯一一个有大师潜质的，是个教我做实验的重庆汉子，他像实验动物一样生长在实验室里。他耍起九十六孔板和 Eppendorf 管（微量离心管），他从小老鼠的大脑里分出各种小叶，让我想起庖丁解牛。他一边跑 DNA 电泳，一边看只有两个频道的黑白电视，电视上接了一根三米长的铁丝当天线，图像还是不清楚，换频道要用电工钳子拧。我想起颜回的"一箪食，一瓢饮，在陋巷"。他一边用一千毫升的烧杯煮方便面，一边小声唠叨："对门模拟高血压的狗也快被处理了，又要有肉吃了。"他抱着烧杯吃方便面，笑着对我说："暖和得像我老婆的手。"

　　这样的人让我气短，在科学上我从来没有这样的才气。回想起来，没有比小时候想当科学家更荒谬的了，我妈也是个每临大事有静气的人，当时为什么没大嘴巴抽醒我？

我从小喜欢各种半透明的东西：藕粉、糨糊、冰棍、果冻、玉石、文字、历史、皮肤白的姑娘的手和脸蛋，还有高粱饴。一本文字，我一掂就知道是不是垃圾。好的文字迅速让我体会到背后的功夫和辛苦，鼻子马上发酸。一本好历史，我一闭眼就知道没有好人和坏人，有的只是成事的人和不成事的人，有的只是出发点的不同和利益的平衡。说到底，历练和机遇决定成就，屁股指挥大脑。

打个比喻，如果时间或是人类经验集中到一起是一根蒜泥肠，文学研究的是各个横断面：好的文学青年，在试图还原某个时代和某个状态的艰苦努力中，创造了一种比现实更加真实的真实。史学研究的是纵切面：到底间隔多长时间，泥肠里就又出现一块大蒜。至于哲学，从来没有读过，估计就是研究时间或是人类经验为什么是香肠而不是香蕉的学问吧。

中国的史学和西方的史学基本没有相同点。西方的史学更像自然科学，研究的是时间流逝中的普遍规律，而不在乎细节的变化。它要讲明白的是，为什么无论埃及艳后克娄巴特拉（Cleopatra）奶大奶小，都不能阻止历史的车轮，为什么因为各种政治、经济、宗教，法国不出现拿破仑，也会出现仑破拿，带领法国人，展示他们少有的军功。

中国史学研究的是微观实用的人学。如果班固执笔写托勒密王朝的《汉书》，可能会有这样的文字，赞曰："国运已尽，人力故难挽回。然女主形容妙曼，果勇沉毅，以一人之力，几全帝祚。若乳更丰二寸，或卡尼迪斯及奥古斯都二贼酋均不忍施辣手。呜呼，惜哉！"无论出现拿破仑还是仑破拿，从法国或是欧洲的百年视角看，毫无区别，但是对于拿破仑或是仑破拿的二舅四婶而言却有很大的不同。

中国史学好像从来就存在少林拳和葵花宝典两大路数。以"二十四史"为代表的少林拳们，内功精湛，史料翔实，史识和文笔都好。讨厌的是，修成大师还好，才情欠些，就是个无趣的大和尚。以各路野史笔记为代表的葵花宝典们，多是性情中人，但是常常满嘴跑火车，酒大了风起了月冷了写爽了，妈的成了科幻小说了。所以说，迄今为止，最牛的是那个先练少林拳，后来机缘巧合，练了葵花宝典的司马迁。

最近拿到谭伯牛的《战天京》，讲曾、左、胡、李这些中国历史上最后一批修齐治平的大人物，厕上床上，两天竟然读完了。很长时间里，我基本不读现代汉语的长篇，《战天京》是个少有的例外，它最大的价值在于详略有当而生动有力地讲解了那些人和人之间的事。

这些事儿，写正史的人，练了一辈子少林拳，心里明镜似的，但是由于传统观念和中央文件规范，就是不说。从某个角度看，"二十四史"就是一套三千卷的巨大习题集，还没有教参，没有正确答案。曾国藩读史长见识，仿佛商学院用案例教学培养小经理："读史之法，莫妙于设身处地，每看一处，如我便与当时之人酬酢笑语于其间。"看他写道："《廿三史》每日读十页，虽有事不间断。"我常想起一边看英文案例，一边泡网聊天的日子。而这些人和人之间的事儿，写野史的人不一定明白，明白的也不一定不掺一点私念，毕竟是没了下体的人，思路和言语难免偏激。

谭伯牛的可贵是秉承司马迁的衣钵，站在了少林拳和葵花宝典之间，有才情又不失史识和直笔地展现人和人之间，种种出发点的不同和利益的平衡。按古代小资的话说，应该焚香一炷，煎茶半盏，于窗下听秋雨读之，不知天之将白。第二天上班，把学会的东西分批分拨儿活学活用给自己的顶头上司。

就因为这一点，如果《史记》是一百分，《战天京》可以得七十分。

在追赶司马迁的路上，如果想继续走，约略有三种做法。第一种是最取巧的，但是最容易坠入魔道：提炼出一两个核心词语，反复炒卖。得手的例子有吴思的"潜规则"和"血酬定律"。第二种是积累数量，司马迁用含蓄的正史写法，用精练的古汉语写了十本，谭伯牛至少要写二百万字才能都说清楚吧？如果不想写得吐血，只有引刀自宫了。第三种是借鉴西方史学，充分总结归纳，拎出自己的中国人学体系。这点，司马迁都没做到，如果成功，可以加分，总分超过一百。高阳和唐浩明的方式不是路数，老牛拉个破两三车，得些浮名而已。

惟楚有材，于文为盛

　　湖南女作家盛可以是庸俗醒龊浮躁无耻的20世纪70年代生人中的异数，她的存在让后人百年以后不能将这一代人全盘总结为言语短舌和思想平胸。

　　70年代生了我们这一拨俗人。

　　"文革"一代对文字无比虔诚，他们为了文字四十几岁死于心脏病，他们为了文字喝大酒，跳上桌子喊："卑鄙是卑鄙者的通行证，高尚是高尚者的墓志铭。"他们没有灭掉五四一代，但是他们至少丰富了现代汉语的形式和风格。我们没有用"华丰"牌圆珠笔在北京电车二厂印刷厂出品的四百字一页的稿纸上狠呆呆地写一百万字再一百万字，文章即使发表在《收获》和《十月》上，也不会让我们泪流满面，更不会从根本上改变我们的命运。如果发表不了，我们就把《收获》和《十月》当成愚钝不开的典型，与文化馆、劳保用品和公费医疗归为一类，认定它们很快会消亡。

　　我们的大脑权衡、斟酌、比较、分析，我们的大脑指挥身体，我们的大脑指挥脚丫子，我们的大脑指挥屁股蛋子。我们的大脑，丫一刻不停。

我们这一代，基本上，脸皮厚表现欲强，有丁点儿姿色会用全拼法录入汉字的就是美女作家。我看到女作家及其背后书商们市场竞争的升级，没有看到文学和性情。市场的门槛的确是越来越高了，再想出头出名，看来只有在家里装摄像头，二十四小时直播三点毕露的裸体了。实在没有姿色的女的和各级姿色的男的，面对李白、杜甫巨大的影子，决定用小米加步枪战胜飞机加大炮，战略转型，避实就虚，专攻下三路，准备在文学史上号称"下半身"。如果在辣椒里挑鸡肉、在裈子里拔将军的话，棉棉写了三四万字好小说，李师江学朱文，由皮毛学到一些筋骨，个别中篇有些气质。

绝望之前，读到了盛可以。

我到了中国南部，在香港和深圳两地跑，MSN 问四分之三身体烂在网络里的出版家狂马，香港和深圳有什么作家可以见啊？香港有黄大仙和李碧华啊，深圳有盛可以啊。李碧华有幽闭症啊，盛可以写得好吗？年轻女作家中写得不错啊。长得好吗？网上看不出来啊，照片谁敢信啊？但是大波啊。是吗？那就不管好不好看了，去见去见。

先读了《收获》上发表的《水乳》，不像有大波的人写的东西。《水乳》讲述一个女人没有浪漫的结婚，没有意外的出轨，没有快乐的重逢，没有戏剧性地维系了婚姻。文章冷静，凌厉，不自摸不自恋，风雨处独自牛×。我想，即使原来丰满过，成形之后一定被作者挥舞着小刀子，削得赘肉全无。我想，作者如果没有一个苦难的童年，也一定有杀手潜质。恍惚间，感觉到余华出道时的真实和血腥，但是婉转处女性的自然流露，让这种真实更另类，血腥更诡异。

然后读了《北妹》，盛可以的处女长篇，没有《水乳》老到，但是比

《水乳》丰富，我更喜欢。《北妹》讲述一个湖南大波少女来到深圳，干过各种工作，每种工作都是受欺诈，遇过各种男人，每个男人都色狼。奋斗一圈回到起点，一样没有钱、没有家、没有爱、没有希望，不同的是奶大到成了累赘，失去灵气，仿佛失去乳头，只剩下十斤死肉。《北妹》没有《水乳》的凤头和豹尾，但是有《水乳》不具备的猪肚和更丰沛的写作快感，像所有小说家的第一次，一定不是他们最好的，但也一定不是他们最差的。

盛可以生长在湘北，门口一条桃花江，听说端个马扎，在门口坐一会儿，就能看见大群大群的美女游来游去。盛可以没有受过科班训练，很少读书，很早出来做各种杂工，吃过很多苦，受过很多委屈，但是还能气定神闲，不仇恨社会。2002年初的某一天，大星冲日，盛可以觉得心中肿胀难忍，辞工全职写作，一年写了六十多万字，其中包括《水乳》和《北妹》。

我想，没有道理可讲的时候，一定是基因作怪。楚地多水，惟楚有材，是个灵异基因常常显形的地方，过去的表象有屈原、贾谊，近世有小学文化的沈从文和残雪，现在有盛可以。这类人，不需要读书，不需要学习，创立文字，就是为了记录这些人发出的声音。这类人，受了帝王的委托，就成了巫士；受了命运的提弄，就成了诗人。杜甫说"文章憎命达"，我反复唠叨，盛可以啊，要本色，要荣辱不惊，千万不要去北京。

作为70年代一代人，我们振兴了中国经济，我们让洋人少了牛×。作为一代人，我们荒芜了自己，我们没有了灵魂的根据地。好在还有基因变异，变异出来盛可以。

北漂文青胡赳赳的文字江山

作为北京土著，我热爱北京，热爱得毫无道理，热爱得鼻涕眼泪流。臭名昭著的沙尘暴来了，我拉了几个大老外手下，走在长安街上，我说："没见过吧，不用去火星了，今天这里就是火星了。"

城市总要比拼，香港人说，他们有法律和制度，他们有金融市场和国际信息。上海人说，他们有便利店和金茂凯悦，他们有最老的殖民经历和务实的地方政府。北京土著说，我们有故宫、长城，我们有群莺乱飞的"北漂"。

像是每年如期上市的大闸蟹，如期飞舞的柳絮。每年，一批批的"北漂"小伙子带来扰动人心的才气和力气，一批批的"北漂"小姑娘带来搅乱人性的脸庞和乳房。香港天灾人祸造成的昂贵，在最差的馆子吃六个小馅儿饺子也要二十块，"长安居不易"，年轻人不能漂。《新民晚报》上全是如何提高自己的工作技能，继而提高自己的薪水，上海漂的人没有味道。

胡赳赳就是北漂文青的代表。

第一次见他是在一个茶楼，戴着厚厚的眼镜，瘦弱的身材。同坐的还有另外几个二十几岁的小伙子和小姑娘，胡赳赳说："使劲儿吃，这个茶楼是自助式的，不吃白不吃。"

我常常想象胡赳赳刚刚杀到北京时的情景，觉得心驰神荡，血管里胡人的基因"嗞嗞"沸腾——留江东爹娘在身后，留夺去自己童贞的姑娘在身后，来到北京，没有关系，没有工作，没有存款，提一个箱子，里面三条内裤，三双袜子，一本稿纸，还有半打避孕套，就来了。我继而联想到沈从文，下了火车，抬眼望见前门楼子，听见鸽哨响起，小学文化的沈从文掂量了一下自己骨血里的才气，说了句类似恺撒第一次到高卢说的话：俺来咧，俺瞅见了，俺都摆平咧。

北漂文青胡赳赳的杂文里，一大类是反映一个北漂对北京的切肤感受：

"大学毕业后我的轨迹很明确，一直北上，在河南一个县城里做了两个月的大夫后逃遁了，主观原因是难以忍受清苦。我跟同伴说，我还是适合在都市里生活，因为我还有欲望。就这样我怀揣着二百元钱到了北京，并且在火车站还被一个女人给骗了，她谎称是卫校老师，钱包丢了问我要钱给单位发传真。"

"很多时候，我都能够想象自己是一只蟑螂，在偌大的北京城里探头探脑，日出而息，日没而作，仰望着头上的星空的同时也仰望着这座城市，我只希望自己不要被一泡尿憋死，也不要被谁一指头给废了。这就是我的道路，也是我所希冀的平安。"

"长安街是一支筷子，平安大道是筷子的另一支，它们南北夹击，合伙架起了故宫这道大菜，秀色可餐的后海则是平安大道外侧的汤汤水水，等待人们拂袖而来，或者拂袖而去。"

这些文字的主旨简洁：快来北京，这里，钱多，人傻，还臭牛×。

文字感觉敏锐凌厉，北京泡吧的那些腕儿无法企及，他们这辈子都别想，他们已经被环境废了。

北漂文青胡赳赳的杂文里，另一大类是反映一个北漂对江东以及还在江东的那个夺去他贞操的姑娘的记忆：

"那年夏天，我在电视上看到了许多镜头，对于小镇的我来说，那是一场遥远的闹剧。而我，端着一个破了缺口的粗瓷大碗，在说不清是衰败还是兴旺的堂屋里，边吃饭边看一台19英寸的黑白电视机。几只母鸡在我的脚边端详着，后来它们十分不幸地在吃我喂给它们的白色塑料泡沫后腹胀而死。堂屋里还有几个堂弟堂妹，他们围着门轴绕来绕去，门上的木雕可以看出有一只断嘴的鸟、麒麟的前半身和一头完整的大象，跟门板一样在堂弟堂妹的转动下摇摇欲坠，这是他们的游戏，他们喧闹的时候整个午间显得极为宁静。如果他们的笑声盖过了电视机发出的声音，堂屋外的阁楼上的白色鸽子就会扑棱着翅膀越过天井上空，一直到晚霞映红我脸蛋时才会回来。

"这个时候，她，我的第一个女朋友，眼睛会盯着远方，有一搭没一搭地说着什么。而我则对远方置之不顾，我只知道热烈地看着她，从侧面看她的睫毛，看她嘴唇边细密的汗毛，我调动我嗓子间公鸭的力量，翻唱崔健的《一无所有》。这首惨遭语文老师批判的歌，惹来了她的笑，那笑声像是从她的胸腔伸出的一只摇着银铃的手。"

这些北京本地长不出来的文字，带着原始的力量和意象，丰富我们的汉语。

第二次见他，我在燕莎的萨拉伯尔请他吃韩国烧烤，看见比我还单薄的人，我多点了一份火锅面。"多吃。总要胖些，要不然如何支撑文字？""我有个非法同居的女友，按食谱饲养我。我还有个老妈，最近赶来照顾我。"

胡赳赳的一个老领导教给他人生的道理:"你在这里干编辑,月刊的稿子半个月就编好了,剩下时间写点小说,当个作家。"我也要和他说,多写,占有话语权,成为颜峻、许知远和谢有顺。

我抬起头,我看见,远远的,胡赳赳的文字江山,半个太阳爬上来。

有肉体，还有思想

我基本上只看写字人写的博客，什么东西落到文人手里就复杂了，这种复杂，我喜欢。好的文人博客，如唐宋野史、明清小品文。内容上，讲真话，不掩饰，夜雨春酒，深巷杏花，记录发生在当下的新鲜。形式上，直截了当，去繁就简，一个词想不起来，造一个或者标注拼音，不查《成语词典》。唯一的例外是高晓松的博客。一个字，牛。两个字，牛×。四个字，就是牛×。强悍的人生，不需要解释。睥睨笑傲或者谦和恬退，真实就好，不装就好。见过一次，在故宫午门外，夜里两点，在他新改装的大篷车里，喝酒，听他放新专辑《万物生长》中的《彼得堡遗书》，听他讲如何谈大恋爱，大绿帽子如何纷飞，看车窗外十米红蓝的警灯闪烁，看车窗三十米外冤鬼们肩并肩开会的午门。

胡赳赳的博客是典型的文人博客，比我的强多了，基本都是专门为博客写的，淋漓不尽，不动大手术，上不了平面媒体。在电脑的液晶显示屏上看，仿佛一页页沾着脑浆子的涂鸦，有肉体，还有思想。

有肉体。

比如："海儿素喜制服女，口头禅是'制服诱惑'，每次见到都会狂拍不止，此次打飞的过安检时，女制服安检摸他全身，他一如既往地吐出两个字：欧耶！"我在国内过安检，每次都是提前半小时就把裤腰带脱了、假牙摘了放在旅行箱里，每次警报还是照样响起。我高度怀疑机场部门担心女制服安检们实在无聊，故意提高敏感度，多出很多触摸的机会。再比如，喝一杯的理由里必须包括自己，但又得有人响应。于是，稀奇古怪的提议便应运而生：北师大毕业的喝一个，住在五环以外的喝一个，离过婚的喝一个。假如这尚算智力平庸的话，请看水晶珠链站起来说："不止一个性伴侣的喝一个！"不在北京已经三年，看到这样三个短句，一瞬间，恍惚间，北京二环三环边上，小酒馆里的酒旗飘扬，初长成的文艺女青年和油炸花生米飘香。

还有思想。

比如："我们对诗歌要保持足够的耐心，不管它发展到什么状况，请一直相信，人们在需要的时候，会打开那座语言旧仓库，去搬运被遗忘的旷世诗篇。"在现在的世界上，除了诗人，我已经不崇拜任何人了。等我们祖国人均GDP超过五千美元，或许我们会看看白洋淀还有没有活鱼，会看看周围还有没有诗人。再比如："我的2005年交给了谁？MSN？博客？《新周刊》？手机？床？厕所？几首诗？几篇随笔？客串博客？一支MP3录音笔？一个平头？一个新居？一个LP(有限合伙人)？一堆不成体系的书？小部分碟？十来盒名片？啤酒、白酒和洋酒的混合物？与中产一起瞎混？现代城A座3909和瑞达大厦41号？某某三六九和小强？五打保险套？半百餐厅？数个酒吧？暴走？出租车时光？火箭队？参加别人生日？开N个不同感觉的会？伪玉米？有限的几次篮球运动？有限的几次吵架？有限的几次被人误会？有限的几次撒谎？有限的斗地主胜利？有限的几个实惠奖项？被频繁的跳槽脚步声惊扰？看通州上空的飞机无声地滑过？忘了植物的名字？令人不爽的口腔溃疡？几次通宵喝酒或加班？几场日场电影？两趟四川一趟上海？屈指可数的几个fans？几次酗醉？"如果今天把一生能用的牙膏都买过来，一个提包装下了吧？把后半辈子能喝的啤酒都排成队，到不了一公里吧？

毕竟是讨文字饭的，酒局少去，歌厅少唱，文艺女青年少碰，博客写写，好事，当成搞摄影的傻瓜机，当成搞美术的素描本。等着看王朔们写的《红楼梦》，等着看胡赳赳们写的《世说新语》《子不语》《浮生六记》。

橡皮擦不去的那些岁月痕迹

　　总体上说，和杂花生树、群莺乱飞的南方报纸杂志相比，北京的报纸杂志太天安门、太长安街、太中国历史博物馆了。北京媒体人可以大体分为两类：真弱智的和装弱智的。但是办出来的东西，却出奇地统一和一致：天总是蓝蓝的，姑娘总是壮壮的，黑夜不存在，极个别的几个坏人，留着小黑胡子，脑门上写着两个隶书黑色大字——"坏人"。

　　所以一直喜欢《三联生活周刊》。版式爽净，文笔通顺，信息繁而不贫，涉猎杂而不乱，选题永远热点，发言每每擦边但总能不踩地雷。铜版彩印，长度也适当，大方便的时候，翻完半本就可以找手纸了；睡觉之前，翻完一本就犯困了。尤其是当三联的《读书》杂志越来越像二流落魄文科学究的学术通讯的时候，尤其是刚发刊的时候，《三联生活周刊》好得简直不像北京出的杂志，在一定程度上捍卫了北京作为文化中心的地位，丰富了我们打击上海人、广东人的精神武器。

　　逛书店看见一本黄色封面的小书《有想法没办法》，杨葵编的，作家社出的，布丁写的，收集了《三联生活周刊》现任副主编苗炜（笔名布丁）借工作之便，在"生活圆桌"版块上发表过的大多数小文章。《三联生活周刊》靠"生活圆桌"版块加些作料，咸一点，甜一点，麻辣一点，人文一点，灵动一点。爱屋及乌，想也没想，买了回家。

有个周末，屋外风起雨落，不在网上挂着，不去我爸妈家，不去我老婆爸妈家，关了手机，所有的饭局、牌局离我远去。就着一桶大可乐，我细读布丁的文字，脉络渐渐显现，感觉和大方便的时候不一样，不是一点一滴的感触和感动，而是淋漓成雨，笼罩天空。想起过去，想起上房揭瓦碎人家玻璃的过去，想起夏天看同桌的女孩热得没穿胸衣的过去，想起橡皮擦不去的那些岁月痕迹。有些粗俗，有些淫荡，难得发现一个视角与趣味和自己如此相似的人。

这个叫布丁的人也注意到，古龙爱用"胴体"一词："早些年我看古龙的小说，古龙总爱用'胴体'一词，还总喜欢描述女人的腿，有时我感觉他的女主角只长着两条腿，在当时的我看来，女人身上总有些部位比腿更值得描写。"《现代汉语词典》上清楚写着：胴体即身体。我还是执着地认为，胴体比身体淫荡一千倍。我那时候，充满好奇，总想知道事物之间的差别，比如我的身体和我同桌的身体之间的差别。我还特地查了《新华字典》，里面没有男人体、没有女人体、没有男孩体、没有女孩体，只有一张人体图解，画了一个五大三粗的男子，一正一反两张，穿了个齐头短裤，包得严严实实。

其他的相似还有很多：比如他也爱看犯罪电影，也注意到罗伯特·德尼罗，推崇《美国往事》；比如他也记得很久以前，去有录像机的同学家看录像仿佛流氓聚会；比如他也注意到最早在合资酒店工作的人，经常偷回些小瓶洋酒和小瓶洗发水，是大家羡慕的对象；比如他也明白，古龙酗酒好色，其人其文都充满缺憾，但还是因此而有力量，古龙的文章，由于这种原始力量，百年后还是有人读出兴奋；等等。

因为从来不分析自己作品的技巧，所以也不愿意分析一个视角与趣味和自己如此相似的人。缺点还是很明显：太软，太薄，太小，生活之上的和生活之下的都没有多少。但是这不是什么大不了的事情，现在的问题是作家太多了，有性情有灵气的写字的人太少了。

合上书，屋外风住雨霁。瞬间感觉自己老了，开始查看那些橡皮擦不掉的岁月痕迹了。过去最常骂的一句话是：你大爷的。连和初恋的姑娘分手，都一边狂骑自行车一边心里默念这四字真言。屈指算来，过不了几天，我就是某些小孩子货真价实的大爷了，再骂"你大爷的"，也占不了什么便宜了。

饭局酒色山河文章

我和艾丹老哥哥混上是通过书商石涛。我的第一本小说出得很艰难，历时十一个月，辗转二十家出版社。结果仿佛是难产兼产后并发症的妇人，孩子没生几个，医生、护士、其他像生孩子一样艰难创作的作家倒是认识了一大堆。

那天是在平安大街上一个叫黄果树的贵州馆子，有二锅头，有狗肉，有我，有艾老哥哥，有石涛，有孔易，有两个女性文学爱好者，有刚刚做完肛肠手术的平面设计大师陈丹。最惨的就是陈丹，不能大碗喝酒、大块吃肉，双手还要像体操运动员一样把屁股撑离椅面，免得手术创口受压肿痛。艾老哥哥说："叫两个小菜吃吃。"于是就定下了之后所有见面的基调：有饭局有酒有色。

饭局。地点遍布京城，去得最多的是"孔乙己"。江南菜养才子，孔乙己生活在低处，从不忘记臭牛×，鲁迅思想端正、道德品质没有受过"文革"污染，所以我们常去。饭局中，最牛的就是我艾老哥哥。据《北京青年报》报道，艾老哥哥是三里屯十八条好汉之首。他在饭局和酒局里散的金银，足够收购十八家"孔乙己"和十八家芥末坊。这辈子到现在，我见过三个最牛的人：第一个是我大学的看门大爷，他一年四季穿懒汉鞋，一天三顿吃大蒜。第二个是我实习时管过的一个病人，当时同一个病房还住了一个贪官，天天有手下来看他，带来各种鲜花和水果，还住了一个有黑道背景的大款，天天有马仔来看他，带来各种烈酒。我管的那个病人是个精瘦小老头，十几天一个人也没来看过他，一个人蜷缩在角落里，忽然一天，来了十几个美女，个个长发水滑，腰身妖娆，带来了各种哭声和眼泪。我的精瘦病人是舞蹈学院的教授，和李渔一个职业，指导一帮戏子，我觉得他非常牛。第三个就是艾老哥哥，听人说，如果万一有一天，老哥哥落魄了，他吃遍京城，没有一家会让他买单。

酒。十回饭局，九回要喝大酒。男人长大了就变成了有壳类，喝了二锅头才敢从壳里钻出来。艾老哥哥，一个"小二"（二锅头的昵称）不出头，两个"小二"眨眼睛，三个"小二"哼小曲，四个"小二"开始摸旁边坐着的姑娘的手，五个"小二"开始摸旁边坐着的某个北京病人的手。艾老哥哥酒量深不见底，他喝"小二"纯粹是为了真魂出壳，为了趁机摸姑娘。更多的人喝了五个"小二"之后就当街方便，酒高了，比如孔易。

色。十回饭局，十回有色。文学女青年、文学女学生、文学女编辑、文学女记者、文学女作家、文学女混混、文学女流氓、文学女花痴。不过，有时是春色，有时是菜色，有时是妖精，有时是妖怪。艾老哥哥伟大，他的眼里全是春色，全是妖精，尤其是十道小菜之后，五个"小二"之后。艾老哥哥眼里一点桃花，脸上一团淳厚，让我想起四十几岁写热烈情诗《邮吻》的刘大白。

如果艾丹是棵植物，饭局是土，酒是水，色是肥料，艾丹的文章就好像是长出来的花花草草。从新疆到旧金山，到纽约，一万里的山河；从小混混到愤青，到中年理想主义者，二十年来家国，都落到一本叫《艾丹作文》的文集里。厚积薄发，不鲜艳，但是苗壮。唯一的遗憾是，花草太疏朗。尤其是当我想到，那么多养花的土，那么多浇花的水，那么多催花的肥料。

文字说到底，是阴性的。我是写文字的，不是做文学批评的。从直觉上讲，艾丹文字最打动我的地方是软弱和无助。那是一种男人发自内心的软弱，那是一种不渴求外力帮助的无助。世界太强大了，女人太嚣张了，其他男人太出色了，艾哥哥独守他的软弱和无助。男人不是一种动物，男人是很多种动物。艾哥哥是个善良而无助的小动物，尽管这个小动物也吃肥肉也喝烈酒。月圆的时候，这个小动物会伸出触角，四处张望，摸摸旁边姑娘的手。

做设计的孔易提议，艾丹、石涛、我和他一起开公司，替富人做全面设计（包括家徽族谱），提高这些土流氓的档次，把他们在有生之年提升为贵族。公司名字都起好了，叫"石孔艾张"（张是我的本姓），合伙人制，仿佛一个律师行，又有东洋韵味，好像睾丸太郎。和艾丹合计了一下，决定还是算了，原因有二：第一是"石孔艾张"这个名字听上去比较下流；第二是怕我和艾丹在三个月内就把这家公司办成文学社，种出很多花花草草。

手稿教派

一、朋友

从小周围基本上都是些变态的人类，心脏多孔，脑袋大而无当。

粗分两类：和我有关的人与和我没关系的人。和我没关系的，落花尘土，随见随忘，不知道从哪里来到我眼里的，也不知道又消失在哪里了，像是我每天喝下去变成了尿的水。坐在出租车里，有时候也好奇，那个一手公文包一手啃烧饼的胖子，啃完烧饼之后去了哪里，发生了什么，像是喝着瓶装水望着护城河。

和我有关系的，再分两类：和阴户有关系的，以及和阴户没有关系的。涉及阴户的，情况往往凶险复杂，变态的人类给进出阴户这件事儿赋予了太多心理性的、社会性的、哲学性的内涵，使之彻底脱离了吃饭拉屎等简单生理活动，比进出天堂或者地狱显得还要诡秘。

不涉及阴户进出的，一拨是亲戚。小时候跟着父母，过节拎着别人送的水果烟酒去拜访，印象最深的是舅舅。舅舅一辈子所有重大选择都错了，他先上日本人的军校，后来日本投降了，还上过黄埔军校，后来跟了国民党，1949年前在青城山投诚当了俘虏，但是起义证书丢了。在"文革"期间，舅舅被打死好几回，每次都被舅妈用板车驮回来。"文革"后，每三五天都要梦见找他的起义证书，每次都在找不到的状态下醒来。舅舅书房有个巨大的合影照片，没有八米也有七米宽，刚粉碎"四人帮"那年，还活着的黄埔同学都出席了，没有一万个老头也有一千个老头。我舅舅每次都哆哆嗦嗦给我指，哪个老头是他，每次都能指对了。我还有个大表哥，比我大二十四岁，他婚礼那天，他老婆死拉着我和他俩一床睡，说，这样吉利，这样他们也能生一个像我一样眼神忧郁眼睫毛老长的男孩儿。那天晚上，他俩都喝了好些酒，我出了好些汗，第二天早上醒来，床上还是只有我们三个人，没见到长相和我类似的其他小孩儿。后来，他们生了个女儿，长相以及世界观、人生观和我没有任何相似。

不涉及阴户进出的，另一拨是朋友。我老妈大我三十一岁，我哥大我九岁。我老妈比较能喝酒，我哥比较能打架，他俩都好人多热闹。我中学放学回家，家里十几平方米的房子里总摆着两桌发面饼之类便宜的吃食和糖醋白菜心之类便宜的下酒菜，酒是拿着玻璃瓶子一块三一斤零打的白酒，桌子一张是方桌，一张是圆桌，围坐十几个人，有的坐凳子，没凳子坐的坐床，陆续有人吃饱了走人，陆续有人推门进来。我眼睛环视一圈，叫一声，哥，姐，算是都打了招呼，然后撑个马扎，就着床头当桌子，一边听这些哥哥姐姐讲零卖一车庞各庄西瓜能挣多少钱、到哪里去弄十个火车车皮、谁要苏联产的钢材和飞机，一边手算四位数加减乘除，写《我最敬爱的一个人》，看司马迁写的《刺客列传》《吕不韦列传》。

所以，三十五岁之前，我习惯性认识的朋友基本大我十几岁，我不叫哥哥就叫姐姐，其中也包括这个非官方纯扯淡的《手稿》所涉及的一些人。和这些大我十几岁的人喝酒扯淡，我常常有错觉，他们的脑袋不是脑袋，而是一个个的水晶球和手电筒，告诉我未来的星空、道德律和时光，指明前面的方向。与此同时，极大地降低了我对未来的期待值和兴奋感。这些哥哥和姐姐对我的教导，让我在见到女性乳房实体的十一年前，就知道，其实那不是两只和平的白鸽，不会一脱光了上身就展翅飞走，乳头也没有像樱桃一样鲜红和酸甜，那些都是哈萨克人的说法。在我每月吃八十块人民币伙食的时候，我就知道，钱和幸福感绝对不是正比关系，一间有窗户的小房子、一张干净而硬的床、一本有脑子的书、一支可以自由表达的笔，永远和我个人的深层幸福相关。

后来，学了八年医，进一步降低了我对未来的期待值和兴奋感。在协和医院那组八十多年历史的建筑里，看见很多小孩子被动地出生，被用来解决他们父母的婚姻问题和人生问题，他们长得一样丑陋，只知道哭，不知道等待他们的是什么。看见很多癌症病人缓慢地死去，不管他们善恶美丑，不管他们钱财多少和才情丰贫。医院的好几个天台原来都可以自由出入，上接天空，东望国贸，西望紫禁城，但是有太多的绝症病人到了上面不东张西望，不缓步于庭，而是想起星空、道德律、过去的时光和将来的无意义等不靠谱的事情，一头朝下跳将下去。

再后来，医院的天台就被铁栅栏封上了。

二、石涛

石涛是我最早认识的《手稿》成员。最早认识石涛的时候，我还不知道《手稿》，也不知道《今天》或者《收获》等非官方和官方文学期刊。

当时我刚从美国念完商学院回到北京，进了一个叫麦肯锡的管理咨询公司。大北窑作为地名已经消失，国贸里面已经开了两家星巴克。上商学院之前，我没听说过麦肯锡，没学过任何金融和财务，除了看过一个叫作《血，总是热的》类似战争片的工厂管理电影和翻过三分之一"二十四史"，没接触过任何管理。

在商学院期间，1999年暑期实习，周围的人比我平均大二十岁，我每天一个小时就做完了一天要做的活儿，睡多了实在多梦，实在无聊，实在需要忘记一些人和事儿，于是写了六七万字的半部小说。我想记录1985年到1999年，北京、鸡鸡和心智的生长，就起了个名字叫《万物生长》。2000年，回国后，给在电影学院当老师的发小看了，他说，好看，很好看，又说，把我介绍给他的老师张玦和她的男友。我发小叫张玦"先生"，我也跟着叫先生。张玦当时的男友叫石涛，刚做火了一本叫《格调》的书，还做火了杨葵等人没能做火的上进青年石康，是当时最时尚的出版人，最有潜力的师奶杀手。

第一次和石涛见面是在望京的菜根香，川菜，量足，一般辣。石涛很快看完了那半部《万物生长》，在电话那头，我想象他一挥手，说，写完它。

《万物生长》的下半部在亚特兰大写完，用的是2000年冬天的三周假期。那是一个愉悦的过程，我开不大的暖气，直接喝水龙头里的水，吃米饭和卷心菜。窗户外经常一个人也没有，文字像窗檐上的雨水一样滴答落进电脑，周围花朵怒放，鬼怪缭绕。在写到十五万字左右的时候，我给石涛写电邮，说，下雪了，我窗外的松鼠们还没冻死。石涛说，他想起他在辛辛那提写作的时候，说，如果觉得文气已尽，当止就止。

三、艾丹

第一次见到艾丹，是2001年的冬天，是因为石涛。

当时电子书大佬"博库"还笔直地挺着，常常在人民大会堂请客吃饭，开座谈会，买断大牌作家一生的电子版权。石涛当时是"博库"的内容总监，2001年冬天，为了替"博库"省钱，他领着黄集伟等大小编辑在长城饭店旁边的小长城酒家新春团拜众作者，有酒有肉，竟然也有我的份儿。

我第一次见北京的作家们，有男有女，有胖有瘦，都深不可测，都能为世界制造幸福或者灾祸，我感觉自己像是在凤凰窝里的一只小鸡。

我第一次和作家们喝酒，就被一个黑红胖子、一个青白胖子和一个长得像花生米的黑青瘦子，灌得平生第一次在睡觉以外的时间失去意识，停止思考。去协和医院洗胃，周围十几个医学院同学穿着白大褂，围着。我心想，将来这些人都是名教授大医生啊，我真牛啊。他们后来告诉我，他们觉得心酸，原来混迹于医学院之外的社会，是这么艰难。我事后才知道，这三个灌我酒的家伙，一个叫艾丹，一个叫张弛，一个叫狗子，在民间的北京酒鬼榜上分别排名第一、第二和第十一。石涛后来说，我倒下之前，一直谦和有礼，一直在抢酒喝，最后一口真气涣散之前，拨了三个手机号码，一个接到留言机，一个说人在上海，最后一个没有通。他想知道，这三个人都是谁。艾丹后来说，我根本就不是他们灌的，是我自己灌的自己，一瓶大二锅头，不到半个小时就干了，心里不知道有什么想不开的事儿。

回想起来，艾丹穿着舒适，和桌子上所有的人攀谈，照顾所有人的酒菜，劝所有人喝酒，鼓动所有人开心。在不经意中，有美女的地方他会多看好几眼，但是手脚并不就势延伸过去。我清楚地记得艾丹看人的样子，基本上是闭着眼睛，但是几乎闭合的眼睛里偶尔放出强烈的光，非常凌厉，时间很短，一瞬间消失，然后是大段大段时间里经久不衰的眼睛闭合着的笑容，普照四方。

四、严勇

第一次见到严勇，是2004年的冬天，是因为艾丹。

艾丹常年盘踞在一个代号"食堂"的地方。具体地址是东三环长虹桥往北一百米顺峰酒楼北侧一个胡同里，具体菜系时常改变，从川菜到香锅到金华土菜到艾丹自己发明的一些北京菜，具体主人也时常改变，从一个有着外国名字的四川姑娘到一个有着四川名字的四川姑娘到一个不加价两倍从不卖货的古董商人到一个组成复杂的二十多人投资群体到一个替这个投资群体装修的精壮靠谱男人。我所在的公司很快显现出它资本主义的罪恶一面，一周工作八十个小时，很少有时间在北京。我到了北京机场，鼻子闻到尘土的味道，脸贴到干燥的风，就想起喝酒，想起艾丹、我初恋和石涛。当时，我初恋正在闹离婚，促膝谈心或许会谈出想不出的事儿。当时，石涛正在搞创业和闹妇女，见投资者、见妇女、面壁梳理情感问题，似乎比我还忙。于是我总找艾丹。打艾丹的手机，十次有九次他人在"食堂"，十次有九次，酒局还在。"就等你了。"艾丹说。

2004年的冬天，大年初三或者初四的样子，少有的一次，艾丹说，他不在"食堂"，他在一个叫天通苑的小区里一个客家菜馆。"就等你了。"艾丹说。

打车从嘉里中心到天通苑，我才体会到北京有多大。天通苑几乎是个城市，在市中心的所在，找到那个客家餐馆和艾丹。桌子拼桌子，几乎占了半个二层，一半儿以上的人我不认识。我问艾丹，艾丹说，这是谁谁谁，这是谁谁谁。听上去像是听《三国演义》或者《水浒传》，身在其中，鼓瑟吹笙，有笑傲某个地盘的感觉。一个人，瘦，高，微驼，微秃，一直在打手机，才挂断，入席，吃口菜，喝口酒，另一个电话又进来，再离席。我问艾丹，艾丹说，他是严勇。

"他是干什么的啊？"

"他是北大学数学的，和你一样，也做企业，做得很大。和你不同的是，他已经搞垮了好几个企业了，至少有三个，都是大企业。这就是他一辈子做的事情，我怀疑他是敌人派来的。"

我一个医学院女同学从美国回来看父母，住在北边，打车过来，盛开着粉色的裙子和橘色的大衣，和我喝酒，然后高了，然后和所有人喝酒，然后更高了。我好不容易找了辆黑车把她扔进去，是辆奥拓，女同学身子伸不开，她说："人生残酷。"我说："北京真冷。"她开始吐。我兜里正好有一打子十块的票子，准备给各种小朋友当压岁钱的，她吐一口，我就扔两张给黑车司机。

五、《手稿》

《手稿》那群人是我见过最古怪的：彼此认识很久，但是互相几乎不了解。多数成员或者有着北大数学系等良好教育或者没有任何高等教育，但是几乎人人都对正经工作有强烈的抵触。有些人一辈子没有任何工作，但是也活着，也有老婆或者女朋友。有些人思考了一辈子人生，写了一本没有一个字的书，妄图在社会主义祖国申请到正式出版书号。

《手稿》起源似乎是一个文学兴趣小组，但是多数人从来不写东西。每个创始人轮流做一次责编，三年才能组齐稿件，出一期刊物，到现在出了三期，但是这项活动竟然持续了十几年。如果照这个速度，所有创始人没有轮到一圈，一定已经有人不在人世。似乎很多人的一个共同愿望是年岁大了之后生活在一起，在北京郊区的一个公社，由国家出钱或者自己凑钱，但是随着改革开放，这个愿望越来越遥远。

我对这一群人，无法窥其全貌。我热爱妇女、文字，练习商业，敬畏古玉。石涛热爱妇女，出版文字。严勇谙熟商业，写过《二月三十日》。艾丹写过《纽约札记》，热爱妇女，对古玉的天赋远大于文字。他们是我的朋友，我的老哥哥，我的水晶球。

对于文字，我不认为我应该拍任何水晶球。文字是我的命。这么多年了，一直想摆脱，一直摆脱不了。这么多年了，写一部长篇小说，我的生命之火就死一点。我 × 老天它妈，为什么是我？一切仿佛我佛，我禅，是我的，别人帮不了。

对于妇女，石涛和艾丹这两个水晶球混沌不清。石涛到底有几次婚姻？现在婚姻是什么状态？女人给他的恐惧大于安慰吗？他在北京的多种死法里，有被前女友们雇凶杀死这一种可能吗？在三里屯南街，我看见石涛抓着酒吧老板娘细嫩的手，问："我该结婚吗？"老板娘说："我给你再倒杯黑方吧。"艾丹在传说中那个夜晚，和一个睡名飘香的美女从东单三条一步一步走到东单十三条，在他家院子的门口说："我忘带钥匙了。"之后的一个说法是，一老一少，看了一晚月亮。关于妇女，我不知道问石涛什么，我不知道问艾丹什么。

2003年后，我也和严勇一样，常住香港和深圳。我在深圳南山脚下有个房子，严勇带过几次酒过去，都是红酒。我们两个心情好的时候，喝两瓶，毫无醉意，眼睛比月亮还亮。我们两个心情不好的时候，喝两瓶，严勇就跟跄着下楼，下山，背着月亮，我闻见山林里鸡蛋花的味道，我听见荔枝飞快红熟，我睡到第二天艰难早起，脑子到下午才重新清亮。严勇和石涛对红酒都有研究，谁比谁深，我不知道，但是都比我深多了。严勇只会说好喝或者不好喝，石涛的描述词语多，胡桃、黄桃、樱桃，仿佛和尚描述素菜大餐，素鸡、素鸭、素鱼。

我问过严勇："你有过中年危机吗？"严勇说："当然有，一直有，很早就开始，现在还没好。"后来严勇辞职不工作了，我仿佛看到我不远的将来，我问："没了收入，如果还想喝红酒怎么办？"严勇说："喝一百块钱以下的最好的红酒。"我问："如果一百块钱最好的红酒都没有一千块钱的好喝怎么办？"严勇说："那就忍住十次，不喝一百块钱的红酒，然后买一瓶一千块钱的红酒好好喝。"

我曾经痴迷历史，觉得时间轴长些，对世事的解读清晰些。我想过一个写当代史的办法，上部叫《垂杨柳》，1949年到2009年，每年引用一段《人民日报》当年的新年贺词，然后让我老妈回忆那年发生的事情。下部叫《食堂》，2009年到2038年，每年还引用一段《人民日报》当年的新年贺词，然后添上每年元旦夜艾丹在"食堂"酒后的发言录音剪辑。艾丹在酒大些、美女多些、倪整姐姐不在的前提下，口头表达水平接近我老妈。

《手稿》第三期很厚，里面有每个人对于一百零一个人生问题的回答和分别在小时候、年轻时候和现在的黑白照片。印出来之后，轮值责编艾丹分外高兴，我管他要了一本，在交给我之前，他借着酒意在扉页写了七个字："冯唐，怎么办？艾丹"。

蚊子文字

　　还没见到张弛之前，就反反复复听别人提起他。别人没下什么结论，可我感觉好像总有这样一号人物，铺天盖地的，流窜在饭局间，打印在报纸上，弥漫在广告里。如果你在北京写文章的圈子里行走，很难不撞上这个有着西瓜肚和冬瓜脑袋的弛老前辈。就好像在很久很久以前的魏晋南北朝，如果你参禅悟道唱《广陵散》喝大酒摸酒馆老板娘屁股做名士，很难不碰上嵇康和阮籍之类的混混。弛老前辈为了强化影响力，还创作并出版了一本叫《北京病人》的书，拉帮结伙，摆出打群架的姿态，追思千年前那个号称 Bamboo Seven（竹林七贤）的团伙。现在，如果你在北京写文章的圈子里行走，想要不撞上这些病人，简直是件不可能的事情。就好像在很久很久以前的南北朝，如果你想摸一个还没有被 Bamboo Seven 摸过的老板娘的屁股，简直是件不可能的事情。

　　每月一两次，我厌倦了所做本行里的"市场份额""税前利润""上市融资"等俗物，我就小衣襟短打扮，到北京写文章的圈子里行走，找小饭馆喝大酒。第一次见弛老，好像是在长城饭店旁边的"小长城"，同席的还有好些当红写手，好像是"博库"请客，说是光景不如网络潮起时，去不了长城饭店，就将就着"小长城"酒家"酱香肘子"吧。我仗着小学参加过作文比赛、初中写过检讨、高中写过情书、大学写过入党申请书，脸皮厚起来感觉自己也是个作家，坐在当红写手之间，酒来酒去，毫不脸红。弛老这个白胖子就坐在我对面，他旁边是个叫艾丹的黑胖子，一白一黑两个胖子喝起酒来深不见底，配合起来进退有致，振振有词。两瓶"二锅头"下肚，我很快发现，自己的酒量比脸皮差多了。再醒来，人已经吐在桌子上了；再醒来，听见我老妈在叫喊；再醒来，我已经在协和医院的抢救室了。我医学院的十几个同学都来了，团聚在我的床旁，掩饰不住地兴高采烈，有人开医嘱，有人叫护士，热火朝天地准备给我静脉点滴速尿和葡萄糖并进行洗胃活动，仿佛我是一只躺在解剖台上的兔子。我隐约听见一个同学说："冯唐还是有才气，醉成这样还在念唐诗：'鸿雁几时到，江湖秋水多。'""鸿雁"是我同学里正经功课念得最好的，如果一定要洗胃，我一定要等"鸿雁"到。至于"江湖秋水多"，我一定是想起张弛和艾丹这两个胖子酒缸，感觉江湖险恶。

以后的酒局里，常常见到弛老，弛老总是主持工作，结账的时候用身体堵住门口，维持秩序，强迫在场男士出份儿钱。这时候，我总在想，北京长期列进世界生活指数最高的五大城市，长居不易，这些长得不好的男性艺术家都靠什么养活自己呢？弛老在其中最为殷实稳定，我很少看电视，但还是常常看见弛老出演的广告。弛老演的广告有一个特点，看过之后，对他的印象非常深刻，但是从来记不住广告试图推销的是什么。其中有一个广告，弛老演一个老爸，表情极其庄重，好像急于证明没有和演妈妈或是演女儿的演员有过任何不正当关系似的。另一个广告，弛老好像跑到一个巨大无比的胃里去折腾，他穿一身紧身衣，饱满而灵动，特别是一脸坏笑，怎么看怎么像一个精虫。

弛老的文字大器晚成，几臻化境，打磨得不带一丝火气，但是力道不减分毫。七岁的小学生读上去基本不会遇上生字，七十的老学究读上去也需要仔细辨别弛老骂的是不是他。读弛老的文字，感觉像是蚊子。感觉对了，心神一交，一个词、一个句子、一个意象，在你不留神的时候打动你一下。好像蚊子叮你一口，当时没有太多感觉，但是之后想一想，挠几下，感觉不对，越挠越痒，肿起一个大红包。

　　弛老的大器晚成听说是自然形成的，按弛老自己的话就是："至于说出名须尽早，我不太苟同。因为不管什么人，要想成就一番事业，都有一个瓜熟蒂落、水到渠成的过程。就拿我来说，别看前一段时间一下子出了三本书，可我已经写了二十多年了。所以我跟采访我的记者形容，这就好比堵了很长时间的茅坑，突然一下通了。"听说王朔看过弛老的文字，奇怪写这样文字的人怎么能不蹿红。弛老听说了这种说法激动不已，更认定自己是大器晚成。我同意王朔的说法，但是我昨天逛国贸商城，看见好几十个长得比舒淇还舒淇的长腿美人，但是只有舒淇一个人上了《花花公子》的封面。所以还是希望，弛老这本《另类令我累》让更多的人见识他蚊子一样的文字。

到底爱不爱我

早在和小翠见面之前，就听过她的种种传奇，说是典型北京姑娘，性格豪爽、蔑俗、自在、粗糙。说是祖籍南方，长相娟秀、高挑、内敛、桃花。说是十四岁出道，敢喝能喝，敢睡善睡，艳名飘扬。总而言之，近几年北京街面上的各路男女名人、老少另类如果只有两个共同特点：第一就是都喝不过小翠；第二就是都睡过小翠（或是被小翠睡过）。

如今小翠坐在我面前，传奇缭绕不散，我开始怀疑这些传奇的真实程度。小翠一身职业装，长发，黑袜子，配件搭配精练老到，话不多不少，饭桌上的气氛不浓不淡。如果她不是谈笑间喝了三瓶啤酒，我会怀疑她到底是不是那个传奇中的小翠。

小翠一笑，告诉我不要奇怪。太妹不能当一辈子，她金盆洗手，当白领了。当白领对胃很好，定时上班，定点吃饭，业余还上西班牙语课程，感觉天天向上。

小翠二笑，告诉我别奇怪。桃花落尽，她找了固定的男友。清华电机毕业，读了MBA，改行干会计，浓眉大眼，三围比例合适。

"但是我不知道他到底爱不爱我。"

"你灌醉了他之后，问他。"我出主意。

"试过了。我问他，你爱不爱我？他说，爱。我再问，你有多爱我？他说，要多爱就有多爱。我再问，你怎么证明呢？他说，这是公理，不能证明，只能相信。"

小翠决定证伪。小翠睡过哲学新锐，知道公理如果永远不能被证伪，也就成立了。

卖盗版光碟的每周四到小翠的公司上门服务。小翠挑了一张半黄不黄的DVD，周五的晚上播放，要清华男友和她一起看。清华男友说，小翠先看着，屋里太乱，他要做卫生。于是跳将起来，用吸尘器打扫地板，满头大汗。

小翠隔三岔五，经意不经意之间暗示清华男友，她从前笑傲"街头"的时候，认识个叫小红的女子，姿态曼妙，媚于语言，不知男友有没有兴趣三人同床。小翠仔细描述小红的好处，直到自己都不禁心旌摇曳，身边传来清华男友轻柔而稳定的鼾声。逼到最后，男友义正词严，如果一定要三人同床，小翠再找个男的凑数好了。

每次男友出差，小翠都调查得一清二楚。小翠送他上出租车，算准四十分钟他到机场，电话过去："你到底爱不爱我？"飞机到目的地，男友的手机刚开，小翠的电话过去："你到底爱不爱我？"男友酒店登记完，刚进房间，房间里的电话响起，是小翠："你到底爱不爱我？"给男友一个小时出去吃饭，然后电话过去："你到底爱不爱我？"清华男友总算能睡了，电话响起，床头闹钟显示凌晨三点："先生，要不要小姐按摩？"清华男友急了："小翠，你不要闹了！我爱你。"电话那边的按摩小姐莫名其妙："先生别急，先醒醒觉儿，我一会儿就过去。"

我终于明白，英雄末路、美人迟暮是一件多么痛苦的事情，但是更痛苦的是和末路英雄、迟暮美人最亲近的人。

你不可能永远尿那么老高

我过情人节的个人史可以清晰地分成三个阶段。

上大学之前，读过《灯草和尚》、影印版的"三言二拍"，心灵已经不纯洁了，但是身体还算纯洁，除了自摸之外童贞硬硬的还在。根据中医理论，我的晨尿还勉强能算中药，没有男女接触，没过过情人节。

不是对男女之事没有兴趣，而是很有兴趣。首先，当时称得上爱好的东西很少。20世纪80年代的中国，基本还是变种的理想国，人都穷，有钱也没什么地方花，都是好人，有坏心眼也没什么地方使。没有电子游戏，没有网吧，没有大卖场，没有健身房，没有书城，没有迪厅，没有水煮鱼，没有各种以洗涤身体为名义的准色情场所。毛笔字基本没人练了，太极拳基本没人会了，组装个矿石收音机或者闹钟基本都在小学和初中玩腻了，小伙子们的爱好趋同于本能：打架、抽烟、男女。其次，这类本能性的兴趣爱好通常都非常简单。比如打架，最好是有家伙，一寸长一寸强。其次是打不过就跑，先保命再保脸面。再其次是被闷在角儿里一定要护住头，腿断了好接，头坏了不好修理。这些，不是傻子都懂。比如抽烟，越贵的烟越好抽，不要在学校周围的楼洞儿里抽，不要在厕所抽，不要烟盒藏在裤兜里，否则很容易被老师发现。这些，傻子都懂。只有男女，挺挺地在心头立着，仔细学了《生理卫生》，还是不懂。为什么只有她是香的，而其他女的都和男的差不多？为什么她随便笑了笑，风就从我的脚底板下吹起来了，而其他女的还和草木鱼虫一样一动不动？钻被窝之前，偶尔，看看自己的身体，瘦瘦长长，冰冰凉凉，空空荡荡，恍惚间陌生，仿佛看着五米之外的一匹马，我天天骑着它，但是不知道它的脾气秉性，不知道它要干吗？偶尔，我想，长大的一个巨大动力就是长大之后，抽烟合法了，男女合法了，除夕不流着鼻涕放闪光雷了，过完春节没几天，就可以挑个姑娘过情人节了。

在讨老婆之前，我上了长达十年的大学。青春期被人为地过度延长，东单、王府井街上来来往往的人越穿越洋气，食堂里的青菜总是以白菜为主，肉总不够吃，我差点儿成了诗人。当时我以为，写诗仿佛点穴和骑自行车，会了之后一点都不难，一辈子忘不掉。比如，我的一个师姐，她弟弟除了挣钱，什么都喜欢做，尤其热爱艺术，用各种办法花他姐本来就很少的生活费。情人节的时候，他给他姐姐一张卡，上面一句诗："姐姐，今夜我不关心人类，我只想你。"（选自海子的诗《日记》）我这个师姐说，为了这句诗，一切都是值得的。我说：虽然我骗了一辈子人，今夜，我只对你讲实话。虽然所有人都夸奖你的美丽，但是你在我眼里的美丽，是其他所有人从来没见过的。我说：这种套路你都吃啊，傻啊？

这十年里，我按照《四库全书简明目录》大致翻了翻我们的国粹，有自己观点的，不以抄袭为主的，对汉语有贡献的，总之写得不像《管锥编》的，加起来不过百种。这十年里，学大体解剖的时候分给我的是半扇女尸，三年困难时期，饿死在某大城市街头的，没病没灾，非常干净。从骨骼开始到神经系统，都扒开来看了。从大体解剖到组织学到生理生化，也都学了，考试也都及格了。这十年里，人的各种毛病都见识了一下，从病毒感染到自己跟自己过不去的自身免疫疾病。学泌尿系统的时候，长得像大妈的男教授把他收集的卵袋模型在教室前挂了一排，后来他得了脑癌，四个月之后就死了。妈妈的，过了这十年，男女之事还是没明白。

这十年大学由于生活过分规律，时间仿佛不是线性的。回想起来，经常前后错乱，上下颠倒，仿佛一个四维的迷宫。每次回忆，情人节是个挺好的线索，如果记得某年的情人节是和谁过的，情人节前后的杂事就慢慢泛起，像池塘里鱼群吐出的水泡一样，带着淡淡的腥味儿。

那时候，我一般不买巧克力，国产的太难吃，进口的太贵，一盒基本是我一星期的生活费。我一般不买花，情人节那天，一枝玫瑰花比一个猪蹄都贵，一打玫瑰花够买一只金华火腿了。只有两次买了花。第一次，想用染料把玫瑰染成蓝色的，举着在情人节那天的街上行走，和周围的红玫瑰比起来，仿佛傻×中的邪×。结果没成，手被染蓝了，半个月才褪色。第二次是给初恋，从第一次见她算起，忍了丫好多年了。当时我有预感，看她隐隐中斗志昂扬的样子，那年的情人节应该是最后一个和她过的情人节了。我和她约了一个点，买了枝玫瑰去她家接她吃饭。玫瑰据说是进口的，刺又大又硬，我挑了一段没刺的地方举着，在她家对面的一个楼洞里等她。天气非常冷，我套了两双袜子，还是觉得慢慢失去了对脚指头的感觉。吹出的气都是白色的，在半空凝结成细碎的冰碴儿，落到脚面上。楼洞口左前方有个老大妈一边看着一台公用电话一边卖报纸，左手厚棉手套，右手薄毛线手套，左手给人拿报纸，右手点钱。我初恋从她楼洞里跑出来的时候，远远地看去又黑又小，在一瞬间，在我吐出的一口白气之间，来到我脚面。我初恋包裹得很严，狗熊一样，粽子一样，饺子一样。头发刚洗，人造柠檬味儿的，半湿着，显得特别黑，远离她脸蛋儿的发梢上冻出来一粒粒的冰碴儿，在路灯下一闪一闪的。"怎么头发没干就跑出来了？"我问。"怕你冻死。"她说。她看见玫瑰花的时候，忍不住地乐，看见傻子的那种乐。"怎么不写诗充数了？"她问。"诗人下场太惨了。顾城疯了，海子卧轨了，骆一禾大面积脑出血死了。"我说。抱她的时候，觉得人造柠檬味儿真好闻，她发梢上的冰碴儿夹在两张脸之间，很快融化了。我摸不到她的骨头；我看不见她的眼睛；我感觉她的身体向我倾斜；我看见她背在后面的右手上，没戴手套，攥着那一枝进口的玫瑰花，花的大头朝下。

后来，她告诉我，她在那个情人节之后多年，第一次结婚，结婚之前一直保持童贞。"留它干吗啊，又不是红酒？"我说。"你说我是不是有病啊？"她问。"我是学内科的，外科不懂。"我说。

有了老婆之后，情人节变得非常暧昧。按照定义，这个节不能和老婆过。按照人性，这个节也不能和老婆过。设定节日的基本目的就是和日常生活区别开。学动物学的时候，看过一个录像，外国的，不是赵老师配音，一种转角羚羊，一年只在一天里性交，一天里性交十二次，每次都尽可能和不同的雌性。在那一天，如果已经干过的雌性转角羚羊再凑过来，它就使尽力气踢走它。按照社会道德，这个节也不能和非老婆过，否则容易吵架，不和谐。不是没有来自非老婆的感动。胯下的唐僧胖胖的还在，极其罕见地还能遇见白骨精，穿着小鸡黄的毛衣，笑的时候鼻子上的皮肉层层皱起。贪嗔痴，戒定慧，拿起，放下，放下，拿起。唐僧最后说的是"你不会不知道我是个坏人吧？尽管那坏人决定这辈子，且放你一生"（选自叶三的诗《坏人十四行》）。

总之，像所有的事情一样，像所有的时代一样，像所有的人类一样，你尿得老高的时候，你没有容器；你有容器的时候，你已经尿不了老高了。摸着今天，将就活吧。

人生在世

现在的人，事儿多。除了衣食住行，还有好些别的所谓必需。初到香港，像初到其他城市一样，我问土生土长的香港烂仔朋友：手机、上网如何办理，长途哪家最便宜，银行哪家最方便，哪些报纸、杂志、网站最能反映香港文化？烂仔朋友说：手机用 Sunday 或者是 Orange，长途打内地也就两三毛一分钟，银行当然是 HSBC（汇丰银行）。文化？我们没有文化，我们有八卦。要知道什么流行，看某周刊就好了，每周四出版，二十块两本。

2月12日，买了到香港后的第一本杂志，封面大字标题："黄任中散清二十五亿，彭丹郑艳丽无钱分"。两张照片：一张是黄任中右手拎南国佳丽彭丹，彭丹白衣如雪，低开隐乳，低眉颔首，微笑着；黄任中黑色小褂，短头，半脸褶子，头右倾，凝目于彭丹，眼底一抹忧郁，也微笑着。另一张是黄任中死前两个月，一个小老头躺在病榻上，细碎青格病号服，头发花白，胡子拉碴，右手扶头，一脸褶子，面色黑黄，眼底依旧一抹忧郁，皱眉向天。报道说："台湾一代富豪黄任中，于2月10日在台北荣总医院因糖尿病并发症病逝，终年六十四岁。"2月10日，元宵节刚过五天，情人节还差四天。

黄任中的一生，是吃喝嫖赌抽坑蒙拐骗偷的一生。黄任中的一生，是热爱妇女的一生。

黄任中祖籍湖南，国民党元老黄少谷的儿子，蒋孝武的发小儿。少年时就开始滋事："曾犯偷窃、持械伤人、嫖妓和抽大麻。"人不笨，美国军事大学数学系本科毕业，又拿了纽约大学数学研究所硕士，给NASA（美国国家航空航天局）写过电脑程序。20世纪90年代中期，炒股成为台湾十大富豪之一。有了钱，黄任中终日Cohiba雪茄不离口，姑娘不离手。每年喝六百瓶葡萄酒，流连苏富比拍卖会，热情讴歌辉瑞制药的伟哥，经常在家聚赌，出门不系一条领带但是带十几个美女。

在芸芸富豪中，黄任中靠热爱妇女出名，尤其是热爱作为妇女杰出代表的各路港台红星和艳星。粗粗分类，包括老婆、小老婆、女护士、女徒弟、女知己、干女儿、女朋友，摸过的总数以三位数计，长得多像他妈妈，团面豪胸，三围36、24、36。黄任中仿佛现代现实版段正淳，不仅年老多金，而且温柔缠绵。他老实交代："女人是我生命原动力，没有女人我就吃不下饭。"比段正淳好的地方是，黄任中更发乎情而止乎礼，有的姑娘只是执手相看，有的姑娘只是上床聊天，有的是老汉推车。不像段正淳，和每个姑娘都有后代，在阴差阳错中几乎断绝了儿子所有的择偶可能。黄任中更物化妇女，仿佛对待每天的红酒、雪茄烟和靓汤，仿佛面对四季的花开花落。比段正淳惨的地方是，黄任中死时凄凉，不仅没有美人愿意为他死，在他死前，除了一个干女儿小潘潘，甚至没有一个姑娘愿意再多看他一眼。银子不在，仿佛红酒、雪茄烟和靓汤一样的姑娘也就不在了。

黄任中在刊上的照片，有个共同的特点：在酥胸大腿和罗裙鬓影之间，他一直忧郁着，看姑娘的眼神仿佛是看一个无限美好但是终究无法守住必然从指尖滑落的自然现象，仿佛流水。唯一笑得开心的一张照片，是在黄任中着了官司，家财已空，生活还得继续，他和唯一还厮守在他身边的小潘潘去超市买生活用品：购物车里是纸巾和可乐，购物车边是一身紧身休闲装青春无边的小潘潘，黄任中穿着黑色圆领衫，谢着顶，笑着。

人生在世，左右上下前后都是一辈子。这些过法中，另一个极端是曾国藩。诚心正意修身齐家治国平天下，一条路走到黑。那是个压抑自己一辈子的狠毒家伙，腰间和脑海中时刻都悬一把小快刀，无论身体上还是意识上邪念一起，都手起刀落，剁掉自己的命根。一辈子早就算计好，穷则独善其身，回家耕地读书；达则兼济天下，让大清朝多活好几十年。《曾国藩全集》几百万字，唯一和淫荡沾边的，就是写给那个叫"大姑"的风尘女子的对联："大抵浮生若梦，姑且此处销魂。"

曾国藩好像只有一张标准照存世，那张照片里，他也是眼神忧郁。和黄任中比，两个人谁更快活？参照两位先人，男人的一生应该如何度过？也许更快活的是我这样，活在这两个极端之间的俗人们：只有老婆可摸，自己的命根绝不自己剁。

曾国藩忽然热起来，和他有关的书在内地机场到处可见，鞭策鼓舞匆匆忙忙的各路企业家以及他们的幕僚。我问我香港的烂仔朋友：为什么香港机场没有曾国藩，只有当前政要、黄色期刊和美女作家？他说，这就对了，香港追求摸得着的眼前的风光和满足。不要指望他们做研发，不要指望他们读曾国藩。一辈子修身养性，荣辱不惊，有冇搞错？

要起在父母的牙齿只能啃面糊，脑袋只剩糨糊之前；有大把时间和他们打棋谱喝夜老酒炖五花肉教孙子背"深林人不知，明月来相照"；要选个城市盖个房子混吃等死终老残生。

卷四

择一城
而终老

择一城而终老

市场经济，更要规划。国家每五年根据国际国内形势做一个长期规划，企业每年滚动做下个五年的规划。战略要人力资源配合，所以经理们要求员工思考职业生涯，一眼看到生涯的尽头。隔着空啤酒瓶子排成的篱笆，遥望酒桌对面，最近常常听到三十岁的人遥想如何在四十岁退休。他们说从小习惯了"饶天下一先"，早别人一步，原来是早恋早泄早孕早产，现在想早些退隐江湖；说人生苦短不能每小时都跑百米，眼也花了，脊椎也僵硬了；说要赶在父母的牙齿只能啃面糊、脑袋只剩糨糊之前，有大把时间和他们打棋谱喝夜老酒炖五花肉教孙子背"深林人不知，明月来相照"；说要选个城市盖个房子混吃等死终老残生。

如果腰缠大把的时间，让我选择一个城市终老，这个城市一定要丰富。生命太短，最没有意义的就是不情愿的重复，所以人生第一要义不是天天幸福，而是不烦，喜怒哀思悲恐惊，酸甜苦辣咸麻涩鲜，都是人生经验，整天笑的是傻强，傻强们长得都一样，他们的十八号染色体比常人多一根。生物教授说，衡量一个生态环境，最重要的是物种多样性。如果天下只有一种水稻，这种水稻的天敌一出现，全人类就没食儿吃了；

如果天下的姑娘全是苏小小，小鸟依人，小奶迎风，某卫视说不男不女的女将才是超级美女，全人类就绝种了。

一个城市的丰富程度，有四个衡量角度。第一是时间，时间上的丰富是指建筑的历史跨度，同一座城市里，方圆十几里，有六世达赖几百年前坐看美女如月的酒馆，有昨天才为青藏线建成的火车站和洗手间。第二是空间，空间的丰富是指建筑的多态性。一座城市，形式上，古今中外，不要全部大屋顶建筑外墙上贴石膏花瓶，也不要全是后现代极简主义，一门一窗一墙。功能上，吃喝嫖赌，不要全是食街水煮鱼，也不要全是天上人间洗浴桑拿。第三是时间上空间的集中度，要有细密的城市路网，让人能在最短的时间到达最丰富的空间，小便大酒，寄情人卡买猪头肉，敲寡妇门挖绝户坟，走路十几分钟或者最多骑车半个小时内全都解决。第四是人，人的丰富是指五胡杂处，万邦来朝，劳模和人渣，清华理科生和地铁歌手，花木兰和刘亦菲，刘翔和刘罗锅，百花齐放，万紫千红。

如果按这样的标准筛选城市，上海不理想。虽然路网密集，生活精致方便，新长出的建筑也算有品味，金茂君悦像个宝塔，上海博物馆像个铜镜，外滩中心像朵莲花，但是年头太短，外滩就像纽约几百条街道中的半条，基本上都是20世纪初的东西，清中期都够不上。人也太一样，一样上班勤勤恳恳为老板打工，一样下班勤勤恳恳陪老婆，价值体系完整稳定，芙蓉姐姐之类，三秒钟就会被全体上海人归类为脑子坏掉了，然后不再提起，所以即使再闹几次"文革"，三周之后，上海人民还是毛蟹年糕梧桐旗袍。

香港是不理想的。殖民地时候的妓寨西港城就在国际金融中心（IFC）二期百米之外，英国无赖小伙子们带着洋枪在这里遇见苏丝黄，现在不作旧用，职业妇女产业由于劳动力成本等，转移到别处去了。每晚楼上有小乐队伴奏吃西餐跳拉丁舞，楼下卖电车模型和各种甜品，楼下学生仔吃"榴梿忘返"，楼上跳拉丁舞的型男型女能闻到。西港城西十五米，招商局华泰餐厅，每周四有水饺，皮薄馅儿大，华南第一，二十五块港纸管够。东五十米，港澳码头，一个小时快船到澳门，赌场强过拉斯维加斯，美元港纸换成塑料圆片片，圆片片扔给红桃方片钩疙瘩K叉。百米外国际金融中心二期，初看像电动鼻毛刀，再看像玉米，那里坐上地铁，三十分钟到机场，不到两个小时飞到吴哥窟，四百八十寺，莲花粉白，僧衣赭黄。但是，还是人，我不认识王晶、周星驰，不认识李碧华，不知道他们最早见到少年时代的邱淑贞，心里是什么感觉。

纽约不错。也够老，NYSE（纽约证券交易所）最早开盘的时候，满族人才刚刚在北京城站稳脚跟，还没有见过纸质钞票。那么多那么好的博物馆，让我不再痛心疾首中国文物流失海外。在这里，先人祭天的礼器至少不再担心被人家同国产美人豹跑车陈列在一起。纽约绝对五胡杂处，除了Harlem（哈林区）的黑人是当地人，其他都是外地的。道德宽泛，人不和鱼或者海藻乱搞，就不是新闻。但是，吃得太差了，一个"五粮液"川菜馆，一道不麻不辣的鱼就算纽约的头牌了。

古巴不错。够老，16世纪初，就是海盗巢穴，到20世纪中还是美国黑帮年度工作大会的长期地点。1949年之后，古巴革命党们内心纯净，内心没邪恶能量口袋里没钱，十几平方公里的老城，从东走到西，三十分钟走过五百年。烟有Cohiba，酒有Havana Club朗姆酒。绕岛一周，都是深蓝色的加勒比海。在岛上晃悠，到处都是腿长腰细的漂亮姑娘。但是，土地公有，住房公有，想买房子也没人卖给你，而且，卡斯特罗在欧洲医药和中国针灸辅佐下，身体真的还很好。

还是北京。最近三次回北京，没有一次见到蓝天。沙尘暴里，坐在啤酒杯子里，我问一个老哥哥：会迁都吗？老哥哥说：我们有生之年，可能性不大吧。我问：北京会变成沙漠吗？他说：我们有生之年，可能性不大吧。所以，还是回北京。后海附近整个四合院，不太现实。中等规模的四合院，占地五六百平方米，基本住了八九户人，不找三四个打手，没上千万，请不走。砖木结构，俩小孩儿墙根撒泡尿就塌了，抹平了重盖，周围二三十个老头老太太找你麻烦。还是在城乡接合部找一块农民宅基地，自己人设计，自己人当工头，自己人画画补墙，我自己住。我问：只租二十年，二十年之后怎么办？老哥哥说：活这么大，我明白一件事，十年之外的事情，不想。

　　北京污染虽然不适合人类呼吸，但是还适合我思考，还能让我混吃等死，灵魂不太烦闷。

换个裤头换个城市

我原来以为，换个工作，换个城市，就像换个裤头那样简单。

当时一个人从北京去美国，四六不懂，也就是简单托运两个巨大的箱子，随身书包里几十张盗版光盘，贴肉钱包里几张薄薄的百元绿色美钞，我在首都机场里抱了一下面目如春花身体如高粱饴的女友，向老妈老爸挥了一下手，在飞机上曲折婉约地睡了一觉儿，就到美帝国主义的地方了：多数人讲英文，花草整齐，地上没痰和烟头，咖啡和可乐都散发着资本主义的味道。

所以想象从中国的北京转到中国的香港，我想应该像换个裤头那么简单：旧的脱下来，扔进洗衣机，新的从衣柜里拿出来，踹两下腿套上身体。

但是，离开北京就是第一桶麻烦。

虽然人实际上受雇于外企，但是名义和手续上我的单位是外企服务公司。外企辞职，签署各种保密协议和非竞争协议，交还机要文件、钥匙、秘书、门卡、公司信用卡、手机、电脑之后，还要去外企服务公司。在外企服务公司，我要结算我的各种福利保险，住房基金，具体金额的算法比对冲基金的高级操作还复杂，基本上它给我一个卡，给我多少我就拿多少，密码还不告诉你，还发给我一个存折，和这个卡不是一个银行的，这个卡和这个存折什么关系，一层楼的人也没能跟我说明白。还有，我的档案要存在北京市人才（公司？不知道），交几百块，别问为什么。我也可以存别处，但是别处没有在外企公司现场办公，至于别处是哪些去处，在什么地方，什么价钱，北京市人才派出的现场办公人员不知道。还有，我的户口要自己存街道，我的医疗卡和缴费记录要自己留着。

然后是处理身外之物。先是房子，房子先要租出去，靠着我的极简主义的装修风格，我租给了一个英国大使馆做文化艺术项目的半大老头。项目做四年，房子就租四年。那个装修是京城室内设计大师孔大的作品，孔大的特点是才气大，手巧，有急智，热爱妇女，人住澡堂，手机不在服务区。本来房子是北欧风格的，有个真正的壁炉，大理石的，什么"蓝钻"和"黑金沙"，壁炉前睡一条懒狗。后来孔大说，时间不够了，"改现代日式吧。日本其实最好地继承了汉唐风骨，而且日本人咸湿"。后来孔大说，时间不够了，"改极简主义吧，最省钱的就是最好的，少就是多，少就是好"。就像相声里说的，画个扇面，美女换成张飞，张飞变成大树，最后只能扇面涂黑写两个金字完事儿。后来，房子租给英国人之后，孔大说："欧洲人，艺术眼光最好。"我要搬出去，光书就装了四十四箱。不可能搬到香港，香港一个岛的书都没这么多，这些书进了我香港的房子，我只有踮着脚尖坐在厕所里睡觉了。实在没人可欺负了，还有父母，书堆进老妈原来的卧室，箱子摞了三层。老妈在美国叫嚷，楼板要塌的。我说，我问过孔大，民用楼板设计强度是一平方米一百五十公斤，实际负载量可达三百公斤，我的书平均下来，也就是一平方米一百三十多公斤。老妈继续在美国叫嚷，楼板要塌的，楼下住着的老蔡是个好人。我说，您放心吧，我堆上书之后，还在楼板上跳了好些下，没塌，还到蔡伯伯家去了一次，相应天花板上也没看到裂缝。再从美国打电话来，是姐姐，说老妈做梦把书箱子从一个屋子挪一些到其他屋子，累惨了，心脏病犯了。除了房子，还有宽带网，我跟英国大使馆的半大老头说，还是留着吧，北京也没有《阁楼》卖，你老婆也不在。他说，是啊是啊。还有手机，申请了一个语音信箱，中英文各录一遍，大意说，我到南方去了，有话就撂下，反复听了好几遍录音，才勉强接受，电话里那个公鸭嗓的男声是我自己的。

然后是处理身外之羁绊。颐和园的西堤和故宫后屁股上的筒子河，我带不走，但是要使尽全身力气，恶狠狠地看一眼，闻一鼻子，能摸的地方慢慢摸两把：一棵是桑树，另一棵也是桑树。古玩城带不走，但是仗义行侠的坏蛋玉商小崔劝慰我，香港有个荷李活道，道上也有坏蛋玉商，如果我眼力比他们毒辣，这些坏蛋玉商偶尔也被迫仗义行侠。"还有，还有，记住，别买传世的，一定只要大开门的生坑货。"小崔说。酒肉朋友带不走，我在一周的时间里，每天赶三个局，基本都见过了，至少能抵三四个月，不去念想。康宁按摩院的独眼龙老白带不走，我连着做了三个钟，肉体开始恢复弹性，变得如同高粱饴。"别急，我决定下个月开始到旁边的朝阳中学学习游泳，听说从珠江口游水过香港并不遥远，听说香港最便宜的按摩一个钟也要一百三十八元港币。"独眼龙老白说。三联书店带不走，又买了十几本，行李装不下，继续堆到摞了三层的书箱上，反正楼板下的老蔡总是有危险，反正老妈认定楼板要塌，订了机票，调整书箱，救老蔡。

然后还有到香港的第二桶麻烦：旅行手续，工作手续，房子，手机号码及通知所有同志，银行户头，宽带登记，书店，技术好的盲人按摩院，各种银行卡飞行里程卡的联系办法更新。

工作需要，间或要去蛇口，然后便有第三桶麻烦：旅行手续，工作手续，房子，手机号码及通知所有同志，银行户头，宽带登记，书店，技术好的盲人按摩院，各种银行卡飞行里程卡的联系办法更新。不期望蛇口会比香港少多少麻烦。同叫中国移动和建设银行，北京分公司和广东分公司几乎是两个公司。我不抱任何希望。

所以，如果不考虑思念，纠缠，反复，以及双方亲友团，简直比换个老婆还麻烦。其实，我和老婆有各自的身份证、护照、手机、分开的户头和房子，技术好的盲人按摩院可以共用。过来人孔大说，其实，现在实行新的离婚法了，手续可简单了，将来就更方便了。有个机器像是自动取款机，两个人用结婚证一刷，自动离婚机的玻璃罩子就打开了，屏幕上说：你要离婚吗？两个人同时按Y，再分别按个手印确定，自动离婚机里伸出一把剪刀，把结婚证剪了，然后伸出一只小手，一人一个巴掌扇出来，然后就结束了。

社会主义市场经济了，WTO了，奥运会就要来了。日子好，即使不能长生不老，总还是希望能延年益寿。两种办法能够延长生命。第一，活得长些。如果活到一百六十岁，相比常人，你就活了两辈子。第二，多些变化。每天换个裤头，每周换个计算机桌面和MSN显示名称，每月换个网名和电邮地址，每两三年换个城市，相比常人，你多活好几辈子。

我想，尽管麻烦，第二种还是比第一种容易些。

浩荡北京

　　我第一次感到北京浩浩荡荡、了无际涯是在小学二年级。我生在北京东郊一个叫垂杨柳的地方，那里我从来没有见到过一棵飘拂着魏晋风度和晚唐诗意的垂柳。杨树爬满一种叫洋辣子的虫子，槐树坠满一种叫吊死鬼的虫子，满街游走着工人阶级，衣着灰暗眼大漏光。苦夏夜，男的工人阶级赤裸上身，女的工人阶级大背心不戴奶罩，为了省电，关掉家里噪声巨大的风扇，或坐或站在杨树槐树周围，毫不在意洋辣子和吊死鬼的存在。我每天走三百五十四步到垂杨柳中心小学上学，走三百五十四步回家吃饭。我小学二年级的一天，学校组织去人民印刷机械厂礼堂看《哪吒闹海》，从垂杨柳中街一直走到垂杨柳南街的最东端，作为小朋友的我们两两手拉手走，整整一千零三步，真是遥远，我的手被拉得酸痛。电影散场，我站在垂杨柳南街上看旁边的东三环南路，当时还没有任何立交桥，好大一条河流啊，一辆辆飞奔而过的212吉普、130卡车都是一团团的河水，河的对面是人民印刷机械厂的厂房，像个遥远的另外的城市。海要比这大河更凶猛，我想，龙王真是可恶，哪吒的脑子也一定被驴后蹄子踢了，怎么能闹得过海。我长大了，仰面躺下，成为一条木船，西风吹起，我就扬帆而去，横渡这大河，脱离北京。

此城何城？

地理书上说：一亿多年前，中国东部，火山喷发、地壳变动、山地隆起，运动之后的北京，如同一个海湾。漠北的野蛮民族打到这里，冬天的时候，觉得北风还能如刀，残阳还能如血，认定这里是他们可以用一定形式定居下来，而又不会渐渐失去剽悍兽性和坚强判断力的最南端。再往南，过了淮河，杨柳岸的暖风就会吹融刀剑，醉泥螺和黄鱼鲞就会催生骑兵肚皮的赘肉，口小如樱桃、奶小如核桃的女人就会柔软各个部落首领的身心。江南的人也逐渐悟出了中国历史上的一个重要规律：北京东南的所谓中原无险可守，北方异族入侵，一失北京，中原难保，江山难保，不在北方建立都城，就是自行加速政权的灭亡。于是平安险中求，明成祖朱棣不贪恋江南的暖风、醉泥螺以及小奶美人，迁都北京，在沙尘暴中真切感受塞北的威胁，在威胁中时刻警惕着。

北京的雏形是元朝奠定的，至今不变，三点突出：

一、四四方方。确立中轴线的设计，"左祖右社，面朝后市"，在大城之内，一条大马路与中轴线垂直相交，马路以北是中央部分，中央部分的前方是朝廷，后方是市场，左面是太庙，右面是社稷坛，清清楚楚。这条大马路，经过历代反复修建和拓展，形成了现今毫无人性的长安街。最宽处近百米，基本就是给坦克行驶和战斗机起落用的，心脏不好的小老太太小老大爷横过马路，先舌下含一片硝酸甘油。在上海或者香港等依海而建的城市里，一百米的距离，已经做了头修了脚洗了衣吃了饭买了菜钉了鞋寄了信会了朋友。城市规划院的一任老院长跟我说，别笑，为了阅兵的首长们站在天安门上，一抬头就能舒服地看到新式的战斗机从天空飞过，长安街两边，即使是在东三环附近，建筑物也要限高二百米。2000年前后，开发商开始一起炒CBD的概念，朴实的大北窑桥，也更名为国贸桥，所有附近的楼盘都夸耀长安街和东三环形成的"金十字"。我认识的一个法国设计师也被请来做CBD的整体规划和功能定位，他老实跟我说：这哪里是什么金十字，简直就是天牢，你们扒了美丽的城墙，修了二环三环四环五环六环，在飞机上看就是城市的一道道紧箍。

二、正南正北。四方的元大都，街道笔直，正南正北，正西正东。最近，花市斜街等仅有的几条歪道也因为城市建设被消灭了，只剩后海附近的烟袋斜街，依湖成形，还在。蒙古人数学不好，如果打到北京的是哥伦布，建完这个四四方方正南正北的城池，南北走向的，都叫街，东西走向的，都叫道，街道统统编号，一二三四五，甲乙丙丁戊。如果那样，到了现在，打车赴局，和出租车师傅就省了很多口舌。蒙古人不是哥伦布，所以现在去个没去过的地方，要先问清楚附近的地标建筑。20世纪80年代末，手机还基本用于军事，装固定电话还要贿赂电信局员工要排队等待要缴五千元押金。我的一个大哥开始做生意，和杨树下、槐树下的工人阶级说，要不要钢材，要不要火车车皮，要不要苏联造的客运飞机。在现在看，大哥当时的名片依旧实用：办公住址，102中学西南五十米垂杨柳西区二楼，电话，6787864，让小玲子妈妈叫一下。

三、亲水建城。弃金中都的小家子气的莲花池水系，以上通下达的高梁河水系为设计中心，挖了通达江南的大运河，运河北边的终点就是什刹海。于是北京有了水喝，有了水景，水路运来的醉泥螺还基本新鲜，吃了不会闹肚子，运来的小奶美人依旧眼神忧郁，从头发看到脚尖，耳边就响起《声声慢》。什刹海、北海、中南海连接成片，对一个城市而言，极其奢侈。纽约曼哈顿中央公园以及旧金山金门大桥公园的设计都是由此产生灵感，所以华尔街上的银行家今天才有舒展水景看，不至于大批量疯掉，旧金山的同性恋才能在光天化日下在公园的大草地上手拉手，走啊走，心平气和仿佛魏晋时候号称 Bamboo Seven 的七个男人。那个法国设计师跟我说，新中国成立后，北京城最大的遗憾不是拆了城墙，而是没把什刹海北海中南海合在一起，建个开放式的大公园，给作为国家主人的工人阶级颐养心灵。

这个法国人回国之前的一天，北京来了沙尘暴，宇宙洪荒，天地间一片混沌赤黄，法国人兴奋地在长安街上行走，问我：这里是不是传说中的火星？我想起很久远的一天，我陪我的初恋在中山音乐堂听管风琴，出来的时候也是沙尘暴，所有的星星都没了，所有的路灯看上去都像星星。我们沿着长安街一直走到国贸，然后再沿着东三环一直走到团结湖，我的初恋表情坚定头发飞扬，她笑了，我看到街边的玉兰花开了，她唱《红蜻蜓》，我觉得比鸟叫好听多了。我问她："你是不是来自火星？"我的初恋说："我真的怀疑你是不是北京孩子，要夸我长得像天仙，就眼睛看着我，舌头伸直，直截了当地说，不用转弯抹角地说什么月亮，什么火星。"

今夕何夕？

北京最不缺的是历史，20世纪末联合国评定的世界文化遗产，中国一共十九个，北京占了六个。而且不像西安等过早辉煌过的城市，北京所有的历史都是鲜活的或者根本没有死过。我飞快地去过一次西安，秦始皇陵远看像景山，但不是公园，不让攀爬，华清池仿佛某个民营企业在后院自己凑合挖的澡堂子。十年前，爬黄花城野长城，农民兄弟一块钱卖我一根玉米，十块钱卖我一块五百年历史的明代长城城砖。春天的时候，和姑娘去天坛，在墙根下拣荠菜，摘嫩枸杞叶子，中午配着鸡蛋炒，煮清汤。风吹过来，没有尘土，也没有杨花柳絮，我眼看着，一根枯死的枝杈从巨大的柏树上摇落，柏树腰长得那么粗，也应该是三四百年的生命了。和所谓艺术家们吃饭，某个饭局上，某个姑娘扎眼，五官嚣张，两眼一抹兽光，似乎"非我族类"。听熟悉情况的人介绍，这个姑娘有几分之几的满族血统，几分之几的蒙古人血统，如果大清不亡，她会是个格格。2005年，陕西周原发现四墓道的西周王侯级大墓，打开空空如也。我和几个古董老大开玩笑，拉两车武警封锁东三环北京古玩城的所有出入口，撬开大小所有保险柜和暗门暗锁，脱光古董老大们所有的衣服，搜查所有可以藏东西的所在（包括古董老大身体上的各个孔穴，难保里面没有西汉上等白玉做的整套含蝉鼻塞耳塞肛塞），就会呈现中国2005年最大的考古发现。

历史长当然好，民族可以自豪，可以冲淡眼下的很多问题。北京的悠久历史中，最夸张的是周口店北京猿人，五十多万年前的旧石器时代遗址啊，意义重大。几乎所有的新物种都产生于非洲，比如埃博拉病毒和艾滋病。西方学术界认为，除了中国，所有其他原始人类都起源于非洲。这种认可极为难得，河南偃师二里头、郑州二里岗都挖了那么多年，西方还是一直不承认夏朝的存在，更不要说三皇五帝，在他们眼里，中华文明凑不到五千年。唯一的一个北京人头盖骨后来在协和医院神秘地消失，一定是日本人干的，仿佛20世纪60年代的人没有学好任何一门功课，都是"四人帮"害的。之后好像又找到一些碎骨和牙齿，据见过那个丢了的头盖骨的专家说，一定是同一批人身上的，证据确凿。20世纪60年代美国登上月球也一定是真的。我做肿瘤研究的时候，也偶尔听说同道做出了非常喜人的科研成果，然后传出动物模型意外跑失或者被游荡的民工杀了吃了，所以需要追加科研经费，重新培养兔子和老鼠，这些应该也是真的。

已经死了的或者快要死了的历史集中起来，活在博物馆。人家送我一本北京博物馆套票，八十元，可以逛上百个博物馆。我心里流淌着口水，幻想着有时间休个无比悠长的假期，和懂明清家具的老大逛紫檀博物馆，和懂书画的老大逛故宫博物院，和懂青铜瓷器玉器的老大逛国家博物馆。一个上海人问：总说北京有文化，这些博物馆，多数北京人连名字都不知道，别说去过了，你一辈子也不一定都会去一遍。我说道理很简单，最奢侈的不是实际享受了多少，而是有享受的权利和自由，所以手机才具备摄像和看电影的功能，所以中年男人才会羡慕皇帝的三宫六院。

我想，就像一把茶壶，茶叶在茶壶里泡过一段时间，即使茶水被喝光了，即使茶叶被倒出来了，茶气还是在的。北京是个大茶壶。太多有权的有钱的有性情的人像茶叶似的在北京泡过，即使权没了钱没了性情被耗没了，即使人死了，但是人气还在，仿佛茶气。鬼是没有重量的，我想，死人的人气也不会很沉吧，沙尘暴一样，几十年、几百年、几千年，飘浮在这座城市上空。复杂丰富的城市里，活人也变成鬼，熟悉过的老大，喜欢过的姑娘，我对他们的记忆如同可吸入颗粒物。天空灰蒙蒙的，载我的出租车开过华威桥，一个恍惚，我听见一个老大的声音：仔细看看这个白玉鸡心，拉丝对不对，游丝纹对不对，是西汉的还是宋朝仿造的？你再仔细看看。我听见一个女声在唱："晚霞中的红蜻蜓，你在哪里啊，童年时候遇见你，那是哪一天？"

彼何人哉?

判断对一个城市熟悉程度,我有一个自己的标准。比较熟悉就是我知道这个城市里什么地方有好吃的,我知道什么地方的酒又好又便宜。很熟悉就是城市里最好吃的馆子,老板或者老板娘是我的朋友,喝多了有人送我回家或者去医院。极其熟悉:城市里最好吃的馆子,我去了,老板或者老板娘会自己下厨房,炒菜上桌子,老板和我干第一碗酒或者老板娘看着我夹第一口菜,喝到极高,送进医院,急诊室门口有四个以上的医生弟兄等着看我的熊样。

如果这样分类,我极其熟悉的城市,只有北京。

一个上海人较真儿,在上海成为经济首都之后,说,有了经济实力才能谈得上文化,问,北京是文化首都,凭什么。如果逛一下北京的夜店,听听聊天,了解一下夜店里的人,就很容易明白。北京集中了全中国百分之五十以上顶尖的文学家、画家、雕塑家、音乐家、歌手、地下乐队、演员、摄影师、建筑设计师。走进一个这些人常聚集的去处,随便就看到一个横断面。有的已经成名了,有的还在混。成名的,不一定有才气,但是的确努力;在混的,有的才气浓重,在眼睛里忽明忽暗缭绕盘旋。我看着那些刚出道的才情浓重的人,我知道这些人中,必定有一部分会在某种程度上不朽,尽管这些人现在可能还汗味浓重鼻毛悠长,还没找到合适的表达方法,还没用过信用卡,还不会说纯正的普通话,就像我在斯坦福大学的棕榈大街上,听那些话都说不利落的毛头小伙子聊他们的创业计划,什么血管生长素抑制因子治疗肿瘤,什么DNA芯片,我知道这些人早晚会创造出下一个辉瑞和惠普。在北京的一个桑拿天里,我蹭票在工体听了许巍的第一个个人演唱会,他唱到三分之一的时候嗓子就劈了,声音锉刀一样割耳朵,唱到最后,他终于撑不住,哭了。他一定想起他来到北京城这十几年，多少人没有混出来啊。坐我前排一个女孩，浑身打了无数的洞，穿了无数的金属环，挥舞着荧光棒，喊："许巍，我爱你。"我心里想，又一个小混混，混出来了。

有个美国知识分子说，北京最像纽约，上海不像，太不像了，有股票交易市场又怎样。在北京和纽约，一个人必须非主流才能入流（You have to be out to be in）；在上海，这个人必须入流才能入流（You have to be in to be in）。我们在东三环靠近农展馆附近有个食堂，没有名字，没有霓虹灯招牌，水泥地，水泥墙，金华土菜。艾未未的设计，招牌式的冷静干燥，没有多余的一点零碎。保尔·柯察金的那句"当他回首往事的时候……"影响了我的上半生；艾未未说，"人不应该追求快乐生活，快乐就像糖一样，只是人生的一种味道"，这句话我时常想起，或许会影响我后半生。在食堂里，我见到各种非主流的人：有自闭症嫌疑的小提琴手，说话从不看人眼睛，从脸上看不出年龄，酒喝到老高才放开些，死活让我叫她舅妈，她出的唱片上全是外文，据说她是国内第一把小提琴，男的女的都算上。有二十年没写东西了的作家，对古玉和旧家具的见识远远在对文字的见识之上，从小到大，唯一做过的正式工作就是在作协当他爸的秘书，他爸早就仙去了，他还一直是他爸的秘书，每月从作协领一份工资。有满头白发的老诗人，没有工作，娶了80后的姑娘，姑娘的爸爸比他小两岁，叫他大哥，他还贷款买了房子，还生了胖儿子。老诗人常劝我，别眼馋，80后的嫁给了他和杨振宁，再过两年，90后的就会看上我，一拨一拨的，耐心等待，别着急。总之，除了我，基本没有见过一个需要朝九晚五穿西装打领带上班的人。唯一的例外是一个税务局处长，快五十岁了吧，一天喝多了，反复念叨，他应该快升副局长了，他辛辛苦苦啊，副局长牛啊，没完没了。一个姐姐平常总是微笑着，喝很少的酒，吃青菜，终于忍不住了，说：你有完没完？我老爸进政治局那年你中学还没毕业呢，又怎么样啊，现在还是天天傻子似的看《新闻联播》，测血糖看糖尿病好点没有。雍正皇帝用的第二任宰相是谁啊，有人记得吗，我看你还是省省力气吧。

一次喝多了一点，借着酒劲拨我初恋的手机号码，问她在不在食堂的附近，有没有开着车，可不可以接我回家。她的车开得又快又稳，我说北京开始没劲了，出国的出国，去上海的去上海，生孩子的生孩子，一桌麻将都凑不够手了。她说，哪儿那么多要求，北京至少还有人驮你回家去。她还说，给我带了明前的新茶，今年雨水大，是小年，让我将就喝，如果敢先喝别人送的，就腐刑伺候。

二十七岁之前，我没出过北京，第一次坐飞机，就飞到了旧金山。之后四年间，飞国航，积累了三十五万公里里程。我想，我算是脱离北京了吧。但是偶尔在南方遇到风沙，摸到腰里拴的红山青玉鹰，见到白发的诗人或者收到我初恋的短信，问：最近如何？我楼下的马路就恍惚变成东三环，天边就隐隐压来沙尘暴。我想，我无处可逃，就像孙悟空飞不出如来那双肥厚的手掌。

二楼和地下室的风景

一个人，拎着一口箱子和一台手提电脑，初到香港，组织安排周到，有一张床睡觉，有个杯子喝水。香港饮食天下第一，肚安不是问题。出门，望左，四个茶餐厅；望右，四个茶餐厅。但是，心安处才是家，最好能有个姑娘。没有姑娘，最好能有几个朋友。没有朋友，至少能有几个网吧可以联系上革命同志，至少能有几个书店可以买几本书打发忽然多出来的时间吧？

香港地仄人稠，你在中环皇后大道中放个屁，几十个人嗅到，七八个人听见，一两个人怀疑是不是有人推了一下他们的腰眼儿，没有一个人回头看你。"天下熙熙皆为利来，天下攘攘皆为利往"，大家都忙。我以前做咨询的时候，带两个分析员去香港做项目。其中一个黑龙江小伙子，笑脸如丰泽园的烤馒头，纯洁而朴实。他是第一次到香港，走出长江中心的办公室，满眼高楼和奔驰车，他半分钟数出了十八辆。他对我说了两句话，第一句是："咱们今晚吃点好的吧，吃鱼，吃虾。"第二句是："香港就是一个山啊。"

因为是个山，所以想盖楼，除了开山，只能填海。土地来得不容易，所以盖出来的楼都有两个特点：一是又瘦又高，仿佛莫名其妙竖起来的一个一个中指；二是贵，金融风暴之后，楼市大缩水，现在的楼价还是比北京上海高出五倍。和租房的小生意人聊天，最常听见的话是：寒啊，都是为房东打工。房东最常说的话：我才惨，我现在还是负资产。所以一楼旺铺，都是卖女人擦脸油和欧洲小皮裙之类的暴利行当。书店不是在二楼就是在地下室。

二楼书店里，号称"大哥大"的是港岛洪叶书店。按图索骥，出了铜锣湾地铁口，时代广场星巴克右拐就是。一楼有个入口，巴掌宽，二百斤的胖子，提个包，要拧身而入。楼梯两侧是招贴画，多数是时下畅销书的，还有最近的艺术展览和小剧场预告。快进二楼的地方是《明报》周日的读书专刊，最近的一期是章含之和洪晃的访谈，洪晃一张明晃晃咧嘴而笑的大脸吓了我一跳，我想，最近和"立早章"有关的人都牛了啊。

二楼的铺面也不大，约北京三联书店面积的五分之一，而且低矮，承重梁碰到我的额头。只有一个伙计，看店兼收银。他是个三十多岁的胖子，坐在柜台里，像是劈了一半的葫芦，平的一面冲墙，鼓的一面冲人。他穿了件鸡屎黄佐丹奴短褂儿，二目无光，鼻毛微长。时值周六的下午，店里稀稀拉拉不到十个人，看的多，买的少，萧条。书胡乱摆着，书架上没有门类说明。有一半的书是内地版的，除了书目旧些、少些、选书口味差些，价钱贵百分之三十至百分之一百，和深圳书城卖的没有区别，基本上内地流行什么，香港流行什么。但是，见到了余秋雨，没见到任何一拨儿美女作家。另一小半是台版书，价钱比台北也贵了百分之五十，除了臆想出来的小道政治分析，就是董桥、余光中之类的塑料花、纸花和绢花，就是唾液分泌过多综合征的话痨李敖。唯一撑门面的港版书是亦舒系列，整整三层书架，真是不能不佩服那些写作习惯比月经还规律还坚持不懈的作家，确实多产。洪叶书店里，唯一体现"大哥大"风骨的，是店铺尽头摆的四张桌子十几把椅子，免费供逛书店的人歇脚，还没人逼着你必须买饮料。

在香港最出名的书店，第一次来，一本书也没想买，我郁闷。

地下书店的代表，也在时代广场。连卡佛卖擦脸油的地下一层，有很大的一家叫"Page One"的书店，店门口右手柱子上，是隶书的中文译名："叶壹堂"。店挺大，百分之九十是外文书，可能是纸和油墨用得不一样吧，一进去，仿佛到了缩小版的"Barnes & Noble"，满眼的英文告诉我们，洋鬼子在这里盘踞过九十九年，阴魂还浓，在精神领域还有市场。最突出的是画册和国外杂志，都是细分门类，排了小十个架子。画册建筑、设计和时尚居多，本来想找杰西卡·罗森等几个恋物癖写的中国古玉研究，没有得逞。杂志就算了，要找的东西，网上基本都有。转了一圈，唯一想买的是一本英文实用书，叫《如何在35岁之后把自己嫁出去——基于我在哈佛商学院的所学所练》，准备送给我一个事业心和排卵一样旺盛的剃寸头的姐姐。但是，考虑到积德、厚道和怕挨抽，书最后被扔在收款台旁边。

气急败坏之下，我沿着皇后大道一路向西，走到上环老区，终于在一家叫"新辉"的打折书店买了三联文库中的两本小书——郁达夫的《一个人在途上》、张中行的《北京的痴梦》，小三十二开，装帧素面清丽。还有台湾人邓淑蘋编的《〈古玉图考〉导读》，原书影印，导读配胶版彩图。付款的时候，店员小姐正在读一本孟妮写的《吻我请关灯》，她一边收钱，一边眼睛不离书本。

我偷偷看了她一眼，心想，一定得关灯。

香港饭没有局

为稻粱谋，做俗事，时间过得快。在香港三年了，仔细想来，香港有饭无局。

作为一座高度发达的城市，香港五胡杂居，有饭吃。

时间当横轴，金钱当纵轴，香港的饭可以被这两个轴分成四类：没钱没时间的饭，没钱有时间的饭，有钱没时间的饭，有钱有时间的饭。

没钱没时间，去香港的特色——茶餐厅。茶餐厅三五步一个，比公共汽车站还密集。进门，一盘一筷一餐巾纸，给你倒一塑料杯深褐色的免费热茶。套餐，一个大盘子，几片肉几根菜一坨米饭，配例汤或奶茶，二十文，冻饮加两文，穿学生装的小童减两文。十分钟吃完，免费茶漱漱口，门口交钱走人。一到中午，十一点到一点，位置好的茶餐厅，一张台面翻七八次。

没钱有时间，去街边排档。要找老区，排档越破越便宜东西越新鲜。在香港，整个文官体系和城市秩序日臻完善，脏的地方不好找了。南越王两千年，殖民地百年，回归十年，和美国比，香港有些历史了，老破的地方还有。屋内三四张台子，屋外两三张台子，小海船今天打来什么海货，厨房里就进什么海货，桌子上就拿什么海货伴酒下饭。还有烧烤摊子，整只走地鸡鸡翅、鸡腿菇、豆腐干、鸭肾、海螺、凤尾蚌、泰国酸辣汁、马来香辣汁。店主说，配方保密。周围是香港难得一见的闲人，听时蔬海鲜在烧烤架子上在白灼锅里吱吱作响，看啤酒泡沫在玻璃杯子里腾起湮灭。街左边水果摊子的老婆婆在分哪些是该卖十文三个的橙子，哪些是该卖十文四个的橙子，街右边果汁摊子的小女孩帮着爸爸问客人雪梨汁是加猕猴桃还是加西柚。抬头，拐棍一样瘦高的楼宇之间，月亮还是明亮的，觉得生活浓得仿佛糨糊，把人牢牢地粘在酒桌边的凳子上，两大樽青岛，六七十文港纸，一粘就是一个晚上。

有钱没时间，去好酒店，吃午餐定食。世界各地五星酒店里的吃食都有共同的特点：贵，难吃，摆脱不掉的装×气质。香港除外，五星酒店里的餐馆，基本都是外人经营，顶尖的地段，午餐定食的价格也不吓死人，做得卫生精致没太多可挑剔。还有，叫外卖，叫很贵的外卖，燕鲍翅、鱼子酱黑菌面、陈年普洱茶。送外卖的在办公室的用餐区铺开台布，好吃的就在嘴边。下午还有二十几个电子邮件要回，三个电话会要开。香港岛上面积勉强转得开屁股的海景房要卖上千万港币，太郎们，阿信们，加油。

有钱有时间，香港有很多地方和很多吃食，号称方圆几千里之内，最好的中餐，最好的西餐，最好的混合餐（Fusion），拿钱不当钱。中国会、香港俱乐部，吃的地方可以草木繁盛，墙上挂北京20世纪八九十年代混出名堂的流氓艺术家的后现代绘画，落地窗里有无敌的维港烟花，窗帘的花边是苏格兰大妈手工缝制，和英国女皇陛下睡觉的地方一模一样，原木多宝格里放二十厘米直径的青玉谷纹璧，玉种沁色都不错，放在南越王墓里也属于中等品相。同样的明前茶虎跑泉水，用顾景舟20世纪80

年代做的提梁壶沏，价钱如何标？

作为一座高度发达的城市，香港白居不易，没有饭局。

饭局的三种基本要素：赋闲男人、时鲜美女、便宜啤酒。香港什么都没有。香港少闲人，香港大学毕业，进五大会计师事务所，每周牲口似的工作八十小时，工资还不够付房租，不找男女朋友同居，就得吃父母。平时能聚在一起吃饭的，不是做金融的就是做咨询的，不是滴酒不沾就是只喝一杯啤酒，不是普通话中夹带英文就是台湾风味汉语，不是迟到的就是还有工作要做必须早走的。都带着两个手机：一个内地号码，一个香港号码。一个讲电话，一个发短信。都带着 BlackBerry 随时收发电子邮件，都带着 iPod 随时听音乐听 Podcasting，都带着 PSP 随时打游戏看照片看小电影。香港多职业女性，穿着基本是日本时装杂志模式，两腮涂红，身材瘦小，脚大，头尖，在人车充分分离的中环人行道上暴走，每小时十五公里，和北京骑自行车的速度差不多。娱乐公司力捧的几个香港女明星，仔细看八卦杂志生活照片上的眉眼，朴实如傻强，实在家常，在北京，基本不要想上北影、中戏或是北广了。

那种老流氓露着胸毛就着啤酒和一群小流氓回忆年轻时代，身上被砍多少刀，还跑出去多少个街口，跳上小船逃掉；那种一个相公带着几个姑娘一边吃公仔面一边等生意，估计都只是在香港电影里还存在的香港饭局了。

红灯青烟里的阿姆斯特丹

传说中，坏人们坑蒙拐骗偷，为的是吃喝嫖赌抽。现在，全球化了，吃喝到处都有，麦当劳、星巴克。赌博合法也不新鲜，2006年澳门博彩收入超过了拉斯维加斯。越南、柬埔寨、马来西亚边境上，赌场到处都是，吸引中国赌徒，创造的就业机会超过了边防军。但是毕竟时代进步，不是万恶的封建社会了，合法嫖抽的地方，世界上还是少有，所以在去阿姆斯特丹之前，周围的坏人们再三叮嘱，要逛红灯区、咖啡馆（Coffee Shop）、凡·高和伦勃朗的博物馆，要吃意境仿佛臭豆腐的当地奶酪。红灯区就在中国城西边儿，官方地图上清晰标注个大红圈，说是充满餐饮和夜生活。咖啡馆主营大麻，临街窗户上各国文字，基本意思是"恍如天堂"，最好的几家里，有尼泊尔和加拿大当年最好的大麻。

会议最后一天，下午三点就提早散了，从酒店蹿出去看荷兰人民。

阿姆斯特丹古城运河纵横，据说不是像通惠河、什刹海那样为了漕运，而是为了排水。绝大部分城市在海平面以下，房子建在石木支柱上。排水需要极其精细。台风来了，排少了，地下室和一楼进水。台风过去，排多了，石木支柱暴露于空气，氧化膨毁。沿着运河，两岸联排三四层小楼，细方红砖，密不容针地争夺向水的面积，同时形成街道。向水的一面统一开长方大窗，大窗又被细木窗棂切成小的正方形，窗户的面积几乎占了总面积的百分之八十。楼顶都尖，雕花，狮子绵羊之类，都嵌个牌子，"1668""1781"等，表示楼的竣工年份。牌子上面都有一个憨实的挂钩，据说有两个用途：一个用途是吊运大件家具电器。楼梯太窄小，百年前也没有能塞两个金喜善的韩国双开门冰箱。另一个用途是吊运八十岁以上腿脚不灵便的老头老太太。楼里没有电梯，百年前也没有几个八十岁还赖着不进天堂的老人。小楼和河岸之间，树木划分机动车道和自行车道，多银杏和香樟。机动车基本开不起来，自行车更加得意。荷兰姑娘身高平均一米七，皮白刺青，乳阔腰仄，骑在老式二八车上，比机动车还快，金黄的头顶几乎和路旁的银杏树一样高。运河里多游船，小的装三两俊男美女老流氓，大的载满各地游客。大型游船一定是定制的，满客后，船高刚好矮过运河上砖石桥半寸，船长刚好能在最宽的河面上掉头。河边有长木椅，坐着看对面的楼房，楼房里的窗，窗里隐约的姑娘。虽然河面只有二十米，但是毕竟山水相隔，觉得对面的姑娘竟然有些遥远。北京城里基本没河，也没河边木椅，但是年少时候一样在三四层的板楼下，坐看楼里的窗，窗里的姑娘，平静的时候带着一包前门烟，不平静的时候带着一瓶北京啤酒。她知道我在吗？她不知道我在吧？知道又怎么样呢？楼周围没有银杏和香樟，槐树上有叫吊死鬼的虫子，杨树上有知了。半包烟之后，一瓶啤酒之后，楼顶的姑娘，头顶的星星，还有共产主义，当时觉得这辈子都想不明白，现在还是这样觉得。

像平壤街上悬挂领袖照片或者上海街上悬挂世博会宣传画，阿姆斯特丹满街挂着一个毛发浓重、眼神迷离的男人画像，我想应该是伦勃朗吧。但是太晚了，他的博物馆来不及看了。太阳还没全落，红灯还没上，先去古玩街 Spiegelkwartier。和香港荷李活道类似，小铺临街而设，铺面小而深，比北京古玩城那种集中圈养有味道。铺子里，藏在铺底下的上好货色，同北京、香港的古董铺子一样，没人引荐看不到，怕惹是非。放在面上的，多是一二百年前的钟表首饰，还是那几个大名牌，Bvlgari、Cartier 之类，百年过后，没有感觉一丁点儿过时。一个 Cartier 的小表，一厘米见方，宝蓝色刻度和指针，蓝宝石弦轴头，安静，好看。本来想买了做个手机串，后来过了遍脑子，没有哪个手机配得上，于是算了。一个 Zeiss 的单筒望远镜，黄铜，10×25 倍，看皮壳，三五十年总有了。一个日本人反复看，店老板说，看百米外楼里洗澡的花姑娘，没有问题，屋子里水汽再大都没问题，日本人一脸的欢喜。街上也有东方的东西，多一二百年前日本明治中国清朝时候的物件，十六七岁刚修完礼仪课上过妆的小姑娘似的，傻子都知道好看。柜子里一块白玉合欢坠子，老板说是仔料，清中期，沁色好。心想，这个我懂，不是仔料，是山料；不是清中期，顶多到民国；不是沁色，是皮子，比《夜宴》里葛优拿的那块仿清中期硬被当成五代十国的坠子还假，还是让店老板留着骗老外吧。

阿姆斯特丹红灯区真的是一个区，跨两条河，十几条小街，疾走一圈会出汗。窄处不容车，宽处警察骑大马，周围两三处教堂，嬷嬷们青衣白帽，进进出出。临小街的一楼，开出一个个三四米的门户，落地玻璃门窗，一户，一凤，一帘，一床，一洗手池，一盏红色管灯儿。天光将熄，帘幕拉开，凤鸟们着三点，裸露其余，当户待客，窗顶红灯亮起，古老深远，映照路人心中同样古老深远的生命花火。凤鸟们万国荟萃，肥瘦搭配，守株待兔。游客们或忐忑不安，或兴高采烈，全部都很兴奋，都在于情于理于欧元盘算是否转化身份，从游客变成嫖客。越是窄的小街，红灯越浓，凤鸟越美丽，游客越多。最窄的一条小街，最窄处堪堪容纳一人，一个旅游团从一端鱼贯而入，另一个旅游团从另一端鱼贯而入，到最窄处，游人们必须仁义恭俭让，有进有出，同时兼顾左右的凤鸟纷飞。

周围很黑，只有灯红，所有人都开心，以为是在游历地心，忽然听见中文口音的英语。

"How much（多少钱）？"两个干部形象的中年男子，看年纪和气质，正处、副局左右，应该是第三梯队。

"Fifteen minutes, fifty Euro（十五分钟，五十欧元）."红灯下，窗户内，欧女窈窕，腰小奶大。

"Receipt（有发票吗）？"

"Sure（当然）！"

"不好吧？"一个中年男子对另外一个男子说。

"有什么不好？下雨了，我们又没带伞，你左边房间，我右边，躲躲雨。"

因为合法，所以备感安全。街口有大汉，但是没有"仙人跳"；有避孕套，所以绝少难言隐疾。由于职业习惯，我迅速计算了一下市场规模：一次五十欧元，一次平均半小时，一凤鸟一夜平均八次，整个红灯区二百只凤鸟，其他毛片和纪念品、餐饮、性用品、性影院、性博物馆和性旅馆等相关产业同凤鸟的实战产业规模类似。凤鸟也要休息，体检，一年按三百天计算，$50 \times 8 \times 200 \times （1+100\%）\times 300$，一年下来，几乎是五千万欧元的生意。

最好的咖啡馆也在红灯区附近，我决定过门而不入。学过医，我知道，老天造人，为了将来好控制，软件系统里留了几个后门，毒品就是最大的后门之一。和毒品相比，美人这个后门简直不值一提，36C美乳就是七八磅肥瘦相间的东坡肉而已。夜深以后，不进咖啡馆的门，大麻的味道也像美人长发一样，泪水一样，歌一样，诗一样，清风一样，从咖啡馆的门缝里渗漫出来，流淌在小街上，醇厚，温暖，镇定，安详，贴心，懂得。仿佛传说中的女神，阅尽沧桑，懂得一切，心大如海，胸大如海，怀里的男人永远是对的，永远受尽了委屈，永远脆弱而伟大。

在红灯区两条小运河交汇处，两边都是教堂，一个爱尔兰酒吧。我要了一升啤酒，一盘鸡翅。周围桌子上，遍布五十岁上下的老流氓，天色渐晚，酒半高了，老流氓们向每个路过的男人举杯，对每个路过的姑娘吹口哨，睥睨自雄，旁若无人。船开来，风吹过去，忽然有一种在北京这种古城才有的不朽感。只有在这些古城里，时间才能停滞，你坐在你爷爷常去的酒馆，你爷爷你姥爷向你挥挥手，然后转身。不是死去，而是明天再见。

桃源古巴

从小到大，想不明白的事儿挺多，在不同的时候，为不同的事情，动心忍性。

重要的举例，比如为什么收音机打开后能听到几十公里以外的声音？在少年宫，我买了一本《如何组装晶体管收音机》和一袋子预先配好的电子元件。像把萝卜白菜葱姜蒜统统倒进铁锅一样，我按照说明将电子元件全整进翠绿的塑料外壳，然后装上两节二号电池，拧开，塑料盒子里居然响了。我还是不知道为什么，我只是在过程中烫伤了左手，学会了电焊。

再比如为什么姑娘好看？在高中，我坐在后排看新年晚会上的女生的日本独舞，她穿了一件大红的日本和服，手里的黄纸伞扭来摆去，那个和服一定是化纤类的劣等货，灯光透过大红，看见里面穿着背心儿的身子。我感觉舞台上的大红塑料花突然全都发出香味，我感觉我的眼睛忽然不近视了，我感觉我黄白色的大脑皮层波澜起伏，仿佛一坨酒精炉子上煮着的黄白色的方便面饼。为什么啊，这里面一定有阴谋。

再比如时间。为什么时间可以如此浅薄？一脚迈过五年，一指捅破十年，一夜之间售票员阿姨管我叫叔叔，一夜之间跳日本舞的女同学有了能走路的孩子有了和街道王大妈接近的慈祥的表情。为什么时间又可以如此顽固？我闭上眼睛，想起那个大红，大脑皮层还能在瞬间记起，如煮开了的方便面一样嗞嗞作响。

这些没答案的事儿，不管重要不重要，后来都被忘得干净，仿佛怕影响自己的人生观、世界观，耽误我利国利民。但是世界上存在像古巴这样的地方，仿佛人世的化石，时间在这些地方或逆转或停滞或流逝的速率极其缓慢，事物的轻重缓急和你以前安排的秩序完全不同，逼你重新思考那些没答案的问题，比如如何对付时间，再比如一生何求。

古巴早在1492年就被哥伦布"发现"，从那以后，一直是西班牙"探索"新世界的枢纽。四五百年间，16世纪的、17世纪的、18世纪的，各式当时时髦的欧洲建筑在城市里自由生长，相互侵占，自然颓败，层层叠叠仿佛河南二里头夏文化层上面有二里岗商文化层。老房子绵延十几平方公里，是几十个上海新天地，但是没有一间房子是新天地一样的假古董，所有的细节除了岁月敲打的痕迹之外，都是原汁原味儿。老城里有几十个博物馆，建议买通票，至少看三天，其中至少十几个不看要后悔。比如一座叫作"对敌斗争博物馆"，详细教你美帝国主义尝试杀死卡斯特罗的各种手段，听说有个美国人看了一整天，后来学以致用，先后杀了他三任老婆而逍遥法外。还有一座叫作"总督府博物馆"，贿赂工作人员四分之一元外汇券（与美元等价）或一瓶风油精或两盒龙虎牌清凉油，可以让你摸一摸17世纪西班牙总督用过的抽水马桶，和江浙大款用的类似，宽大舒适，镶金包银，二楼大便，水冲到一楼去。老城区里，除了博物馆就是餐馆，房子都一样古老，窗玻璃都一样的哈瓦那蓝，饭菜都一样难吃，但是小乐队的老人声音如男童般清亮，唱起被《花样年华》采用的那首《或许，或许，或许》，街上的姑娘穿着粉色紧身裤和粉色抹胸走过，腿长腰仄，屁股和乳房毫不费力地对抗地球吸引力高高翘起，引导你的灵魂飞升，饭菜的重要性忽然变得很低。

听说在1959年革命之前，当时的腐朽政府计划全部推平这个老城区，然后沿着海岸盖起全新的高层酒店、赌场和妓院。那时候美国还是《美国往事》里描述的时代，还在禁酒，连续几年，全美年度黑帮大会，都在哈瓦那召开，对这个城市有大量的吃喝嫖赌抽的需要。1959年革命之后，新政府不喜欢吃喝嫖赌抽，而且闭关锁国，没钱对老城动手，又对老东西有起码的品味和对时间有起码的敬畏，距离老城一段距离，修了新政府的办公区。这个老城区，1982年被联合国定为人类文化遗产。我在老城区海明威常睡觉的"两个世界酒店"喝甘蔗酿的朗姆酒，痴想，这四五百年，相当于中国的晚明和大清，如果1949年解放的时候，北京不拆城墙，和现在的哈瓦那，应该有一拼。

古巴其他的小城比哈瓦那人少很多，但是一样旧旧的、慢慢的、干干净净的。城市中间都有一个广场，中心是花园，野狗晃荡，没人吃狗肉，也没多少人有富裕的粮食养狗。间或有标语，"不革命毋宁死""社会主义好，资本主义糟""五英雄归来"。古巴最近被美国查获了五个间谍，他们在古巴被称为五个英雄，逢年过节人民就到广场集会、游行、唱歌、跳舞、泡妞，控诉美帝国主义，呼唤五个英雄归来。广场周围是博物馆或是学校和旅游商店，卖给游客切·格瓦拉胡须飞扬睫毛修长的照片、Havana Club 朗姆酒和 Cohiba 雪茄。一盒 Cohiba Siglo V，五支，六十外汇券，是普通古巴人三四个月的工资。给古巴老百姓开的商店里，货架上基本是空的，货一上就空，用不到库存管理。扫帚、墩布和水桶卖得最快，所有古巴人都爱清洁，都在阳台上养鲜艳的花朵。

小城里，老百姓住的房子一般都几百年了，革命以后就没修葺过。街道一般都有几百年了，革命以后基本就没修葺过。蓝天、阳光和一英里外的海滩也都有好些年了，海蓝得发黑，时常有姑娘在海滩的蓝天下晒太阳，太阳出来，就脱光上衣，太阳落下，就披上上衣，革命前和革命后没什么两样。饭桌上，大家吃的都一样，红豆饭和蔬菜沙拉，过节或是来了客人，有烤猪肉和小龙虾。街上，老人晒太阳，一般都八九十岁了，抽着自己卷的雪茄，混吃等死，一脸幸福。我要是那么大岁数了，守着出产世界上最好烟草的土地，我就试试种植烟草，卷进雪茄，抽不完的卖到加拿大。汽车烧劣质汽油冒黑烟，一般都五六十岁了，20世纪30年代的罗尔斯-罗伊斯、40年代的奔驰、50年代的福特，撞坏一辆，这世界上就少一辆，和中国四川卧龙的大熊猫一样。公共交通不发达，出去办事儿，基本靠当街截车，所以一般一上午只约一件事儿，迟到一两个小时，没人奇怪。脸蛋儿和胳膊腿长得不好的，不容易拦到车，迟到三四个小时，也没人奇怪。而姑娘和小伙子是新鲜的，十五岁行成年礼，十六七岁，多数已经记不清自己交过多少个异性朋友了。眼睛全都清澈闪亮，听到古巴音乐，随时随地扭起天生的魔鬼身体，跳起 Salsa 舞。说今天晚上镇上有新年狂欢，同去同去，说除了海边就是舞会好玩了。那个新年晚会我去了，就一个破十字路口，一个破四喇叭手提音箱放在路口中央，音乐放到最大，几箱劣质啤酒，早就卖光了，一千个盛装的漂亮姑娘和小伙儿，堵塞了三四条街，跳到早上四五点。几年前，沿着80号高速公路，我从美国的东部开到西部，再开回来，一个月里，遇到的漂亮姑娘和小伙子，都没我在古巴小镇上那一个晚上遇见的多。

卡斯特罗今年七十九岁了，早几年就戒了烟，最近还当众晕倒。他的医生说共产主义一定能实现，卡斯特罗至少活到一百三十岁。好些人开始谈论，卡斯特罗身后如何。没人能够万岁。我知道，卡斯特罗之后，一定有更多的古巴人抽得起 Cohiba，喝上 Havana Club 朗姆酒，但是，我不知道，旧城的博物馆和老房子会不会被改作吃喝嫖赌抽，古巴人开上2005年款的宝马7系列一上午完成五个商务会晤是不是会觉得真的很快乐。

美国，美国

最早学地理的时候，遇上一个老处女老师，穿白棉布长裙，要求我们记忆全世界二百个主要国家的名称、首都的名称、经济中心（如果不是首都）、大致位置和地图形状。非洲和欧洲的小国最难记，必须使用非常手段。当时流传一种叫"风暴迷"单词记忆法，就是把所有单词按照词根和发音记成各种凶杀、色情、不靠谱的东西。用在这个老处女的地理上，埃塞俄比亚的首都亚的斯亚贝巴就被记成强奸场景："压地撕丫被扒"。最不费事儿的是美国，一个字，美。一个什么样的国家，才配这样一个名字？

在去美国之前的十几年间，反复从各种渠道感受美国。我苗壮的老姐到了美国就成了窈窕淑女。心态不同了，神态就不同。我老姐发给我她在美国某花丛中和某个男生的照片，得过南京高校铁饼冠军的她，恍惚间竟然有小鸟依人的感觉。我师妹在美国的男友给她寄来二十四双厚实的耐克棉袜，来年夏天，她换上短裙子，小腿光洁柔润得与众不同，夜深时候，发射荧光。我的妇产科论文导师是1980年第一批公派留美进修的五十人之一，他和别人一样，带了六十包以上的方便面，还多带了两大罐子虾米皮鱿鱼丝炒的荤辣椒酱。一年之后，别人省下的钱，在免税商店给家里买了索尼电视机、东芝录像机、松下洗衣机，给儿子买了听"美国之音"用的飞利浦九波段短波收音机，给老婆买了香奈儿的香水，我导师把所有省下的钱和打黑工替人扎针灸挣下的几千美元买了台哈雷机车和一件花衬衫。之后的暮春到初秋，我导师多了一个爱好，做完手术之后，开着他的美国哈雷机车，穿着他的美国花衬衫，开出医院，东单北大街右拐上东长街，西行到西长街，右拐到南长街，北行到北长街，右拐到景山前街、五四大街、东四大街，然后右拐回东四南大街，兜一个四方的圈圈。他的花衬衫被风撩起，露出用了五十年的肚皮，了无赘肉。

到了美国的第一天早上，我就想改机票回去。早上醒来，发现房间里竟然有冲水马桶，窗外竟然有鸟叫，望过去竟然有个挺大的湖，晚上或许下了一点雨，开窗竟然闻得见泥土的味道。但是，真没人啊！从房间走出去五里，没见到一个人，早上九点了啊。想吃口东西，没有煎饼油条豆浆豆汁儿，没有包子饺子活鱼活鸡。勉强在一个叫爱因斯坦兄弟的小店啃了两个叫 Bagel 的类似烧饼的东西，比黄桥烧饼差太多，比腊汁肉夹馍差太多。

我一个人吃饱了站在荒无人烟的美国的街道上，想起之前对美国的种种期望，仿佛小时候对某个春游期待了很久，终于在一个早上，站在了某个乡镇企业家创建的影视城的门口。

汉城首尔

科学训练时间长了，会不自觉地形成一个比较的习惯，仿佛人类所有的知识都是在确立标准品之后反复比较而形成的，比如猩猩和人，男人和女人，美女和才女。我从小在北京的垂杨柳、大北窑、龙潭湖一带长大，二十岁前没出过四环，在这个认知系统里，猩猩都在北京动物园，人民都要有个天安门广场，男人就是主席和总理，女人就是我妈和我姐，美女就是女特务，才女就是徐静蕾。

三十岁之后，满世界乱跑。每到一座城市，坐出租车，走路，开会，睡各个酒店软硬各异的床，会不自觉地把有限感知中的其他城市和北京比较。在国内的有些城市，看着不同颜色的眼睛和头发，明显感觉到身处异域，先想到数百年前，这里的商人一定使用不同的货币，这里的妇女一定穿着不同的内衣，再感叹清朝满洲人的刀马武功。而在国外的有些城市，恍惚间对着一张黄脸和一肩直头发就说普通话。这些国外的城市，包括东南亚不要太南的多数城市，包括洛杉矶和旧金山的某些区域，包括首尔。

首尔依山而建，顺江而筑，位居盆地，有北岳山、骆山、南山、仁旺山环绕，汉江流过市中心。房屋高高低低，随山水起落，没房屋和道路的地方，草木葱郁。多数的地方抬头见山，汉江很宽，徒步跨越颇要一些时间。晚上如果有大风吹起，第二天早上，在北京的东三环路上，抬头也能看到西山，只是距离有些遥远。如果当初建北京的时候把中心定在海淀，玉泉山周围，感觉或许更像现在的首尔。

坐首尔的出租车，和司机讲不明白去哪里，最简单的解决方式是写汉字，年纪稍大一点的司机，连蒙带猜基本都能搞明白。坐在出租车里，车窗里常常飘进个把繁体汉字，比如"崇礼门"，比如"景福宫"。其中有些汉字的搭配在中国很多年前就不用了，思量着有些新鲜，比如"旅客庭舍"，比如"初饮初乐"，仿佛在山东省的高速路上，偶尔看到"即墨""栖霞"，隐约感觉一些古老的文字像一些古老的蝴蝶品种一样，在非中原的地域因为某种隐秘的机缘幸存下来。还有一些汉字，或许在中原就从来没有这样被使用过，比如首尔街区的名字后面都加一个"洞"字，这样称呼街区，我没有在中文古籍中读到过。或许在千百年前，为了减少建筑的成本、时间和技术难度，这里的居民不盖房屋，而是挖山洞，一个山洞居住一个相对庞大的家族。甚至很多发音，相近得仿佛基本就是东北人咬了舌头或者喝多了之后发出来的汉语，比如"烧酒"，比如"南大门"。仿古建筑也大屋顶，飞檐翘角，神仙瑞兽，只是不用琉璃，只是四个而不是北京古建筑上常见的八个到十二个，只是最外面的不是北京的仙人骑鸡，而是一个圆帽长袍的韩国男子。

走在街道上，和北京不同的地方也容易发现。路面很少有废纸和口香糖，很少有痰，很少龟裂塌陷。没那么宽的街道，但是车也没那么堵。没那么多洗浴中心，但是人也都挺干净。没有成山成岭地死人等重大危机，主要的几个交通路口也常常聚集几十个人演讲抗议，情绪激动地阐述自己作为独立个体的非主流立场。没有环球盛会佛骨传递等重大事件，普通老百姓也聚集在广场上灯光很大音响很大笑容很大地唱歌跳舞。

首尔曾经在朝鲜战争中一片焦土，除了南大门和东大门没有一点真正的古迹留下。我在一个名叫汉城金融中心的写字楼上厕所，望见不远的北面一片青灰瓦建筑。问人得知，是新建的景福宫和韩国民俗博物馆。抓三个小时空闲跑去，景福宫无甚可观，比横店影视城精致些，比丽江木府大些，和北京故宫一样，很多地方圈着不让进去，很多地方在修。倒是民俗博物馆的院子里有两棵巨大的樱花树，连在一起，占地过亩。花儿使出全部的力气开放，遮蔽天日，满树粉白，不给叶子留任何空间。很多人在树下休息，好像想着心事，又好像什么都没想。花瓣在风中时疏时密地落地，好像有香气，又好像没有香气。

数百年前，同样的春天，如果这两棵樱花树还在，还会这样开放。树下应该没有这么多人，应该有一样青春开放的少年。女子闲闲地看着脚下沾着一点泥土的粉白的鞋，鞋里粉白的脚，感到风起，感到一绺头发从左边被吹到右边。男子闲闲地看着樱花，看着樱花里的女子，第一次觉得女子和花一样好看，眼神和花瓣一样缥缈，头发和花蕊一样柔软。

"二月开白花，你逃也逃不脱，你在哪儿休息哪儿就被我守望着。你若告诉我你的双臂怎样垂落，我就会告诉你你将怎样再一次招手；你若告诉我你看见什么东西正在消逝，我就会告诉你你是哪一个。"

自从人类繁盛之后，中国和外国在这些瞬间并无任何不同。

敦煌

看商周玉，看晚唐诗，看写经的小楷，看明末清初的茶壶，越来越觉得天才是弱的、想不开的、贪图简单快乐的。

敦煌是又一个佐证。

天真蓝，地真黄，白杨树白银子一样。导游小姑娘说，原来敦煌是绿洲，百分之五十的绿地，尽管起风沙，雨偶尔还下。我估计，就像北京现在一样。导游小姑娘说，原来敦煌是国际性枢纽大都市，集中了全球百分之六十的丝绸、玉石、僧侣。我估计，就像上海现在一样。导游小姑娘说，再过几年，水就没了，敦煌也就没人能住了。我想，就像高昌现在一样。

离开大路，要开十几分钟才到莫高窟门口。门口附近最美丽的建筑是敦煌博物馆，和周围的山石土木浑然一体，不仔细看，感觉不到。门口还立着王道士的骨灰塔。导游小姑娘说他是民族罪人，傻到相信斯坦因是孙悟空的子孙，贪图小钱维持寺院，把经书和文物卖给这些外国人。后来王道士被人骂疯了，在沙山上跑来跑去直到死。我琢磨，王道士和我老爸差不多。我老爸相信任何新的都是好的，20世纪50年代初回国，

60年代饥荒的时候，为了养活八个弟妹，把一整箱 Leica 相机和 Cartier 表之类的物件卖给国营信托商店。他现在生活规律，上午天坛，下午垂杨柳棋牌室，晚上古龙晚期小说，有朋友来的时候做他的招牌红烧肉。明显的差别是我老爸疯不了。

莫高窟近三百多个洞窟，让人进去的不到十个。修葺好的洞窟，整齐划一，个个长得像公共厕所。讲解员小姑娘腰里别着大把的洞窟钥匙，走起路来叮当作响，仿佛售楼小姐，毫无好恶地讲解洞窟标准间的装修。

佛们长得好看死了，这么多年，也不衰老。和现在的文艺明星类似，敦煌的佛们有三个特征：第一，不男不女。面皮粉嫩，但是长胡子。手指粗壮，但是胸部隆起。第二，衣着暴露。穿得都很少，衣服都很轻薄，很多的皱褶，繁密的花瓣一样。第三，佩戴饰物。脚串、手串、板带、项链、发箍。白玉、水晶、玛瑙、琥珀、蜜蜡、琉璃、红珊瑚、绿松石、青金石。

车离开敦煌的时候，导游小姑娘让我看远处的山，一边是黄沙，一边是黑褐色的页岩，两边交会处，清晰而明显的界线。导游小姑娘说，唐朝时候一个和尚，一定要去西天，走到这里，看到页岩上的金色闪光，以为自己已经到了西天，看到了佛，就住了下来，才有了敦煌。我琢磨，这个唐朝和尚或许是一时大脑脱水造成幻觉，他当时看到的佛到底是什么样子？心里要多大一个疙瘩，才需要造这么多佛像消解？他挖凿洞窟、塑造佛像时，想的是什么啊？参照的样本是十二岁寒食节的春梦还是十四岁秋游撞见的鱼玄机？

木心说，快乐是小的，紧的，一闪一闪的。一千年前，没有棋牌室和红烧肉，一点一凿塑造佛像，漫长劳作里的快乐也应该是这样的吧，仿佛尿水小小地汇集到膀胱，括约肌收紧的肿胀，一朝释放，闪闪的佛光。

怕应羞见

最近，对房子的兴趣明显大于女子。

生理学讲，新陈代谢的规律决定，男子过了三十五六岁，原来鞋底子抽都不胖不肿的，吸西北风喝自来水啃低糖黄瓜也长肚子。四下张望，年岁比自己小的狠呆呆的晚辈，有的官已经做得比自己大了，有的钱已经挣得比自己一辈子能挣的还多了。年岁差不多的弟兄，有的第三次婚姻也破裂了，重新攒了个没牌子电脑，打《红色警戒》和《帝国时代》。有的生了三个女孩，老大叫星，老二叫月，老三叫日。年岁比自己大八九岁的老哥哥们，多数明白这辈子差不多了，一口元气泄了，邪火消灭，愤怒不再，头发很快秃了。操守差的，破罐子破摔吧，下坡的速度比上坡快多了。张艺谋拍了《英雄》，陈凯歌拍了《无极》，余华写了《兄弟》。于是，对世界的看法逐渐平和，世事练达，人事洞明，对姑娘的兴趣一点点淡了，看周围的女子越来越中性。这样的男人占人口的大多数。这么大岁数，内心火苗突突的中年色鬼，是异数，必要时需要保护。

另外两点加剧了这个趋势。一是姑娘的长相越来越假。化妆品让百分之九十五的一线影星仔细洗洗脸之后，不如二线城市公共汽车上的售票员。韩国美容医生的刀法越来越精，自从把造假 LV 包的技术转让到河南，芯片和美容术就是韩国最自豪的高科技了。激素补充疗法和激素替代疗法在暗夜里传播，瑞士和日本注射型人胎盘素三个疗程下来，儿子叫你小妹。二是麻烦。这时候，喜欢上某个女子工程浩大。十年前的喜欢是真正的喜欢，不喜欢了就说不喜欢了，简单得就像从学三食堂转移到学二食堂吃晚饭。现在，换个刚做七个月的工作，手续要办仨月，别说身边换个一起待了七年的人。

秋天去青城山，看西南民居楼盘，蓦然动心。

一是距离机场近，一个小时车程，周末前后请两天假，就可以躲过来。二是距离成都近，四十分钟之外，就是事儿但是好吃的银杏酒楼，不事儿也好吃的红杏酒家，五块钱的采耳，五块钱一天的茶，二十块一天的麻将。三是供应有限，前山脚下的地差不多都盖上了房子，都江堰负责青城山建设事宜的市领导也跳青城山自杀了，圈地运动基本完成，交易成本必将上升。四是到了喜欢道教的年纪，不禁房事，不禁荤腥，鼓励吃白果土鸡和猕猴桃，文气简洁地说，就是乐生，土鳖唠叨着说，就是脸皮厚实就这么活着，活着活着就老了，活着活着就无耻了。

从楼盘坐黑摩的，两块钱，五分钟，到小山门，十分钟山道，过一个又像心形又像屁股的月城湖，见索道。坐索道过半，两腋风生，周遭柳杉换叶子，一绺黄穗从几十米高的杉树顶端落下，随风一两个抖动，在我面前坠下。心中一紧，仿佛二十年前，下了课间操，窥见十米之外，穿黄裙子的师姐弯腰系白球鞋带，一绺明黄的头发从脑后滑过脸颊，发梢在空气中随风抖动。

天高帝远

有个歌是这么唱的:"当阳光照耀的时候,就该欢笑。"从小到大,都是缺什么想什么。

20世纪80年代,十几岁,肚子里没油水,和老哥、老姐坐在门口的板凳上,常常想起吃的。

"新出笼的富强粉馒头!"

"馒头上抹层芝麻酱!"

"芝麻酱上抹层果酱!"

"果酱上抹层白砂糖!"

"白砂糖上抹层碎花生!"

20世纪90年代,二十几岁,东单、东四满街遍野都是女神,天花没有落处。六男孩同住在东单三条五号十二平方米的男生宿舍,常常说起姑娘。

"小对眼不错。"

"很白!"

"小海棠不错。"

"很香！"

"小苹果不错。"

"很甜！"

现如今，走进21世纪的新时代，多数同辈男人，脸朝上平躺的时候，肚脐眼高高的。一周八十小时工作，一个月两千元手机话费，一年十万公里飞行里程。我和我恩师坐在一起，喝口茶，歇口气，常常畅想将来不工作的时候，找个地方逃离，天高帝远。

"不用手机！"

"诺基亚 N95送人，黑莓8800送人，留个索爱被窝里看小黄 MP4用，留个多普达当 GPS 野游用。"

"不查电邮！"

"电脑不装 Lotus，Notes，不装 Outlook，不装 Office，只装游戏，只装歌曲。"

"不穿正装！"

"黑西装送希望小学改棉袄，黑袜子送匪徒当面罩，各色领带捆在一起做墩布。"

我们讨论，如果在地面上找个类似天堂的地方，应该用什么标准。我恩师说："我的标准是：第一，有好吃的；第二，有好的按摩院；第三，有好的高尔夫球场。"我说："我的前两个标准和你相同。第三，有好看的姑娘能让我心中肿胀；第四，有好玩的人一起喝酒；第五，有书店卖我的小说；第六，有飞机场、火车站、高速公路。"

大理是个逃离的好选择。大山，小溪水。大湖，小古城。湖山之间的田地平坦润绿，怎么看，怎么觉着适合种植烟草。白族兄弟的馆子里，牛肝菌、干巴菌、鸡枞菌、松茸等各种蘑菇。酸辣鱼，鱼吃完了，还可以往酸辣汤里免费续豆腐。猪肉刺身、炸黄金片，下风花雪月啤酒。古城博爱路上有聋哑人的按摩院，他们用手和你的身体对话，飞快了解它的痛苦和委屈。三塔旁边有个十八洞的山地高尔夫球场，古城人民路上常常遇见饱含呆傻美的王语嫣、屁股很大还敢穿牛仔裤的马夫人、四处乱走的狗。小孩儿说，那只狗是他的，狗的名字叫耍耍。每年4月是当地的情人节，夫妻必须分开，和各自的情人消失三天。对于这三天，彼此不问、不说、不讨论、不着急、不嘀咕，三天之后重新在一个屋檐下，担水、吃饭、睡觉。

在大理住了几次，每次都睡不安稳。多梦，人脑程序源代码的暗门时隐时现。梦里，黑莓的红色指示灯在水面上乱闪，鬼火一样，灯塔一样。梦里，我好像总在不停地思考，每年，在那三天之外，我的情人在干什么？每年，在那三天之间，我老婆的情人到底是谁呢？

挤呀挤

香港真挤，每条街都是王府井，都是淮海路。

为了离上环的办公室近，公司把宿舍安排在西营盘。那个是老城区，英国殖民地的时候，驻扎过军队。现在，满眼老头和老太太，捅开一楼临街的房子开小店，忙的时候做生意，闲的时候在铺子里搓麻将，人气扑鼻。店都开了几十年，一见我就知道是刚来的，争着夸我普通话说得标准，基本没有口音。感觉仿佛北京的二环路以里，唯一的区别是，北京二环以里拥挤着的，多是一层的大杂院和四合院，香港的上环，一个挨一个，多是二三十层的瘦高楼。大杂院里，总有一两棵槐树、枣树、石榴、香椿、丁香或是半架葡萄，拧着挺着，冲破临时搭建的小厨房和小厕所，在饭香和粪气滋润下顽强地开花结果。站在院子里，抬起头，是老大一块蓝天和吹着流氓哨的鸽子。香港老城区，常是单行线，没有自行车道，人行便道三瓣屁股宽。一个长着两瓣屁股的人迎面遇上另一个长着两瓣屁股的人，小声说一句："唔该（广东话'对不起'的意思）。"一侧身，三瓣屁股在蹭与不蹭之间交错而过。人行便道上遍铺水泥，没有一棵树，路边偶尔有个街心花园，隔几十米望去，常常误以为是谁家阳台上摆的盆景。仰起头，坚持久些，楼与楼之间的一线天空上，或有老鹰飞过，好像谁放的风筝。

挤有挤的好处。

我站在这个老城区的任何一个路口，向任何一个方向一望，至少有三个茶餐厅，三个洗衣店，三个杂货铺，三个水果摊，三个巴士站。我住三楼，对面的三层楼里，一家人新换了大屏幕等离子电视机，新机试碟，放《金鸡》，没拉窗帘。我推开窗户，对面的电视里，刘德华正以香港十大杰出青年的身份，教育资深职业妇女吴君如：要以一团火的精神对待所有劳苦男性，做一名扎根基层的职业妇女。只有这样，一旦这样，她就有希望了，社区就有希望了，香港就有希望了。我不用自己买电视了。对面人家拉上窗帘的一瞬间，我恍惚想起好多年前，北京住的大杂院里，有人添了第一台电视，日本产的，黑白的，红色塑料壳。所有小孩都端着饭碗，拎着马扎到那家去看，那是一部叫《敌营十八年》的让人废寝忘食的幼稚电视连续剧。

几年的工夫，上网从无到有，变成人类一种基本需要，排名在空气、可乐、麦当劳、《龙虎豹》之后，在老妈、老爸、老婆之前，几天上不了网，阴阳不和、六神无主。在香港，提供宽带上网服务的有三家——So-net、i-Cable和电讯盈科，一样的缺德，都必须签订一年以上的合同。提前解除合同，每月照付一百港元。我叹一口气，打开我带迅驰芯片的ThinkPad，惊喜地发现，无线上网服务列表上，竟然有三个可选——Piano、J@home、Crazy Horse，一定是周围几个楼里的猪头三、狗眼四。随便选了一个，系统警告我不安全，"妈的，感到不安全的应该是猪头三和狗眼四，我上"。随便挑了一个，我无线高速浏览到新浪新闻。

在上下班高峰的地铁里，更是人挤人。还好，毕竟是香港，有空调和香水。人们目光呆滞，望着车窗外，车窗外是隧道，一无所有。偶尔有几个年轻人塞着耳机听音乐，基本没有人读书。唯一一次看见人念书，是个学生仔，至多小学三四年级，还没长青春痘和胡子，个头刚到我屁股，穿着学校统一的蓝色毛背心，戴着牙箍。在周围一车的屁股中间，他的脸忧郁沉静，我挤过去，偷眼看他读的书，深红色的封面，书名叫《我不怕压力》。

看着他忧郁而沉静的脸，我忽然想告诉他，我们小时候玩过一个叫"挤狗屎"的游戏。天气冷的时候，教室里没有暖气，身上没有厚衣服，我们就找个墙角挤在一起，那可比香港的地铁挤多了，比上环和中环挤多了，我们挤得口眼歪斜，我们高叫着："挤呀挤，挤狗屎。"我们没一个不乐得前仰后合的。

在香港清炒一盘楼花

如果权衡物欲，衣食住行和美女，除了美女，我最在意房子。

衣服，我最喜欢裤头、老头衫和拖鞋，舒服，省钱，掩盖身体缺陷，披挂这身打扮在夏末秋初的北京游荡，是人生最大的"不亦快哉"。如果没有美女和老朋友在，好食物的唯一标准是快，麦当劳大叔和狗不理是我的最爱。至于车，我的梦幻车型是长安奥拓都市贝贝，停车太方便了。还是房子需要投入，建得好了，可以躲进去，关门拉窗帘，面壁点炮，干什么谁都管不着。

我对房子的喜爱，也是我老妈的遗传。她是纯种蒙古人，有蒙古名字，会说蒙古话，心脏搭桥之前，一顿饭，一个人能喝一瓶套马杆酒。我老妈对两种事物的反应总是非常一致：看见长相俊美的动物植物，总是说，拿回家炖炖吃了；看见风景清幽的山山水水，总是说，占一块地方盖个房子。记忆中每次他们单位分房子，我老妈都奋勇争先。1976年地震，政府鼓励民众自发建地震棚子，我老妈盖了三个，方圆五里，规模最大，结构最精巧。后来政府勒令拆除，我老妈就是不从，双腿叉开，左手叉腰，右手持一把九齿钉耙，伫立在以三个地震棚子为顶点的三角形中心，看哪个不知死的敢动。

当我老妈知道我在香港租房，立即电告：看看能不能买，租房便宜了房东，买房能留给子孙。股票是套人钱的，现金存银行，银行也能倒闭，真缺钱的时候，古董论斤卖都可能卖不出去，还是房子好，留给子孙收租金。我老妈没学过金融，不懂投资组合管理和流动性分析，但是分析得都在点上。

我到香港最初几天，简单概括，就是香港不适合人类居住，太挤。一街一街的人，挤到东挤到西，我站在有空调的房间里看，都会不自主地出汗。但是，待长了，就像在飞机上待长了一样，渐渐适应，渐渐体会出一些好处。从居住和生活来看，香港是个好地方。

好处之一，紧凑。在香港岛上，随便挑个地方，出门走路十分钟之内，吃喝嫖赌抽，洗衣取钱买报纸交电话费宽带费都能办了，而且还有两个以上的选择。北京的皇气王道造成居住的不便，长安街有五十多米宽，即使是横穿马路到对面买个酱油，走路十分钟也不够。

好处之二，丰富。从上环到中环到湾仔，走路不到半个小时，你要吃哪国的东西，都能找到地道的馆子，日本串烧南蛮亭，川菜满江红，还有我不认得名字的黎巴嫩菜馆和摩洛哥菜馆。你要看哪国的书刊，基本都能买到。中环的两个三联书店不比北京和上海的小；Page One 有当期的 *What Hi-Fi*；大业文物书店里，因为有台湾、香港本地以及海外的出版物，文物书的种类比北京文物书店以及琉璃厂海王邨雅斋还多得多。湾仔电脑城和时代广场的电脑、PDA 和音响器材，新货上架飞快。日本货上市比日本当地晚不过一个月，但是会比美国市场早三个月；美国货上市比美国当地晚不过一个月，但是会比日本市场早三个月。如果想暂时离开闹市，走路十五分钟，就可以爬太平山。山保护得很好，之于香港就好像中央公园之于纽约。反方向走路十分钟，就是海，海边有干净的椅子，基本上没有摆摊看手相的假和尚，摆摊套圈射击的三轮车，摆摊卖发光塑料手镯的小姑娘。

好处之三，成熟。总体印象，这是个诚实而有效率的城市，从政府到小民，做事的出发点都是与人方便、与己方便。地方脏了，有人打扫；流程不顺，政府调整。上海和北京即使在硬件上能在十年内赶上，我不指望软件上能在我活着的时候赶上。香港市民们不崇尚文化和思想，崇尚实用知识和技术技能，头脑简单地挣钱，头脑简单地休息，饿了吃，困了睡，激素水平高了去深圳。市民们把人类简单地分为两类：有钱的和没钱的。他们衷心地给所有他们认为有钱的人最为友善的态度。出于职业训练，他们也尽量给他们认为没有钱的人尽量友善的态度。香港人比上海人简单。上海人把人类分为四类：外国白人、外国有色人、上海人和外地人。外地人再有钱，他们都不给好脸色。多数城市的人，没有上海人复杂，比如北京人也只把人类分成两类：牛人和傻子。再比如韩国人也只把人类分成两类：男人和女人。

东西虽好，还要看价钱。香港地方不错，但是楼价吓人。即使现在的楼价已经普遍比最高点跌了一半，比较类似的地段，香港的楼价还是高出北京、上海五到八倍。

认识一个在某大投资银行做地产行业分析的大姐大，理着刘胡兰式的齐耳短发，戴着瞿秋白式的黑边眼镜，香港本地人，连续几年被评为地产分析的第一人，在香港十多年，一尺房子都没买。认识她的人说，如果她今天在香港买了房子，第二天香港的楼市就会涨百分之十。我问她，从长远看，比如十年，香港和北京、上海的房地产合理差价应该是多少。我没做计算，随便掂量一下香港的好处，我的心理预期答案是二到三倍。大姐大想也不想："如果说十年，至多百分之五十，不应该再多了。""现在的差价是五到八倍啊！"大姐大想也不想："北京、上海会慢慢涨，香港会跌很多。"

我打电话给老妈，敌人火力太猛，香港楼价太高，强攻有风险。不如先去欧洲看看，比如匈牙利，成吉思汗最强盛的时候，匈牙利也是蒙古人的地盘，可以盖蒙古包和地震棚子。

旧富香港

我所在咨询公司的大佬，不到五十岁，须发皆白，说，在香港做了二十多年咨询，每周平均干七十个小时，需要休息半年，检点岁月，等等自己的魂魄追赶上自己的身体，看看自己会不会被回忆噎着。我问去哪里休息，他说去澳大利亚，那里和香港完全不同，天高地迥，渺无人烟。我说，好啊，离开香港前，一起吃个饭吧。

为了给大佬留下美好的印象，秘书建议去九龙那边洲际酒店二楼的一个叫勺子（Spoon）的餐厅吃法国菜。落地玻璃窗，窗外就是海，海的对面就是维多利亚港。晚上七点半开吃，景色比菜强很多，菜的外在气质比内在味道强很多，基本就是给眼睛吃的。从落地玻璃窗向港岛望去，太平山北面，从东到西，沿着狭长山坡和填海区，种满了高楼：国际金融中心二期、一期，交易广场，中银大厦，长江中心，太古广场，等等。看上去比背景里的太平山还高。天色已经暗了，海水如青玉，眼睛还分辨得出起伏荡漾和半透明感，太平山如墨玉，各个高楼的灯光都亮了，颜色不一，都是晶亮闪烁，仿佛嵌在墨玉山子上的各色宝石珠钻。从九龙角天星码头出发，轮渡频繁地开往港岛上的中环码头，轮渡上灯火也亮着，仿佛给墨玉山子锦上添花而去的散碎珠子。

在我的强烈要求下，大佬坐在面朝海景的座位上，我面冲他坐着，八点半钟，维多利亚港开始放焰火。墨玉山子仿佛承载不住这许多晶亮闪烁的宝石珠钻，开始向天空喷涌，然后慢慢在重力的作用下洒落，夜空在几秒钟之间变得同样晶亮闪烁起来。大佬强烈要求我和他同坐到面朝维多利亚港的座位上，焰火更盛了，周围所有人都放下刀叉，停止咀嚼，我发现基本都是两两成双的情侣，由于祖先杂交的历史差异，眼睛颜色不一，在焰火的映照下都晶亮闪烁着，仿佛各色宝石珠钻。我的手机振动，收到短信："今夕七夕，你这个没心没肺的在干什么？不准喝酒，不准目露邪光，看到漂亮姑娘不准随便搭讪。"夜色更沉，餐厅的灯光昏暗，我们周围成双成对的小男女开始挨挨擦擦，脖颈开始像游水禽类一样相互缠绕盘旋。我和大佬正襟危坐，遥望窗外，窗外的景色真美。

"今天是七夕，国产情人节，要不是咱们年纪相差悬殊，估计会被周围人当成同志。"我说，帮助不懂中文的大佬理解，周围为什么这么多成对的小男女，焰火起时，为什么小男女们都努力伸长脖子变成了游禽。

"噢，"大佬继续看着窗外，"香港的确是个美丽的城市，只是在衰落。"

"看不出啊，这么中看不中吃的餐馆，这么贵，还这么多人，几乎满座了。"

"20世纪90年代初，这家餐馆靠窗的这种位置要提前一个月预订，每天晚上会翻三次台。"

仔细想来，大佬说得不错，香港的确富过，暴富、大富过，城市奢华、精致、高效、有序。

港岛就是南中国海里一座冒出海平面的小山。能拾掇出来的地方，梯田一样，都种上了高楼。能通过环境评估的地方，平息市民反对后，都填了海，然后再种上高楼。港岛和九龙之间，已经不是海了，是条不能算很宽的河，坐游船出海，当地不叫出海，叫游船河。再努努力，再填填海，九龙和香港就接上了，河变成地下河，人和车也不用坐船或者通过隧道往来了。从新中国成立以后到改革开放之前，三十年间，偌大一个中国，只有香港一个对外的通道，即使再挤，热钱游资各方势力也要往这个弹丸之地继续挤过来，在皇后大道上有个撒尿刷牙放把凳子的地方，仿佛一个正青春的少年，只允许在鼻尖一平方厘米的地方长青春痘，鼻尖这一平方厘米，想不珠钻般熟糯灿烂，也难。也就是这种历史条件下的独特性，再加上大英帝国百年殖民造就的法制和说英文的劳动力群体，在三十年间，把香港从一个英国的小兵营和补给站，推挤成为世界第一大港口，第三大金融中心，地皮第三昂贵的大都市。

　　由于地皮难得，所以用心建设。建成的高楼仿佛德国造的万宝龙笔，细细观察，每个细节都在不露声色中被精确地照顾到，每一寸土地都被顶尖的建筑师用当时最好的技术和工艺压榨出最大的功效。由于高楼密集，高楼之间游廊相连，人车全部分流，百分之八十的情况下，商务会晤步行可达无须坐车，打雷下雨不用打伞。因为密集，常常能撞见名人，感觉活在沸腾的生活中。在不到一年的时间里，我在机场赶飞机撞到两次周星驰，戴副墨镜，麻布衣衫。我在酒店吃早茶或者中饭两次撞到成龙，就坐在隔壁，和几个老外在谈事儿，白色便西装，米色便西裤，五十男人一枝花。我在汇丰银行总部楼下的自动取款机上取点现金，瞥见何鸿燊车牌是 HK1 的劳斯莱斯在旁边的小路右转，开向皇后大道中，他坐在司机的后面，右手边应该是保镖。保镖戴着金丝眼镜，脸上没有横肉，眉宇间竟然还有些温文。离汇丰银行总部大楼几十米之外，就是文华东方酒店，那里有好吃的蛋糕和巧克力。那年愚人节的那个晚上，我想，一定有不少人看到像落花一样从酒店坠下的张国荣。尽管高楼密不透风，但是供人民舒展身心的保留地不容侵犯。高楼之间，依山就势，是公众免费运动场和盆景一样的街心花园和儿童乐园。坐出租车五分钟，保护完整、设施完善的太平山就敞开三四个登山口等人攀爬出汗削减肚腩，山路树大蔽日，偶尔见得到小兽出没。坐地铁三四站，就是铜锣湾的游艇码头，坐游艇出去不到半小时，就是渺无人烟的离岛和浩瀚的太平洋。这种密集下的方便，在世界其他任何地方，我都没有看到。

　　人们有了些钱，吃喝嫖赌。温饱之后，再有些钱，买房买车，香港街上的奔驰车和上海街头的桑塔纳一样普遍。一个人有两辆车了，再有些钱，买艺术品买古董。尽管已非盛时，佳士得在港岛会展中心开秋季拍卖会的预展，依旧人流如织，小老头们气度儒雅，稀疏的白发梳理得一丝不乱，小老太太们施点点淡妆，肌肉萎缩了的手腕上，老坑的翡翠镯子，水足色浓，映得戴镯子的整只小手都是隐隐的翠色。无须交任何押金或者提供任何证件，每个人都可以对任何一件拍卖品上手，即使是康熙的羊脂白玉国玺，也可以请服务生从玻璃柜中拿出来，然后放自己的手在玉玺的雕龙上面，眼睛微闭，隐约感到康熙的手刚才还放在上面，余温尚在。皇后大道中靠南一点，是荷李活道。两千来米长的小街道，两旁全是古董店，书画瓷器家具玉器。看店的男性居多，年岁不一，三十来岁到七十多岁，同样欺生，同样骗人没商量。古玩这个行当自古不经骗，于是恍惚间这条街就是两千米的江湖，每个店主其实都是使剑的高手，从柜台里拿出来的每件东西都是一招剑式，等着看你破解或者出血。过过招，挑出几件足以乱真的新工老玉，说"这些不对"，盘盘道，说，在北京古玩城，我常常和河北小崔、广东阿蔡以及河南大张喝茶，店主的杀气渐渐偃息，给我泡一杯陈年的普洱，问我是自己做生意还是收藏。店主的眼睛看一眼不远处的太平山，说，手上走过太多的好东西啊，去了台湾，去了美国和欧洲，去了这太平山的半山和山顶的豪宅，"有时候觉得对不起祖宗，但是又想，这里面有运命和劫数"。我去过一个老收藏家在半山的公寓，殖民政府早期给政府官员盖的房子，一点没有香港盖楼常见的尖酸局促，反而有些北京西城各个老房子的气度。公寓的外表破旧，但是高大干净，草木浓密。进屋，老收藏家穿个棉布圆领衫大裤衩子，关上客厅大灯，打开四周射灯，屋子就成了一间博物馆：光顾景舟仿时大彬的紫砂壶就有十几把；光商代圆雕的玉兽和玉人就有四五个，玉种、刀工、沁色都好，纽约大都会博物馆的中国厅里，这种成色的东西也只有一件。老人说，玩古的最高境界不是拥有，而是暂得，玩古的人都是出纳，经手而已，所以有重宝不如有好眼力，眼睛看到了心里微微醉了就好了。老人还说，缘分未到，还有些好东西存在汇丰银行总部地下室的保险柜里，这次看不到了。

大富之后，香港纵容性灵。六百万人口的香港，写字的有李碧华，单就文字而论，全中国有几个比她更灵动妖娆？拍电影的有王晶，累了一天，谁会舍弃大俗大雅的王晶而去看假艺术真媚俗的电影？谁写中国现代文化史能不提周星驰？还有一双大眼睛桃花盈眶的梁朝伟，还有王家卫，他在《2046》一部片子里安排梁朝伟摸到了我所有想摸的女影星。三十年大富，不足以让香港产生大师，王晶们少年时还只是庙街恶男还一点不知道有诗三百，但是足以让香港产生对艺术的大度，对天才少年们的纵容。

20世纪80年代，香港不再是唯一，开始变化。

香港实在太挤了，我走在港岛的便道上，如果赶时间，想走得快些，常常有在北京二环以里开了一辆大切诺基的感觉，必须闪转腾挪，左突右冲，口中大声唠叨着"莫该，莫该"，碎步疾行。有一次，我走过香港的某个便道，便道旁的一家干货海鲜店正支起竹竿脚手架，修葺店面。我拖着一个上飞机不用托运的小拉杆箱，迎面走来一个大汉，我说"莫该"，他或许没听懂，反正没侧身给我让出一点空隙，我只能在运动中闪身，拉杆箱的轮子扫到脚手架的竹竿。头上一个声音忽然狂叫"小心啊，要搞死人啊"，我抬头，一个老头双手双腿死死抱着竹竿，拉杆箱过处，竹竿摇动，老头摇动，仿佛过分成熟得要马上掉下来的人参果。

香港实在太贵了，同样的东来顺，深圳蛇口六十个品种任点任食酒水全包，午餐二十八元一位，香港九龙二百八一位，勉强吃个八成饱。站在南山上看蛇口港，眼前是一排排崭新的岸基桥吊。距离集装箱生成的珠三角工业腹地近，不用通过深圳和香港之间的关口，装卸费率低一半，深圳港超过香港港，只是一个时间问题。好几个香港本地人的父母退休之后，办妥加拿大移民之后，决定移民深圳。加拿大除了冷还是冷，除了春天在自家院子里种点大麻留到冬天慢慢抽，还能有其他什么精神生活啊？在香港买碗粥的钱，在深圳点两菜一汤；在香港按摩一个脚趾的钱，在深圳做足三个钟送生果盘。荷李活道上古玩店老板说，如今，香港收藏家团伙敏求精舍的成员垂暮凋零，又不见新人成长，现在最大的古玩市场在北京，最强的购买力在北京和浙江，不如去北京开家分店，留着香港老店，专卖鬼佬仿制工艺品，和北京新店还能有个照应。

晚上九点钟，维多利亚港的焰火完毕，我和大佬离开那个叫勺子的法国餐厅，坐轮渡回港岛。我说，尽管衰落，香港还是有完备的法律和秩序，其他地方有砍手帮和飞车党，两个烂仔一辆摩托车，一个人负责开车和砍断皮包带子，另一个人负责牵走皮包，警方最近科技创新，推出类似宋代岳家军的钩镰枪和清代雍正皇帝的血滴子，不知道能不能制伏飞车党。我说：这样吧，老大，你反正也积攒了一些钱财，也不收集古董，也不包养二奶，不如买个太平山顶的豪宅，你去澳大利亚思考人生的时候，我帮你看房子，不收费用。

焦虑·郁闷·忙碌

香港，中环，人、人、人。人上了发条，西装领带，四足着地，装上轮子，时速四十公里。上海，淮海路交黄陂南路十字路口，人、人、人。红灯将熄，绿灯初上，交通协管员张开双臂、吹哨、挥旗、瞪眼，把守四角人流，人流里都是要奔向小康大康的斗牛。阳朔，西街，人、人、人。几百米街道，几千个奸商，几万个游客，几十万个另类民族工艺品。北京，大北窑，人、人、人。喉咙里起痰，想，是溶化在嘴里吞下去还是找块最脏的地砖吐上去。鼻孔里有凝胶，挖，同时四处张望，看看谁会注意到。到处刨地，到处"办证"，到处堵车，的士老哥哥一口痰高吐在周杰伦的手机广告上，一阳指鼻屎凝胶低弹到路面上，嘟囔：真他妈的堵，下辈子，我开飞机去。

人人都是焦急、郁闷、忙碌。

焦急。生逢盛世，清康雍乾盛世，中国比现在的美国还美国，GDP占全世界的百分之三十。我们也在崛起啊，过去三十年，GDP复合增长接近百分之十，再过十年超日本，再过二十年超美国。我们能不能再快一点啊？企业兴旺，隔壁原来给领导开车的邻居，现在造的车都卖到非洲去了，每年百分之四十的增长，再过几年产值过千亿，全球五百强。我们能不能再快一点啊？周围有二奶的了，有四婚的了，有五子的了，有身家十几个亿的了，有进"二百万元作家俱乐部"的了，有得三种癌的了。我们能不能快点啊？

郁闷。为什么美国有那么多自然资源和先进武器呢？一小撮聪明人设计出来的制度领导两亿多天真群众怎么就能基本和谐呢？法国人怎么就那么有创意呢？德国人怎么就那么会造工具呢？日本人怎么就那么守秩序爱干净呢？我有生之年见得到大国崛起吗？低成本扩张不太灵了，要买的目标公司和要招的技术工人都贵了，二氧化碳指标都要买了，在世界范围内单品种市场份额都百分之六十了，再到哪儿发展啊？二奶有了二爷，每次离婚都净身出户，五个孩子吃喝嫖赌抽各有专长。表面上身家最高的开始雇保镖了，私底下身家最高的在浦东机场被扣下了。老妈说她也要学英文学上网学用 Word 写回忆录走进新时代。十年过去了，卵巢癌五年生存率还是没有一点提高。

忙碌。一个拉杆箱，半箱内裤衬衣，半箱充电器。Wi-Fi、手机、黑莓，看不见的线牵着忙忙碌碌的人。一周干八十个小时。不是四十个小时加上四十个小时的概念，而是人通常跳一米高、现在让人跳两米高的概念。检点过去三周，一半的饭和大便是在飞机上解决的，一半的电子邮件是在车里回的，一半的小便是一手拿手机一手按枪杆子完成的。"只有享不起的福，没有受不了的罪"，实在困了，游泳半个小时比睡三个小时解乏。六十八个小时不睡之后，我第一次发现，和喝了八瓶啤酒一样 high。刮胡子的时候，我第一次发现，一根白色的鼻毛出来。

我有机缘见过号称是真迹的《清明上河图》，纵二十四点八厘米，横五百二十八点七厘米，画的是大约一千年前大城汴京极盛时的一个夏天。专家说，共画了人物六百八十四人，树木一百七十四株，房屋一百二十二间，牲畜九十六头，船二十五艘，车十五辆，轿八顶。其实，张择端画了六百八十五个人。这个多余的人隐在画面的角落里，一裤衩、一背心、一蒲扇、一眼镜，时间很短，记忆很长，手藏在裤兜里，向着这纵二十四点八厘米、横五百二十八点七厘米框起来的面积，竖起中指。

我混沌、脏乱、安详、美丽的北京

　　我是北京土著，在北京出生，在北京长大。除了到河南信阳一年军训，到美国两年学商，所有的时间都在北京这地方度过。在龙潭湖鸟市第一次茬架，看见白刀子进去红刀子出来，黑里透红的血滴在土地上。在垂杨柳中街邮局前摆摊无照卖旧杂志，挣了第一张人民币一百元的大票。在西山某角落失身，第一次体会到得失因果。又是在笔头讨生活的，自矜文字练达。但是，不知道为什么，每每想就北京为题写一篇自己满意的文章，却每每心中肿胀，字不成句，句不成篇，找不到合适的词语和头绪。退一步，如果别人写好了北京，我去读读，杀杀渴，也是好的。就像别人建好了长城，我去登临。但是，我心仪的文字前辈，周作人、周树人、俞平伯、沈从文，都是南方人，为了生计聊居北京，写出的关于北京的文字半干不湿，什么《北京的茶食》《我观北大》《陶然亭的雪》《北平的印象和感想》，全都显尽南方人的局促，了无精神。老舍可能和我犯一个毛病，待在北京太久了，感受太多，写出的关于北京的小文，东一榔头西一棒子，毫无逻辑章法，而且还压不住地煽情："哼，美国的橘子包着纸。遇到北平的带霜儿的玉李，还不愧杀！"（《想北平》）

去三联书店闲逛，我躲开人多的热卖区和杂志区，在地下靠里的一个僻静所在，发现一本《北京城市历史地理》。侯仁之主编，北京燕山出版社出版。硬皮精装，装帧简单到寒碜，像本社会科学博士论文。正宗的满汉全席没有，就吃大饼馒头萝卜青菜。好看的文艺书没有，不如就看学术论文。看完感觉文字平实，没有多少差池，也没有多少嚼头儿。资料翔实，但是局部组织略显零乱。最最重要的是，这本书给我一个描述北京的视角：北京这样大城的味道是好些人在老长的岁月中住出来的。盯死空间和时间两个轴，从时间的视角写空间变革，从空间的视角写时间流逝。

《北京城市历史地理》开篇明义："距今一亿多年前的中生代晚期，在中国东部发生了一场强烈的造山运动，火山喷发、地壳变动、山地隆起，这就是著名的'燕山运动'。"所以北京三面环山，中间是平原，向东南开敞，如同一个海湾，北京及其周围可以形象地称为"北京湾"。如果粗略地说，北京环山的西面和北面，从古至今，都活跃着异族，北京被异族攻下，北京东南的所谓中原就无险可守（冯唐注：在这之后几乎成为中国历史上的第一规律，北方异族南下，先失北京，再失中原，最后失江山。不在北方建立都城，就是自行加速灭亡）。所以北京这块地方，自古就是打仗的地方和文化交流的地方。

《北京城市历史地理》精彩地描述了北京城的变迁。北京初具规模是在女真族的金朝灭了北宋、将其首都从松花江移至北京的时候。那时称为中都，位置和大小相当于现在宣武区西部的大半。大城周长三十七里有余，四面共十二个城门，皇城四周长九里三十步，特别是已经有了一条从南到北贯穿全城的中轴线，这条中轴线就是现在西二环路的南段。元灭金的时候，蒙古骑兵攻入中都城，看着奇怪，一把火烧干净，没有一点想在北京建都城的心思。四十年后，忽必烈为了消灭南宋，将都城从和林迁至北京，用了十八年，在金中都的东北建成元大都，奠定了今天北京雏形。设计建造元大都的是一个叫作刘秉忠的汉人。这个古怪的汉人小时候是个和尚，后来狂读儒、道，最工《易经》，跟着忽必烈跑过好多地方，有见识。其设计饱含东方各种哲学思想，从那时候起，北京的方方面面就有了各种讲究。

过了不到百年，明灭元，为了彻底破掉元朝的风水，将元大都的宫殿尽数拆除。"靖难之役"，明成祖从侄儿手中夺取帝位。明成祖明白，失去北京，则必失中原，他不贪恋江南的小桥流水、小奶美人以及小笼包子，决定迁都北京，在沙尘暴中真切感受塞北的威胁。先后十五年，再建北京城。这座新城，基本上是在元大都的基础上稍加发展。其中重要的一条是紫禁城南移，为了厌胜前朝风水，在元后宫延春阁上人工堆筑万岁山（现在的景山）。巧合的是明崇祯最后还是在景山上吊死，好像风水还是没被压住。

清人比明朝汉人明显大度开明。既然风水压不住，索性全部保留明朝的北京城。省下的银子大规模开发西山，营造了规模空前的离宫建筑群，统称"三山五园"，即玉泉山静明园、香山静宜园、万寿山清漪园和畅春园、圆明园，可以春射秋猎，不忘记马背兴国的根本和脊梁骨里上下流转的凌厉之气。

《北京城市历史地理》没有提及，1949年北平解放，我们现代人尽管比清初满人大度开明，尽管我们全然不信风水，但是阅兵还是在天安门楼上看最气派，而且我们还喜欢汽车和大道，所以我们没有按梁思成的意思保留老北京城。试想，如果我们留下老北京，把中南海、北海、什刹海圈起来整出一个巨大的城市中心公园，在现在望京新城的所在新建一个北京，那现在的北京该是怎样一种美丽？为了弥补遗憾，我们现在在剩下的城楼下种植了塑料的椰子树，还打上红色、黄色、绿色的灯光，白天看像幼儿园，晚上看像个堡。梁先生梦里回来要做些心理准备，小心被吓着。

三里屯前史

一

1984年到1990年，我在白家庄中纺街上的北京市八十中学度过了人生观、世界观形成的六年。中纺街西北不到三里，就是后来著名的三里屯。

那时候，三里屯还只是一堆没脸没屁股的六层红砖楼，除了离住着各种外国人的使馆很近之外，和北京其他地方，和中国其他城市新中国成立后建设的街区一样，有个花坛，有个意气风发的雕塑，有几棵杨树或者柳树，没有其他任何突出的地方了。

那时候，我那个中学是朝阳区唯一一个市重点中学，号称朝阳区的北京四中。从生物学的角度看，那是个伟大的中学，物种多样化，出各种不靠谱的人才：羽毛球冠军、清纯知性女星、对汉语有突出贡献的足球解说员、著名央视五套中层干部等。我上中学的时候，他们年纪也都不大，分别是体育优待生、大字比赛学区获奖者、学校业余广播员、校团委副书记。后来，还连续出了几届北京市高考状元，那时候，我已经毕业很多年了，著名央视五套中层干部也快因为他的家事国事更加著名了。

二

1984年到1990年，在北京市，中纺街与三里屯在第一和第二使馆区之间，尽管没有任何酒吧，但是已经是个挺洋气的地方了。我曾经想，三里屯和三元里什么关系。一个答案就是，这两个地方都和洋人有关，我们过去在三元里抗击过英军。将来学生学历史的时候，好记。

我的同学，三分之一来自外交部，三分之一来自纺织部。这些同学都散住在中纺街和三里屯一带。

外交部的子弟经常带来我在中国从来没有见过的东西，比如能擦掉墨水痕迹的橡皮，介于二八和二六之间的可变速自行车，可以画出图形的卡西欧计算器。我问他们，他们爹妈在国外通常都做什么，典型答案是："我爸是北欧一个国家的武官，基本工作是滑雪和看当地报纸。"这些子弟，常年一个人住在三里屯一个巨大的房子里，最多有个又瞎又聋的爷爷奶奶看管着，仿佛被外星人留在地球的后代。纺织部当时还没被撤销，纺织是中国当时最大的出口创汇行业。纺织部的子弟从穿着就可以看出来，脚上的耐克鞋、彪马鞋都是原装进口，款式都是王府井利生体育用品商店里没有的。当时正牌耐克鞋一双最少一百块，当时我中午饭在学校食堂吃，八块五包一个月，有荤有素，有米粥或菜汤。他们还有防雨的夹克衫，轻薄保暖的羊绒衣，大本大本人肉浓郁的内衣目录。现在回想，他们出入学校，雨天不像落汤鸡，冬天不像狗熊，心神中明白人事，他们仿佛锦衣日行的仙人。

我属于那剩下的非外交部非纺织部的三分之一。我那时候懵懵懂懂，还不知道录音机有贵贱之分，能出声儿就好，能听新概念英语录音就好，就像不知道人有贵贱之分，长腿、长奶、带毛就好。幼时的影响根深蒂固，我现在还是分不清 B & W 和漫步者音箱的区别，还是不知道人有贵贱之分。

我们这一代人，有一个其他人都没有的精神财富。我们少年时，没有现在意义的三里屯，我们饱受贫穷但是没有感受贫穷，长大之后心中没有对社会的仇恨，有对简单生活甚至简陋生活的担当。"我们穷过，我们不怕。"

三

那时候，没有游戏厅，没有棋牌乐，没有进口大片。除了念书，我常常一个人溜达。

出校门左拐，沿中纺街向西，最先遇见的是饴糖厂。不用看都知道，臭味浓重。那是一种难以言传、难以忍受的甜臭，刚开始闻的时候，还感觉是甜的，很快就是令人想吐的腻臭，仿佛乾隆到处御题的字。与之相比，我更喜欢管理不善的厕所的味道，剽悍凌厉，真实厚道，仿佛万物生长着的田野。我从小喜欢各种半透明的东西：藕粉、糨糊、冰棍、果冻、文字、皮肤白的姑娘的手和脸蛋，还有高粱饴。但是自从知道饴糖厂能冒出这种臭味之后，我再也不吃高粱饴了。

饴糖厂北行五十米，是北京联合大学机电学院，我们简称为"机院"。当时的校长常常恶毒地暗示，如果不好好学习，我们很有可能的下场是对门的"机院"。

饴糖厂旁边是中国杂技团，不起眼的一栋楼，从来没有看见有演员在楼外的操场上排练，可能演员们也怕饴糖厂的臭味吧。总觉得杂技排练应该是充满风险的事情，时不时就该有一两个演员从杂技团的楼里摔出来，打破窗户，一声惨叫，一摊鲜血，一片哭声，然后我们就能跑下教学楼去凑热闹，然后救护车呼啸而至。但是，中学六年，这种事情一次都没发生。

杂技团北边是假肢厂，做胳膊、腿之类的，塑料的、硅胶的都有。我曾经晚上翻墙进入假肢厂的仓库，偷过好几条胳膊和大腿，留到现在，还没派上用场。

杂技团北边是三里屯汽车配件一条街，听说当时北京街上被偷的车都在这里变成零件，然后一件一件卖掉。后来，在三里屯北街火了之后，这里去了汽配商店，添了粉酷、法雨之类东西，就成了三里屯南街。

四

汽配街往北，就是三里屯北街，也就是严格意义上的三里屯。

我们的中学体育老师，军事迷，精研中日战争史，总说"21世纪，中日必有一战"。他觉得他有责任为中华民族准备好这场战争，总说"人种的强壮与否是关键"。一年十二个月里，除了6、7、8、9四个月，他都逼我们长跑。

我们跑出校门，跑到朝阳医院，跑到城市宾馆，跑到三里屯南街和三里屯北街的交会处，跑到兆龙饭店，跑回校门。

跑到三里屯南街和三里屯北街的交会处，每次都接近体育老师所谓的"极点"，一使劲儿，肺叶就差点儿吐出来。每次坚持着，耷拉着舌头东张西望，看着三里屯长起来。先有交会处东南角的小卖铺，然后有三里屯北街的临建房，然后临建房开始卖酒，然后小卖铺砌成啤酒杯的形状。

野蛮体育老师后来得了痔疮，痔疮后来厉害了，对我们的管束越来越松。上课就把我们撒出去跑步，回来就自己踢球，下课前不再集合。体育老师自己坐在一个破硬质游泳圈上，晒太阳，痔疮在游泳圈中间悬空，不负重不受压，他的表情愉悦幸福。

我们不着急回学校踢球的时候，在极点到来之前，不跑了，到三里屯街角的小卖铺一人买一瓶北京白牌啤酒，牙齿开瓶儿，躲进三里屯北街的花坛，扯淡，就啤酒。

有人说，他在这附近常常见到黑人，伸出手来，手掌赤红，仿佛猩猩。

有人说，他家的北窗正对着某使馆，阳光好的时候，里面的人出来晒太阳，只包裹乳房和下体，裸露其余，从窗子里看过去，比鱼肚还白皙。他说这段话的时候，眼睛突出，瞳孔扩张，鼻孔一张一合。武官的儿子说，他有他爸带回来的望远镜，下午别上课了，一起去北窗瞭望。我们说："同去，同去。"

有人说，看多没劲啊，最好能摸，最好能抱。"初冬，刚来暖气，抱个人在被窝儿里，美啊！"

估计在简陋的环境里，理解力发育也晚，我当时实在无法理解在被窝儿里放另外一个人的好处，就像我无法理解体育老师痔疮的痛苦一样。我只是在旁边安静地听着，喝着啤酒，觉得岁月美好，时间停滞。

十八年的荒芜一个半小时的扯脱

十八年之后的秋天再回北大，在干正经事之前，逛了一个半小时。

西北方的朗润园还是野湖、还是野狗、还是野荷，还是清冷、还是淡定、还是荒芜。十八年前朗润园某个四层板楼里，没饭厅的小单元房，没电所以没灯，有月亮，有风，有老头，有啤酒。当时就很老的老头说，大学就该这样建在人世边上，我们这样的一小撮就该站在人类边上。老头还说，他能吟唱的这种语言适合创立宗教，但是他如果马上死了，人世上人类里就只剩两个人懂了，他们向来不和，所以，从此之后，这种语言就再也没有对话了。当时一箱啤酒只剩啤酒瓶了，我们眼睛发亮，我们心在太阳穴上跳，我们借着酒劲儿，就相信他了。

中间的未名湖水少了很多，还没臭，湖里的石鱼一半青白一半淤泥黑，还很肥。从圆明园搬来的各种杂物还杂陈湖边，后悔了，当初圆明园还有很多杂物，没拿自行车驮到某个去处。日落时候，有个老外坐在湖边，望水，望石舫，左手一听啤酒，右手一火雪茄。当下，周围没有妇女，不知道他心中有没有。

西边赛克勒博物馆旁，有个塑像，臭牛×，身子下题两个字"智圣"，不知道是谁。十八年前没有。

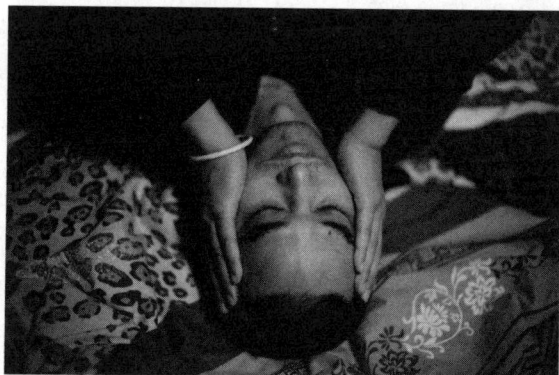

没有某种女人就没有某种文字。你的情人
头染金发，已经改名麦当娜，你如何送她
一阕《一剪梅》？

卷五

文字打败
时间

关于书的话

　　传说仓颉造字的当晚，有鬼哭泣——文字里藏有被泄露的天机。文字写成的书在古时候金贵异常，刻在龟甲兽骨上的《诗经》《周易》只存在于王宫豪宅。写在羊皮上的一本《圣经》要用去三十只小羊。那时候，有一本书不异于现在有一辆奔驰 S600 或三桅游艇。那时候，只吃粗面包饮清水的僧侣在一豆油灯下读那金贵异常的书籍，心中虔诚异常。

　　如今，书不那么金贵了，省下一顿啤酒，就能捧回来大大小小的一摞，但是我的虔诚依旧。数年前，用一块驳色的随形寿山石刻过一方阳文小印：耽书是宿缘。蘸了朱砂，钤在书的扉页上，红白分明，触目惊心。古人讲得不错：寒读之当之以裘，饥读之当之以肉，欢悦读之当之以金石琴瑟，孤寂读之当之以良师挚友。

　　读读读，书中自有千钟粟。鲁迅提过的内山书店老板内山完造，对于在他的书店里偷书的人从来不管，他曾讲过："爱书的人，他一有了钱，一定爱买书的。现在被偷，就等于放了账。而且，少雇些人看偷书的，反而省钱。"内山是解人，但是更通达的人会想：爱读书，脸皮又厚到肯偷书，身手又好到能偷到书的人，假以时日，不愁大富大贵。

读读读，书中自有颜如玉。身边的能人比起史书中的英雄，不配提鞋。周围的名花比起《香艳丛书》中的美人，面目可憎。几十年前，叶大麻子德辉讲：老婆不借，书不借。其实，他印过《素女经》，因为有伤风化进过大牢，老婆不借是假，书不借倒是真。拿起一本翻了多年的字典，抚摩油腻润滑的书页，想起那一夜，灭了灯，衣服如灰烬般落尽，她的皮肤在我手掌下潮起潮落。想起北朝尚武少年写的那首关于爱刀的小诗："一日三摩挲，剧于十五女。"买来一本新印的诗集，把头埋进书页，呼吸间是油墨和纸张的清香，想起那个和自己风花雪月过的姑娘，把头埋进她的长发，长发是否像昨天一样柔软？那发香是否还缠绕在心头？

　　读读读，书中自有黄金屋。以书橱为四壁的屋子，再小，也是我的黄金屋了。读过三联出的曹聚仁的书话，文章记不得了，但是记得它的装帧。素白的封面上除了书名，只有一帧小画。画上一书一剑，一灯一碗，画旁行草小诗："检书烧烛短，看剑引杯长。"想到一种境界，一个地方——天堂。

雪夜枕边读禁书

一、我的禁书生涯

世界原本是一盆清水，人类是一团墨汁儿。人类长在世界里，就像一团墨汁儿入清水，随着时间的流逝，总是越来越浑，不会越来越清。不用看几百万年或者几十万年，回看我自己过去的二三十年，就知道这种浑浊的过程有多快。

和现在这个后现代社会相比，过去的岁月总是简单、干净，所以美好。电视是小学高年级之后才有的东西，一部叫《敌营十八年》的九集电视剧是中国第一部电视连续剧，傻和不傻的人都追着看，仿佛2005年看《超级女声》。电影绝对主旋律，除了女特务，其他女性的衣着都是大妈款，没有一个女性角色可以入春梦。在街上抽烟闲逛的小孩儿都被定义为流氓，能搞来录像带和大饭店洗发水的都被定义为老大。录像带基本没有毛片，能辗转借来的毛片基本都是被翻录了四次的，基本上都是毛毛点点的画面，比马赛克还马赛克，基本上都是越南女人冒充中国女人，日本男人冒充禽兽。看这样的毛片需要超强的想象力，隔壁家的流氓兄弟刘二和刘三告诉我,他俩看多了这样的毛片,对光与影的感觉同凡·高一样敏感,看着春风里阳光下的杨树林,树影婆娑,毛毛点点,下身也能硬起来。电脑一直是新鲜玩意儿,高中时学Basic编程,画个三角,画个圆,到机房上机,要脱鞋,要换拖鞋,我人生第一次发现,不只男生脚臭,女生也脚臭。到了大学,十块钱买了第一张5英寸软盘,我脸盘子那么大,捧在手里,觉得真是高科技,不可思议,一个人一辈子写的文章都能装进里面去。实验室里拨号163上网,拉上窗帘,打开视窗3.1,初次体验互联网,速度慢得出奇,半个小时,200KB的金发碧眼大乳美女还是只转过来上半身,我下半身硬了又软。

在那简单、干净、美好的过去岁月里,最丰富的情色教育来自图书。

首先是语文课本。老师讲贾谊的《过秦论》。"振长策而御宇内",说策就是鞭,长策就是长鞭。我们班上的坏孩子接下茬,说:"我鞭长莫及。"学夏衍的《包身工》。"在离开别人头部不到一尺的马桶上很响地小便""半裸体地起来开门,拎着裤子争夺马桶",我们班上的坏孩子告诉我,他没体会到包身工们的苦难生活,他闭着眼想象,觉得很淫荡。

其次是古籍。搞成简体横排出版的,一定都是删节版,删得文气全断,一只兔子,本来剪掉小鸡鸡就好,结果尾巴和耳朵都没被放过。二十册的《李渔全集》,有三册是李渔评《金瓶梅》,删得几乎成了《论语》之类的语录体文本。我发现的第一个漏儿是上海古籍出版社影印的"三言二拍",因为影印所以没有删节,因为贵(硬皮装帧,五本一套),坏孩子买不起,只有老干部买得起,所以没删,什么《金海陵纵欲亡身》,什么《隋炀帝逸游召谴》,都在。我跟我老妈说,我要买影印的"三言二拍"。我老妈问:为什么?我说:学习古汉语。我老妈问:学习古汉语为什么不买《十三经注疏》?我说:不能揠苗助长,汉语有演化的进程,由上古到中古再到近古，诗经、先秦散文、汉赋、唐诗、宋词、元曲、明清小说，我要逆流而上，把握汉语的文脉，循序渐进，先看近古，也就是明清小说。我老妈问：为什么不买便宜的简体平装版？我说：要原汁原味，杨贵妃穿个带"劳动标兵"四个字的跨栏背心就勾引不了安禄山和李太白了。我老妈说：好，给你五十块，我一个月工资，别丢了。古籍读多了的好处是，我认识了繁体字，我读古汉语不用查字典了，我知道小鸡鸡三十种以上的小名，我看着繁体字的古汉语硬了起来，我不担心语文考试了。坏处是脑子搞坏了，相信因果报应，相信行房有害健康，相信手淫罪大恶极。

还有就是手抄本和西方小说。手抄本都不长，基本上一万字以内，造福社会的坏孩子，一边抄一边硬，硬了又软，软了再硬，如是十几次，也就抄完了。手抄本，基本上都是抄在浅蓝色底的作业本上，这种作业本到了21世纪的北京，被小资必去的那些餐馆当成菜单，用来写满"陆羽飘香""非典岁月"之类的菜名和酒名。手抄本里，有的字写得真好，甚至看得出家学，看得出敦煌小楷经书体的风骨。版本极其复杂，大体相近，细节千变万化，成因基本上就是抄写的人，抄得兴起，进行了二次创作，"乱扯小衣"四个字被心驰神荡地扩充成四百字。五四一代老翻译们老去之后，汉译西方文学名著基本不能看了，我被逼着读英文。王府井利生体育用品商店以南一点，有家外文书店，一楼卖正版字典，二楼卖盗版影印原文小说。小说印得很烂，但是便宜，不删节。站着看英译《十日谈》中，把魔鬼放进地狱的故事。二楼外面是初夏的午后，时间像糨糊一样黏稠而缓慢，我忽然想起《诗经》曾经达到的好色而不淫的境界，街上人来人往，人人怀揣着善良的心和困惑的淫具，他们会因此发生各种事情，我感觉人生丰富而美好。

二、我的禁书理想

人过了三十岁，世事渐明，发现企业家基本是骗子，科学家基本是傻子，过去的理想都渐渐泯灭了，唯一不切实际的想法是，这辈子，我要写十本小说，其中一本是黄书。我想，这个功德，无量。

我上医学院的时候，管宿舍的王大爷一直喜欢古龙，不喜欢金庸，喜欢假古龙胜过真古龙。王大爷说，古龙比金庸会搞女人，金庸谈恋爱，古龙搞女人，恋爱没有女人久远，古龙更好看。王大爷说，假古龙，碰巧了，基本就是黄书啊，比真古龙好看。后来王大爷中了风，过了恢复期之后，言语更加无忌讳，劝我弃医从文。他看过我写的十页假古龙，对我说：你行，你写凶杀色情都行。不写，浪费了。男怕入错行，女怕嫁错郎。你改行还来得及，比当医生还造福，能让那么多人高兴呢。要不毕业就先干几年皮肤科，治治性病，或者男科，看看阳痿，长长见识再改行。要不一边当医生，一边写，你肯定行，凶杀色情都行。你知道怎样叫有本事，写的东西能到街上报摊上卖，有本事。写凶杀，让我想磨菜刀，就练成了。写色情，要是让我还能，哈哈，生儿子，你就练成了。江湖上你就能随便行走了。

我上完医学院之后的七年里，倒是写了两三部长篇小说，但是讲的都是为王大爷所不齿的爱情。有一天接到一个电话，对方张口说，他是我大爷，说他在我师弟们的宿舍里翻到我的书，封面太难看了，鸟屎绿，鸡屎黄。鸟屎绿的是《猪和蝴蝶》，鸡屎黄的是《十八岁给我一个姑娘》。王大爷说：什么给我个姑娘，到最后才脱下裤子，脱的还是自己的裤子。王大爷问：你之后写什么啊？我说：没想好，一个想法是写些历史，从时间上看人性。王大爷说他不懂，他说，他再过一年八十大寿，他要我写本黄书送他。

　　我能想到的一部长篇黄色小说的题目是《色空》，写一个鱼玄机和一个方丈，小说的第一句话是鱼玄机对色空长老说："要看我的裸体吗？"小说单数章节写色，双数章节写空。我不知道，如果真写完给王大爷，他会不会明白这个奥妙，用他的第三条腿，跳着看。

　　黄书在哪里都是不能在街面上流淌的，我想，我可以把它放生到互联网，仿佛顺着河流放生一条金黄的鲤鱼，不署任何名字。所以，过五百年，文学史上会说21世纪初期的冯唐，只有九部长篇传世，而不是十部。

三、我的禁书书单

　　我列了之后，才发现好看的黄书是那么少，我开始理解王大爷的苦闷，开始觉得自己的禁书理想伟大。

《查泰莱夫人的情人》

　　高二的时候在书摊上第一次看到，湖南文艺出版社出的，印得极差，借出去两三次就散架了，怀疑是盗版。小说的结构精巧：以性交为结构骨架，九次性交，由初相见到高潮，由地升天，前无古人，后无来者。

　　"她完全沉浸在一种温柔的喜悦中，像春天森林中的飒飒清风，迷蒙地、欢快地从含苞待放的花蕾中飘出……在她千丝万缕互相交汇的身体里，欲望的小鸟正做着美好的梦。"那时候初读，看到屈原从窗边走过，带着他那些穿兰蕙佩香草和他关系暧昧的女祭司。2000年，读过亨利·米勒之后再读，觉得劳伦斯事儿逼，难怪早夭。

湖南文艺那版，很快就被禁了。2004年人民文学又出了一版，而且在三联书店卖。经过十几年改革开放，谁能说我们没有进步。

《亮出你的舌苔或空空荡荡》

1987年中间的一期《人民文学》，真的吓了我一跳。除了马建这篇《亮出你的舌苔或空空荡荡》，还有一篇我记不得的中篇，写种猪场的故事。

在写西藏的汉语作品里，最好的就是这篇《亮出你的舌苔或空空荡荡》，还有格非的《相遇》。而《相遇》是格非自己不可能超越的高度，他买再好的音箱，再听交响乐，也没用。

最大的好处是，马建的这篇中篇仿佛用的不是汉语，写的环境仿佛不是人间，写的色情仿佛是担水吃饭。

《北京故事》

最初在网上读的，真希望看到作者把这个好故事，加入细节，扩充成长篇。

看过电影《蓝宇》之后又重读了一遍。文章比电影好，文章里的文字粗糙得划眼睛，仿佛手抄本，但有真情在。真情不分男的和女的上床还是男的和男的上床，真情没有道理。电影好像用的是台湾的制作班底，精致了好多，但是真情淡了好多。奇怪的是，同样的故事，看粗糙的文字的时候，一点不觉得脏；看细致的电影画面，多少有些恶心。总之，北京的事儿，没在北京沉浮过几十年的人，拍不出那种绝对不寒碜的粗糙。

《在巴黎的屋顶下》

传说是1941年，洛杉矶书商以一页一美元的报酬委托亨利·米勒写下此书。亨利·米勒用书款付了一年的房租，但是他从来没有公开承认过《在巴黎的屋顶下》是自己的作品。我翻前十页就知道，一定是这个老流氓，没跑。有些人有气质，无论怎么写，无论写什么，都是他们自己，喜欢他们这一口儿的人，都没办法拒绝。

亨利·米勒一辈子，思考，嫖妓，写作。写作的时候，基本搞不清楚自己是小说家还是思想家，后期作品尤其如此，比较难看。从这点上看，《在巴黎的屋顶下》非常干净，基本上就是小说家笔法，没什么思考，基本就是嫖妓。

中文小说：体会时间流逝中那些生命的感动

一、中文小说整体水平低下

开篇明义，首先表达我的观点：中文小说先天不足，整体上无甚可观。

无论从质量还是数量上讲，中文小说和西文小说整体上都不在一个重量级。美国现代图书馆评选20世纪英文小说一百强，争得不亦乐乎，反反复复定不下来。之后，《亚洲周刊》跟风效颦，推出20世纪中文小说一百强，很快尘埃落定，各路英雄座次排定，鲁迅《呐喊》第一，二月河《雍正皇帝》第一百。读到这则消息，我第一感觉想乐，好像听到清华大学拼命选出清华校园美女一百强，第四名就开始觉得长得像女傻强。第二感觉凄凉，"时无英雄，方使竖子成名"。第三感觉振奋，好像项羽看见嬴政坐着大奔逛街，"彼可取而代之"。跟我老妈讲了我的感受，老妈说：你改不了的臭牛 ×。

这么多年过去了，我的意见还是和鲁迅当初一样：如果喜欢小说，多读外文小说，少念或是不念中文小说。

中文小说整体水平低下有两点原因：第一是中国文字太精通简要，难负重；第二是中国文人外儒内庄，不吃苦。

中文是象形表音文字。一张图画的信息量抵过千言万语，所以宇宙飞船带给外星人看的信大量使用图表，所以一张电子春宫图比几万字的《灯草和尚》更占硬盘空间，所以中文没有必要写得那么长。另外刚有中文的时候，纸张还没有发明，写字要用龟甲和兽骨。野兽会跑，乌龟会咬人，龟甲兽骨不易得到，文人不得不精通简要。英文是单纯表音文字，英文成形以后，纸张就出现了，没有了太多限制，英文就倾向于唠叨。点滴积累，岁月沉淀，这种唠叨渐渐有了体系和力量。

中国文人从小讲究的是乐生和整体和谐，他们从不为了理想引刀自宫，他们很少悲天悯人，他们在陋巷没事偷偷快乐。他们故意打破逻辑或者让逻辑自己循环论证，他们说"悠然心会，妙处难与君说"，他们说路上有狮子。但是好小说需要丝丝入扣的逻辑、毫发毕现的记忆和自残自虐的变态凶狠，需要内在的愤怒、表达的激情和找抽的渴望。我们的文人怕疼。

二、小说阅读是非常个人化的东西

简单地说，小说阅读没有任何道理可言。天大的理，抵不过自己喜欢。掩卷书味在胸中，和张三、李四或者隔壁的王胖子没有任何关系。仿佛饮食男女，有人喜欢吃辣，有人喜欢吃甜；有人喜欢小腿细细的、小嘴紧紧的，有人喜欢面如满月、笑如大芍药花的。没有任何道理可言。

小说阅读没有高低贵贱。给艺术排名次本身就是一个很滑稽的事。如果你对着雪地里一泡狗尿想象出一块熟糯橙黄的琥珀，只能说明你的功力不凡。如果你喜欢上一个聋哑的姑娘，觉得她没有任何欠缺，其他女人不是言语过分恶毒就是心胸过分狭促，只能说明你是情圣。

小说阅读没有禁忌。再吃牛肉也是变不成母牛的，看八遍《鹿鼎记》，你身边也不会冒出七个老婆。我们都已经太老，很难改变。现在有了互联网，什么东西拐弯抹角都能找到了，不用等太阳落山再去偷偷找书摊王大爷借《查泰莱夫人的情人》了。我们不要怕怪力乱神。神农吃了大毒草之所以没有暴死，是因为他一口气吃了一百种大毒草。我学医的时候，上公共卫生课，那个教课的小老太太，小鼻子小嘴，干净利落，她说她健康的秘诀就是每个月找东单街头最脏、最乱的餐馆吃一盘京酱肉丝，如此保持肠胃的菌群平衡。

三、在小说的阅读中体会时间流逝里那些生命的感动

到底什么是好小说？好小说的标准应该是什么？坏小说各有各的坏法，但是好小说具有一些共性。

文字妙曼。好小说的文字要有自己的质感，或浓或淡，或韧或畅，或是东坡肘子或是麻婆豆腐，但是不能是塑料裹脚布。好文字仿佛好皮肤，一白遮百丑，即使眉眼身材一般，一点脑子都没有，还是有人忍不住想摸想看。所以南方女孩比在沙尘暴里长大的北方姑娘好嫁，所以诺基亚只给手机换个金属外壳就多要两千块。

结构精当。好故事仿佛好脸蛋，好结构仿佛好身材。长久而言，好身材比好脸蛋更动人。好脸蛋只是个好故事，看过了，知道怎么回事，不复想起。好身材起承转合，该凸的凸、该仄的仄，该紧的紧、该疏的疏，让人从头看到脚，再从脚看到头，从胸看到臀，再从臀看到胸，感叹天

公造化。

才情灿烂。才情不是思想，好小说不是论文，可以不谈思想，只谈才气纵横、心骛八极。就像好姑娘可以胸大无脑，但是不能不解风情、不知体贴。好的小说家用肚脐眼看天下，从另一个角度拿捏你的痒处或在你毫不设防的时候给你一记断子绝孙撩阴腿。就像一些有气质的姑娘，肤如五号砂纸、平胸无臀，但是见月伤心、听歌剧涕泪横流、主动问你能不能抱她一下，还是能迷倒一片。

讲到最后，小说文字不好不重要，结构不好不重要，才情不好不重要，小说最重要的是让你体会到生命感动，就像姑娘最重要的是让你体会到爱情，听到激素在血管里嗞嗞作响或是心跳。在读到足够数量的好小说之前，我不相信任何鬼怪灵异，但是，好小说简简单单透过白纸黑字，将千年前万里外一个作者的生命经验毫不费力地注入我的生活，让我体会生命中不灭的感动。我开始怀疑灵魂的存在。

四、二十二种美丽，二十二种感动

我在下面列了一张中文小说书单，它们曾经给我不同的生命感动。小说的兴起是继秦始皇焚书坑儒之后，对中文最重要的变革动力。虽然我们先天不足，但是我们上探先秦，外采欧美，前途还是光明的。

列单说明如下：

1. 纯属个人观点。

2. 排名不分先后。

3. 有些人杂文、散文强出其小说太多，未入围不等于我不敬仰其文字，这些人中包括鲁迅和李碧华。

4.外举避仇，内举避亲。仇雠和亲朋好友以及我自己的东西，不在推介之列。

《战国策》

有逻辑，有故事，有人性，有冲突，够贫。像北京出租车司机一样关心世事，像管理咨询顾问一样慎思笃行。熟读半部，在街面上混个肚圆不是问题。

《世说新语》

和《史记》一起构成我的文字师承。刘伶和阮籍到北京不会无聊，三里屯有高价假酒，紫云轩和芥末坊都有曾经沧海媚眼如丝的老板娘。

《红楼梦》前四十回

小时候喜欢看林黛玉吃醋和贾宝玉处理三角关系，长大了从中读到齐家治国平天下，读到如何平衡利益、给足面子。不知道是曹雪芹隐藏得太深还是世界把我变得太庸俗了。

《水浒传》

要看金圣叹评点的版本。细节处理独步，满布机锋。太多的元素在里面：凶杀、奸情、同性恋、生活在别处、生活在低处、追求理想、遁世、幻灭、创业、战略决策、战术处理、兼并重组、儒道禅合流，让人不得不喜欢。

《肉蒲团》

当初没有互联网，看的是从外教那儿借来的英文翻译版。同期看的还有冯梦龙的"三言"和意大利的《十日谈》。感觉《肉蒲团》是我见过的行文最干净利落的中文长篇。

《金瓶梅》

写尽市井人情，建议中小企业主管精读。同《肉蒲团》比较，其色情描写添加得极为生硬，疑为后人伪作。

《牛天赐传》

北京那一辈人，没谁都可以，不能没有老舍。没有老舍，北京今天不会有这么多闲人，房地产也不会这么热。如果老舍生在今天，王朔就泡不着文学女青年了。

《围城》

钱锺书写老"海龟"的这篇小说至今时髦，只是读者通常没有以前那种旧学和西学的底子，领会他那些精致的笑话有些障碍。老天如果有眼，把他和张爱玲弄成一对，看谁刻薄过谁。

《十八春》

张爱玲是个异数。你可以不爱读，但是挑不出任何短处。张爱玲巨大的旗袍阴影之下，新锐女作家不脱，如何出头？

《边城》

沈从文只念过小学，但是对汉语的贡献比所有念过中文博士的人加起来还多。

《洗澡》

同样写知识分子生活，同《围城》是夫妻篇。钱锺书比杨绛元气足，是更好的小说家。杨绛比钱锺书更懂得收敛和控制，是更好的文体家。

《白金的女体塑像》

天妒英才，穆时英二十八岁就早逝了。这一篇的调停布置比郁达夫那篇著名的课桌文学《沉沦》不知道强多少。

《台北人》

出手便知家学和幼功深厚，这样的文笔，如一手漂亮的瘦金体毛笔字，不知道以后到哪里找。

《绿化树》

如果那一拨人里没出来更多这样的文字，都是"四人帮"的过错。

《鹿鼎记》

韦小宝是比阿 Q 更典型的中国人物。刘邦、刘备、朱元璋在基因上和血缘上一定是韦小宝的近亲。

《大人物》

古龙的自传，那时候好像没有太大的出活压力，写得难得的从容。古龙有一支有魔力的笔，绝对是个大人物。

《受戒》

明末小品式的文字，阅读时开窗就能闻见江南的荷香。但是一百年后评价汪曾祺的成就，首推的很可能是剧本《沙家浜》。

《棋王》

再看感觉有些做作，没有阿城现在的随笔精气内敛。文笔太内敛、太老到也有问题，仿佛奶太稠，挤出的产量严重受限。最令人钦佩的还是他的态度，写不出来就不写，珍惜羽毛，爱惜名声。

《在细雨中呼喊》

余华最早的长篇，他最好的东西，也是他那拨人中最好的长篇。我不相信他这辈子能够超越这一篇所达到的高度。不如学学格非，找个名牌大学去教书，培养下一代文学女青年。

《动物凶猛》

有时候一部几千万字关于"文革"的论著不如几万字的一篇小说更说明问题，《动物凶猛》就是一个例子。写得太急了，有些浪费了一个好题材。如果当初沉一沉，就这个题目写个长篇，垫棺材底儿的资本就有了。

《黄金时代》

生命灿烂，人生美好，即使是"四人帮"也不能破坏。好在有小波在，要不大家都认为王朔就全权代表北京精神了呢。

《窗外》

"文章憎命达"，要是琼瑶阿姨考上大学，世界将会怎样？还记得林青霞演《窗外》时的样子，双手托腮，仿佛一朵莲花绽开。现在莲花谢了，结了莲子。

是意淫古人的时候了

读书是每个人都可以喜欢的事情。有人先入道，有人后开始读，后来人自然就有对读书理论的需求：知道前辈们如何读书，省却好些弯路。前辈们也乐得提供——"好为人师""含饴弄孙"和"饮食男女"一样植入人心。但是，晚辈们要千万小心，擦亮眼睛，在笃信前辈们的结论之前，考量结论的语境和作者的心境。

"五四"以来，在读书理论里，最正统、最嚣张、最深入人心的就算"不读中国古书论"了。

最正统，因为是由鲁迅首倡。1925年1月，《京报副刊》征求"青年必读书"十部的篇目，鲁迅因此写了一篇《青年必读书》的短文。鲁迅的答案很短："从来没有留心过，所以现在说不出。"但是有个挺长的附注，附注里说："我以为要少——或者竟不——看中国书，多看外国书。"鲁迅当时讲的中国书，即指中国古书，这层意思，他在一年后的《写在〈坟〉后面》和《古书与白话》等文章里反复阐明。

最嚣张，书评大家曹聚仁明确提出"爱惜精神，莫读古书"，并且写了一连串的文章——《我的读书经验》《要通古书再等一百年》《无经可读》《劝世人莫读古书文》等，洋洋洒洒，够出一本专辑。

最深入人心，懒人说，路上有狮子，这么难认的文字，不读中国古书当然好。书店里有《中国可以说不》《WTO 手册》的民族意气，有金庸、古龙的拳头，有卫慧、棉棉、九丹、木子美的枕头。书店外有网吧、卡拉 OK，有茶楼、酒吧，有发廊、影院。信息时代，事烦时窄，难做的事情，前辈大家说不做就当然不做了。

现在看来，没有比"不读中国古书论"更荒谬的了。

鲁迅说"不读中国古书"是因为他是鲁迅。不提他的私塾幼功，单是他自1912年到北京教育部任职开始，至1936年于上海逝世为止，数十年间，购书读书，每年日记都以一篇书账结束。从现在的人口构成看，能认全鲁迅书账上所有汉字的，百无一人；能了解一半书目内容的，千无一人；看过一半书目所涉书籍的，万无一人。简单地说，如果杜牧和柳永痛心疾首地对你说，歌寮夜总会无聊之极，小蛮腰小肥屁股无聊之极，你要打个大大的折扣。另外，鲁迅说"不读中国古书"是因为1925年。那年月，中国上下，摆不稳一张书桌，"昔宋人议论未定，辽兵已渡河"，还是学些造船造炮、金融会计这类的西学，然后做起来，富国强兵要紧。

曹聚仁说"不读中国古书"是因为他犯了个逻辑错误。曹聚仁笃信颜李学派读书论。颜元说："读书愈多愈惑，审事机愈无识，办经济愈无力。"李塨说："纸上之阅历多，则世事之阅历少。笔墨之精神多，则经济之精神少。宋明之亡以此。"曹聚仁的推理如下：颜李认为"开卷有害"，颜李是中国古人，颜李读的当然是中国古书，所以颜李认为不应该读中国古书。其实颜李只是认为"开卷过多有害"，知行应该平衡。另外，曹聚仁把读古书看得太神圣，一定要读真经，一定要从考证甚至考古入手，一定要懂古文家与今文家、宋学家与汉学家的异同，才能读书。简单说，再大的美人也要大便，《诗经》里"行迈靡靡，中心摇摇。知我者，谓我心忧；不知我者，谓我何求。悠悠苍天，此何人哉"，和崔健的"我曾经问个不休，你何时跟我走"没有本质区别，都是情动于中，而形于言。作为后生小子，意淫古人，读断读通就好，摸着想象中的手，心驰神荡就好，不必知道古人的界门纲目科属种。

无论是靠写字补贴家用的还是不靠写字补贴家用的，都是意淫古人的时候了。

不靠写字补贴家用的，必是经世济民的好手。简单说，去美国读两年 MBA 不如恶补两年明史、清史，小白菜比小甜甜布兰妮可爱，廷议比课堂案例凌厉，明史、清史比美国教科书讲中国的事更通透。

靠写字补贴家用的责无旁贷，文字就应该是你的原材料，掌握之后煎炒烹炸，上至三代铭文，下至隔壁王寡妇叫床，不该避讳。撇开祖宗几千年积累下来的狡猾可喜的文字，是渎职，是犯罪。不要言必谈五四时期的反叛，那是中国新文字的青春期，一定要杀死父亲才能知道自己姓什么。李锐讲："从严复、林纾的时代算起，总共才一百年多一点，但是，这一百多年是方块字的文学变化最巨大、最深刻的一百年。在这一百多年里，我们先是被别人用坚船利炮逼迫着改变自己，接着又用一场又一场的革命改变自己。这一百多年，我们几乎一直是在急于改变自己。"现在是该上上祖坟的时候了，检点一下，祖宗有什么好东西。

给不服气的人举一个例子，几十年来，有没有重新出现过类似记录人类经验的中国文字："夜来月下卧醒，花影零乱，满人衿袖，疑如濯魄于冰壶也。"（李白）

小品文的四次烂漫

到底什么是小品文，有多种说法。这个词可能最早现于南北朝，指佛经缩写本。《世说新语》刘孝标的注释提道："释氏《辨空经》，有详者焉，有略者焉，详者为《大品》，略者为《小品》。"我望文生义，用我自己的定义。小品文第一要小，篇幅小，少则一二十字，多不能过几千字。小品文第二要有品，有性有情，妙然天成，"求之不必得，不求可自得"。小品文第三要是文，不是诗、不是词、不是曲，不谈韵脚，没有定式，天真烂漫，无法无天。

小品文第一次烂漫是在先秦，庄周、孔丘、老聃、吕不韦以及凭舌头吃饭的苏秦、张仪们（他们的臭贫被详细记录在《战国策》）。这里面文采最盛的是庄周。他细致时，逻辑之缜密不让十七八世纪的那帮德国哲学家。他灵动时，鱼在瞬间变成大鸟，人在瞬间变成蝴蝶，比卡夫卡的《变形记》更牛。少年时读到"天地与我并生，而万物与我为一"，我正在困惑自己从哪儿来又要到哪儿去，庄周立刻成了我的青春偶像。在之后的岁月里，我知识越多越反动，越来越不明白，不知道自己这块料该怎么办，还是庄周的小品给了我提示。庄周说他得到一个硕大无比的葫芦，无可处置，最后决定把硕大无比的葫芦放到硕大无比的海里，一无是处的自己坐在里面到处漂着。

小品文第二次烂漫是在明朝，李渔、张岱、"三袁"、金圣叹、王季重。这里面邪气最足的是李渔，别人因为吃喝玩乐而身败名裂，李渔则靠吃喝玩乐安身立命。有一阵子，我把庄周和博尔赫斯掺着看，越看越觉得世界古怪，山非山，水非水。我问我妈："您是我妈吗？我爸前世是外星人还是北溟的八爪鱼？"我妈当时一句话没说，骑车就去学校找我老师谈话去了。后来，我把李渔和亨利·米勒掺着看，发现生活真的像席慕蓉说的那样：天是这么蓝，草是这么绿，生活本来可以如此简单和美丽。亨利·米勒说：实在想不清楚就找个姑娘睡。李渔在他唯一的长篇小说中简洁明了，说未央生要先做成世间第一才子和娶到天下第一佳人之后才能皈依佛祖。爬到山上，跳进水里，山还是山，水还是水。

小品文第三次烂漫是在民国，周作人、林语堂、周树人、梁遇春。这帮人，小时候在私塾被灌四书五经、唐诗宋词，长大被送到东洋西洋学物理、数学、植物、人体。小时候摸过小脚，长大近距离闻过洋婆娘的香水味道。世道动荡，摆不稳一张书桌，这些人所有幼时功夫、成年阅历都挥洒在小品文上，不惊天地泣鬼神也难。周作人的小品文更是臻于化境，白话文五百字，从从容容把一个大问题说得清清楚楚，不带一丝火气，难得的涩味和简单。俗话说，"文人相轻"，文章是自己的好，老婆是人家的好。但是记者问周树人，当今谁的小品文好，周树人还是做出如下排序：周作人，林语堂，周树人。

小品文第四次烂漫是在现在，阿城、黄集伟、李敬泽、李碧华、王小波、张弛、布丁、狗子、冯唐（排名不分先后，具体排名见2100年1月1日各大报纸杂志文学副刊）。时代好呀，文人好像又可以自由思想和自由表达了。首先，"礼崩乐坏"，旧思想、旧体制在改革中被打破，没人替你想了，大家不得不自己动脑子了；其次，那么多的报纸杂志冒出来，有人付钱给你让你好好想想，不一样地想想；最后，现在都后现代了，人们时少事烦，没精力按过去的方式仰观天象，俯思人生。再短一点，再快一点，方便面、麦当劳、流行歌曲、一夜情，小品文正好满足大家的要求，出个彩儿，晃你一下，就好了。然后你打开电脑，又该干正经工作了。

　　小品文从来不登堂入室。小品文不是满汉全席，不是黄钟大吕，不是目不斜视的正室夫人。小品文是东直门的香辣蟹、麻辣小龙虾，是《五更转》《十八摸》，是苏小小不让摸的小手，是董小宛不让上的小床。文人们不可能靠小品文当一品大员或是进作家协会，但是他们靠小品文被后人记住。当他们的尸骨早已经成灰时，他们的性情附在他们的小品文上，千古阴魂不散。

好色而淫，悱怨而伤

　　小时候读古书，再大些读洋文，遇到不认识的字，我从来不查字典。如果不认识的字少，看看上下文，蒙出个大概意思；如果不认识的字多，索性大段跳过，反正也不是高考试题、新婚必读，也不是我家的族谱。

　　《诗经》也是这样读的，连蒙带猜读《国风》，大段跳过《大雅》《小雅》。《国风》写得真好，"有女怀春，吉士诱之"。和冯梦龙编的《挂枝儿》一样好，"怎如得俺行儿里坐儿里茶儿里饭儿里眠儿里梦儿里醒儿里醉儿里想得你好慌"。和中学操场边上的厕所墙壁一样好，"校花奶胀，我想帮忙"。

　　之后看关于《国风》的书评，说《国风》"好色而不淫，悱怨而不伤"，心中充满疑问。如果"青青子衿，悠悠我心"不是"好色而淫"，"行迈靡靡，中心摇摇。知我者，谓我心忧；不知我者，谓我何求。悠悠苍天，此何人哉"不是"悱怨而伤"，我真的不知道什么是"好色而淫，悱怨而伤"了。或许书评人是白痴，不知道长期"好色而不淫"是要憋出前列腺癌的，不知道长期"悱怨而不伤"是要促成精神分裂症的。或许书评人只是心好，珍爱文字，担心被封杀，给这些鲜活的文字续上一个光明的尾巴，不至于太明目张胆。

有一点是可以确定的，《国风》之后，这样"好色而淫，悱怨而伤"的文字在主渠道再也看不到了。《红楼梦》只是"好色"，《金瓶梅》《肉蒲团》只是"淫"。杜牧、李商隐只是"悱怨"，屈原只是"伤"。现在的苏童、余华、贾平凹什么也不是，他们的文字扫过去，感觉好像在听高力士和杨玉环商量用什么姿势，真性情、真本色的东西不知道什么时候早已被骗掉了。曾国藩的才气精力耗在了治世，文章实在一般。但是他大山大河走过，大军大事治过，见识一流。他说文字有四象，"所谓四象者：识度即太阴之属，气势则太阳之属，情韵少阴之属，趣味少阳之属"。其实，太阳、太阴的文字是治世的文字，与传世无关，与狭义的文学无关。如果纯看传世的文字："好色"是少阴，"淫"是少阳；"悱怨"是少阴，"伤"是少阳。趋势是，上古以来，阴气渐重，阳气渐少，一言不合拔刀相向、两情相悦解开裤裆的精神越来越淡了。

《国风》之后，这样直指人心的文字继续隐忍恬退地生长在酒肆歌寮、床头巷陌、厕所墙壁、互联网络。

日本的文字是个特例，芥川龙之介、川端康成、三岛由纪夫，仿佛日本的庭院山水，相比中国本土，更好地继承了战汉盛唐的筋脉气血。

喜欢川端康成的沉静、收敛、准确、简要。"好色而淫，悱怨而伤"集中体现在他的《千只鹤》。茶道大师的儿子睡了父亲临终前钟爱的女人以及这个女人的女儿。后来那个女人相思太苦，死了。那个女儿相思太苦，走了。那个阴魂不散的志野陶茶碗，碎了。一百页出头的文章，一上午读完，天忽然阴下来，云飞雨落，文字在纸面上跳动，双手按上去，还是按不住。那句恶俗的金元词涌上心头："问世间，情是何物，直教生死相许？"

文章千古事，70 尚不知

这是一个浮躁的时代。人心如城市，到处是挖坑刨路、暴土扬烟地奔向小康和现代化。普遍而言，浮躁时代最浮躁的是媒体和评论。电视和电脑，像两只老虎一样吞噬闲散时间，做评论的全然不占有资料，闭着眼睛一拍脑袋，就开始像北京出租车大哥一样，指点江山，说谁谁谁是朵莲花，谁谁谁是摊狗屎。

真正的文学用来存储不能数字化的人类经验，是用来对抗时间的千古事，总体属阴，大道窄门，需要沉着冷静，甚至一点点没落。文章再红，写字的人上街不需要戴黑墨镜；书再好卖，写字的人进不了《财富》杂志的富人榜。浮躁的媒体和评论中，最没想象力的就是文学媒体和文学评论。雌性写字的，眼睛和鼻子基本分得开，就是美女作家；胸比 B 罩杯大些，就是用胸口写作。雄性写字的，裤带不紧，风纪扣不系，就是用下半身写作；有房有车有口踏实饭吃，就是富人写作。进一步演化到近两三年，这些名词都懒得想了，1960年至1964年生的，就是60后；1976年至1979年生的，就是70后；1980年至1989年生的，就是80后。

文学其实和年纪没有太多关系。

科学讲实证，宗教讲信不信。科学和宗教之间是哲学，在脑子里、在逻辑里讨论时间和空间。科学、宗教、哲学的侧面是文学，在角落里记录人类经验，在记录的过程中抚摩时间和空间。在这个意义上，作家是巫师，身心像底片一样摊在时间和空间里，等待对人类经验的感光。在这个意义上，文学和年纪没有太多关系。有写字的，二十岁前就写完了一生中最伟大的作品，之后再如何喝大酒、睡文学女青年，身心也变不出另一卷底片，于是用漫长的后半生混吃等死。也有写字的，度过了漫长的吃喝嫖赌抽的青春期，四十岁之后，发稀肚鼓，妻肥子壮，忽然感到人生虚无，岁月流逝，心中的感动如果不挤出来变成文字，留在身体里一定会很快从正常组织变成肿瘤，再由肿瘤变成癌。按十年一代这么分作家，还不如按其伟大作品的数量分，同样简单，但是更加深刻。比如分为一本书作家、两本书作家和多本书作家（也就是大师）三类。一个作家一定有一个最令他困扰、最令他兴奋的东西，和年纪无关，他第一二次写作，所挖掘的一定是这个点。这个点，在王朔是世俗智慧，在余华是变态男童，在劳伦斯是恋母情结。所以一个作家的第一二本书，可能不代表他最成熟的技巧，但是基本代表了他百分之五十的文学成就，王朔飞不过《动物凶猛》，余华飞不过《在细雨中呼喊》。在从一本书、两本书作家向大师过渡的过程中，王朔用《我是你爸爸》窥见了一下所谓不朽的"窄门"，然后就办影视公司去了。余华在十年努力无法通关之后，转过身，以《兄弟》头也不回地向速朽的"宽门"狂奔。D.H. 劳伦斯肺痨缠身不久于人世的时候说，他自己的一生是个异常残酷的朝圣之旅，我想起《虹》，想起《恋爱中的女人》，黯然神伤，鼻泪管通畅，泪腺开始分泌。

　　如果硬扯文学和年纪的关系，文学是"老流氓"的事业。不可否认天才少年的存在，偶尔喝 high 或高潮，被上帝摸了一把，写出半打好诗、半本好小说。但是更普遍的情况是，尽管作家的气质一直在，理解时间，培养见识，还是需要一个相对漫长的过程。接触第一个美女，被先奸后杀始乱终弃，是你倒霉，总结不出什么。接触第二个美女，又被先奸后杀始乱终弃，还是你倒霉。这两个美女是亲戚。接触第三个美女，第三次被先奸后杀始乱终弃，样本量有了一定统计意义，你可以归纳说，美女都是貌如天仙、心如毒蝎。时候不到，胡子还没长出来，自然不需要刮，自然不知道刮完后的那种肿胀，也无从比较那种肿胀和早晨醒来下体的肿胀有什么异同。还没到四十多岁，胡子还没有一夜之间变得花白，秋风不起，自然很难体会岁月流逝。文章憎命达，等待劫数，等待倒霉，婚外恋，宫外孕，老婆被泡，孩子被拐，自杀未遂，等等，安排这些国破家亡生离死别，需要上帝腾出工夫，也需要一个作家耐心等待。文字有传承，汉语有文脉，先秦散文、汉赋、唐诗，正史、野史，最基本的阅读，最基本的感动，也需要相当长的时间。

文章千古事，得失寸心知。不提 80 后，即使是 70 后，还嫩，还有漫长的路要走。

不论先秦和南北朝了，往近世说，和以"二周一钱"（周作人、周树人、钱锺书）为代表的五四一代相比，70 后没有幼功、师承和苦难。我们的手心没有挨过私塾老师的板子，没有被日本鬼子逼成汉奸或是逼进上海孤岛或是川西僻壤，没背过十三经，看《浮生六记》觉得傻，读不通"二十四史"，写不出如约翰·拉斯金、史蒂文森或是毛姆之类带文体家味道的英文，写不出如《枕草子》之类带枯山水味道的日文，更不用说化用文言创造白话，更不用说制定简体字和拼音。往现世说，和以"二王一城"（王小波、王朔、钟阿城）为代表的"文革"一代相比，我们没有理想、凶狠和苦难，我们规规矩矩地背着书包从学校到家门口，在大街上吃一串羊肉串和糖葫芦。从街面上，没学到其他什么。我们没修理过地球，没修理过自行车，没见过真正的女流氓，不大的打群架的冲动，也被一次次公安干警的严打吓没了。

70后基本没有被耽误过。我们成群结队地进入北大清华而不是在街头锻炼成流氓，我们依靠学习改变命运，我们学英文学电脑学管理，我们考 TOEFL 考 GRE 考 GMAT 考 CPA 考 CFA，我们去美国去欧洲去新西兰去新加坡去中国香港，我们会两种以上的领带打法，我们穿西装一定不穿白袜子，我们左擎叉右擎刀明白复式记账投资回报和市场营销，我们惦记美国绿卡移民加拿大，我们买大切诺基买水景大房一定要过上社会主义美好生活，我们做完了一天的功课于是尽情淫荡，我们在横流的物欲中荡起双桨。

70后作家，作为整体，在文学上还没有声音。先是卫慧等人在网上和书的封面上贴失真美人照片，打出"身体写作"的旗号，羞涩地说"我湿了"；然后是九丹义正词严地说"我就是妓女文学"，"我占领机场卖给六七十年代白领精英"；然后是木子美另扛"液体写作"的旗号，坦然地说"我就是露阴癖"，"再废话我露出你来"；最近的进展是有女作家直接在网上贴裸体照片。羞耻啊，写枕头的，没出个李渔；写拳头的，没出个古龙。我们这一代最好使的头脑在华尔街构建金融计量学模型，在硅谷改进 Oracle 数据库结构，在深圳毒施美人计搞定电信老总销售程控数字交换机。

但是70后还有机会，气数还远远没有穷尽。

从经历上看，70后独一无二，跨在东西方之间，跨在古今之间，用张颐武的话说："这一代，是在大陆物质匮乏时代出生和度过青春期的最后一代。他们在匮乏中长大，却意外地进入了中国历史上最丰裕、最繁华的时代。他们还有那单调刻板却充满天真的童年，却又进入了一个以消费为中心、价值错位的新时代。他们有过去的记忆，却已经非常模糊；有对于今日的沉迷，又没办法完全拥抱今天；容易满足，却并不甘心满足。"从知识上看，70后受过纯正的科学训练，顶尖的脑子在《科学》和《自然》上发表论文，独立思考已经成了习惯，比如遥想最完善的人类社会制度，按需分配当然好，如果人民都想自己占有 Tahiti（塔希提岛）的 Bora Bora 岛（波拉波拉岛），如何分配啊？如果男人都想睡安吉丽娜·朱莉，如何分配啊？从时间上看，70后还有大把的光阴。这个岁数，亨利·米勒的文学实践还停留在嘴上和阳具上；这个岁数，王小波站在人民大学门口，望着车来人往，还是一脸迷茫。

出名不怕晚。北大植物学老教授的话还在耳边，"板凳甘坐十年冷，文章不着一句空"。我最近看到的趋势是，60后个别人开始掉转身，亲市场，求销量，顺应时代一起浮躁；70后在有了自己一间看得见风景的房间之后，个别人突发奇想，认为真正的牛×来自虚无的不朽，开始逆潮流而动，抛开现世的名利，一点一点，试着触摸那扇千古文章的窄门。

读书误我又一年

日复一日地上班下班，如厕吃饭，长胡子又刮脸，感觉自己原地转圈，世界无聊静止。但是一些小事物提醒你，世界其实是运动的，比如银行户头里逐渐减少的存款，比如脸皮上逐渐张大的毛孔，比如血管里逐渐下降的激素水平，比如脑海里逐渐黯淡的才气，比如心中逐渐模糊不清的一张张老情人的面孔和姓名。其实，自己是在原地下坠，世界无情运动。

街头竖起了圣诞树，编辑写电子邮件说，年终了，做小结了，一样提醒我，世界其实是运动的，一转眼一年就又没了。

2002年的读书，误我又一年。

2002年的读书让我更加怀疑读书的意义，感觉上比写书更加荒诞。写书至少反映自恋，至少意淫，至少宣泄。读书好像听房，心理阴暗而没有新意。2002年的读书，听到的声音嘹亮而不淫荡，古怪而不灵动。

也就是说，多数是垃圾。

第一种，洋垃圾。《魔戒》《哈利·波特》，从洋文翻译过来并不证明不是垃圾。就像古龙抄袭《教父》写了《流星蝴蝶剑》，我不知道《魔戒》

有没有抄袭《西游记》。可是好莱坞就是霸道，就着一本没头没尾的书，拍了一部没头没尾的电影，一大群人看了之后，没头没脑地找那个不存在的头和尾巴。电影没出来，于是买书看。我问老婆有什么观感，老婆说：《魔戒》耶！然后和我讲解钻石的4C，然后上网货比三家，然后要我的信用卡号码，然后没两天大钻戒就戴在手上，然后说，拔不下来了，魔戒耶！

第二种，画垃圾。"几米绘本"、《我的野生动物朋友》《你今天心情不好吗》，不说话并不证明不是垃圾。书商拿捏人性弱点，读图省力省心，半小时一本，"不能说我没读书呀，不能说我没提高呀"。街上很多美女从读图悟出真理，脸蛋打扮得漂漂亮亮的，头发散开来顺顺滑滑的，可以美目盼、巧笑倩，就是不开口说话。男生看上去省力省心，不用谈人生、谈理想、谈国际国内形势，直接谈价钱就好。更恶心的是配上文字的图画书，比如曹聚仁的《湖上杂忆》、沈从文的《边城》。原文不错，至少明丽干净，图也不差，至少是山水。但是配在图片旁边的文字实在是太差了，让人想起20世纪80年代末90年代初浙江地区出的日记本，纸通常呈肉粉或屎绿色，封面印着"温馨""真情"之类的文字，每页都有一句闷骚的话，比如："你的心海是我的湖泊，每个夜晚我泛舟荡漾、浅吟低唱，每个清晨你会记得昨夜的梦吗？"

第三种，肉垃圾。"流星花园""周渝民""河莉秀"，还有借人体艺术名义出版的各种人体画册（妇女们个个浓妆艳抹，胴体横陈，在深圳街边书报摊可以打散后零张单买）。"流星花园"最伟大的社会意义是解放了人们的思想，让人们认识到，男色，和红色、绿色、黄色、女色一样，也是一种颜色。爱美无罪，好色有理。

垃圾不如不读，人不如归去。可能是年纪大了，越来越死吃两三家小馆，一周两次，不醉不归。越来越守着十几年的老朋友，两周一次麻将，不"立（方言，即输光）"不归。越来越贪恋反复读过的老书。宋人说，半部《论语》治天下。闲的时候自己拉了个书单，十部而已，堆在床头，睡前翻翻。将来留给儿子，告诉他，读熟领会后，就能行走江湖，闯些浮名，挣些散碎银子。

文字打败时间——我的文学观

纯从个人认识出发，我的人生观是我感受到、我理解、我表达。文字打败时间，这是我一辈子要做的事情。不再当妇科医生之后，初恋二婚之后，就这么一点人生理想了。基于此，我的文学观有三点内容。

第一，感受在边缘。

码字人最好的状态不是生活在社会底层。没有一间自己的房间或者被豢养在一个施主的房间，等着下一张稿费汇款单付拖欠了半年的水电杂费、儿女上学期的学费、父母急诊的药费，去另外一个城市或者国家、和另外一群人交谈已经是十年之前的事情了。这种状态，容易肉体悲愤、仇恨社会，不容易体会无声处的惊雷，看不到心房角落里一盏鬼火忽明忽暗，没心情等待月光敲击地面，自己的灵魂像蛇听到动听的音乐，闭着眼睛像檀香一样慢慢升腾出躯壳。

码字人最好的状态不是生活在风口浪尖。上万人等着你的决策，上百个人等着见你，一天十几个会要开，在厕所里左耳朵听着自己小便的声音，右耳朵听着手机。日程表以五分钟一档的精密度安排。你的头像登在《华尔街日报》头版上半页，你的表叔在使劲盘算如何在小学门口绑架你儿子。这种状态，不容易体会布衣暖、菜根香、诗书滋味暖心房。牛×太大了，阳具进去空荡荡的没有任何感觉，容易看不到月亮暗面，容易忘记很多简单的事实，比如人都是要死的、眼里的草木都会腐朽、没什么人记得和孔丘同朝的第一重臣叫什么名字。

码字人最好的状态是在边缘，是卧底，是有不少闲有一点钱可以见佛杀佛见祖灭祖独立思考自由骂街，是被谪贬海南的苏轼望着一丝不挂的雌性蛮人击水在海天一线，是被高力士陷害走出长安城门的李白脑海里总结着赵飞燕和杨玉环的五大共同特点，是被阉的司马迁暗暗下定决心没了阳具没了卵蛋也要牛×千百年姓名永流传。

第二，理解在高处。

文字里隐藏着人类最高智慧和最本质的经验。码字人可以无耻，可以浑蛋，但是不能傻×。码字人要能够抓着自己的头发把自己提升到空中，抚摩那条跨越千年和万里、不绝如缕的金线，总结出地面上利来利往的牛鬼蛇神看不到、想不明、说不清楚的东西，让自己的神智永远被困扰，心灵永远受煎熬。码字人，钱可以比别人少，名可以比别人小，活得可以比别人短，但是心灵必须比其他任何人更柔软流动，脑袋必须比其他任何人想得更清楚，手必须比其他任何人都更知道如何把千百个文字码放在一起。如果你要说的东西没有脑浆浸泡、没有心血淋漓，花花世界，昼短夜长，这么多其他事情好耍，还是放下笔或者笔记本电脑，耍耍别的吧。

第三，表达在当下。

动物没时间观念，它们只有当下感，没记忆，不计划也不盘算将来，只领取而今现在。在表达的内容和着力点上，码字人要效法动物，从观照当下开始，收官于当下。写项羽，我或许写不过司马迁和班固；写21世纪的街头流氓、野鸡、民营企业家和"海龟"白领，未必。

王小波到底有多么伟大

最早读王小波，是七年前的事情了。书名《黄金时代》，华夏出版社出版，恶俗的封面，满纸屎黄。那时候的出版社编辑好像就这点想象力，书名叫《黄金时代》就得满封面鸟屎黄，书名叫《倩女幽魂》就得满封面鸡屎绿。一个叫王小波的汉子印在扉页上，就是那张日后满大街满书店都见得到的照片：太阳当头照，他站在莎士比亚故居门口，皱着眉，咧着嘴，叉着腰，穿着一件屎黄的 T 恤衫。简介上说这个王小波是个文坛外的文章高手，说还得了一个台湾的什么大奖。一个文学口味不俗的师姐把小说扔给我，说："值得一看，挺逗，坏起来和你挺像。"这个师姐曾经介绍我认识了库尔特·冯内古特和菲利普·罗斯，余华刚出道的时候，就被她认定是个好小伙子。我当时正在上厕所，我大便干燥，老妈说因为我让她难产所以老天就让我大便干燥。我就在这种不愉快的干燥中一口气读完了《黄金时代》。当时，我有发现的快乐，仿佛阿基米德在澡堂子里发现了浮力定律，我差一点提了裤子狂奔到街上。

小波的好处显而易见。

第一，有趣味。这一点非常基本的阅读要求，长久以来对于我们是一种奢侈。好的文字，要挑战我们的大脑，触动我们的情感，颠覆我们的道德观。从我们小时候开始，写小说写散文写诗歌的叔叔大婶们患有永久性欣快症。他们眼里，黑夜不存在，天总是蓝蓝的，太阳公公慈祥地笑着。姑娘总是壮壮的，若不是国民党特务的直系后代，新婚之夜一定会发现她还是黄花闺女。科普书多走《十万个为什么》《动脑筋爷爷》一路，只会告诉你圆周率小数点之后二百位是什么，不会告诉你偷看到隔壁女孩洗澡为什么会心跳加快，手心出汗。王小波宣布，月亮也有暗面，破鞋妩媚得要命。读小波的文字，又一次证明了我的论点：女人没有鼻子也不能没有淫荡，男人没有阳具也不能没有脑子。男人的智慧一闪，仿佛钻石着光，春花带露，灿烂无比，蛊惑人心。

第二，说真话。这一点非常基本的做人作文要求，长久以来对于我们是一种奢侈。明白事理之后，我很快就意识到，如果我们将真实的生活写出来，只能被定性为下流文字，谢天谢地我们还有手抄本、地下刊物和互联网等大众传播形式。如果我们把真实的生活拍成电影，只能让倒霉的制片人将血本赔掉，好在我们还有电影节和世界各地的小众电影市场及艺术院线。中国前辈文章大师为子孙设计职业生涯，无一例外地强调，不要在文字上讨生涯，学些经世济民的理科学问。我言听计从，拼命抵制诱惑，不听从心灵召唤，不吃文字饭，所以才能口无遮拦，编辑要一千五百字，我淋漓而下两千字，写完扔给编辑去删节，自己提笔而立，为之四顾、为之踌躇满志。小波老兄，你为什么不听呢？否则何至于英年早逝，鼠辈们也少了让他们心烦的真话听？

第三，纯粹个人主义的边缘态度。这一点非常基本的成就文章大师的要求，长久以来已经绝少看到。文章需要寂寞，文章自古憎命达。生活在低处，生活在边缘，才能对现世若即若离，不助不忘，保持神志清醒。

当宣传部部长，给高力士写传，成不了文学大师。被贬边陲，给街头三陪写传，离文学大师近了一步。塞林格躲进深山，性欲难耐时才重现纽约街头，在报摊买本三级杂志，给杂志封面上著名的美人打电话："我是写《麦田里的守望者》的塞林格，我想要和你睡觉。"小波也算是"海龟"派鼻祖，20世纪80年代就回国了，他不搞互联网公司圈钱，不进外企当洋买办，他只在北京街头浑身脏兮兮地晃悠。他写得最好的一篇杂文是《我为什么要写作》，在这篇文章里，他从热力学定律的角度，阐述了做人的道理：有所不为，有所必为。

2002年4月11日，是王小波逝世五年祭。小波生前寂寞潦倒，死后嘈杂热闹。这些年，这些天，报纸杂志互联网拼命吹捧，小波的照片像影视名人、商贾政要似的上了《三联生活周刊》的封面，一帮人还成立了"王小波门下走狗联盟"。我这个本来喜欢小波的人，开始产生疑问：小波到底有多么伟大？

小波的不足显而易见。

第一，文字寒碜。即使被人打闷棍，这一点我也必须指明，否则标准混淆了，后代文艺爱好者无所适从。小波的文字，读上去，往好了说，像维多利亚时期的私小说；往老实说，像小学生作文或是手抄本。文字这件事，仿佛京戏或杂技或女性长乳房，需要幼功，少年时缺少熏陶和发展，长大再用功也没多大用。那些狂夸王小波文字好的，不知是无知还是别有用心。小波是个说真话的人，我们应该说真话，比如我们可以夸《北京故事》真情泣鬼神，但是不能夸它文字好。我们伟大的汉语完全可以更质感，更丰腴，更灵动。

第二，结构臃肿。即使是小波最好的小说《黄金时代》，结构也是异常臃肿的。到了后来，无谓的重复已经显现作者精神错乱的先兆。就像小波自己说的，他早早就开始写小说，但是经常写得断断续续，反反复复。小波式的重复好像街道协管治安的大妈、酷喜议论邻居房事的大嫂，和《诗经》的比兴手法没有任何联系。要不是小波意象奇特有趣，文章又不长，实在无法卒读。几十年后，如果我拿出小波的书给我的后代看，说这是我们时代的伟大杰作，我会感觉惭愧。

第三，流于趣味。小波成于趣味，也止于趣味。他在《红拂夜奔》的前言里说："我以为有趣像一个历史阶段，正在被超越。"这是小波的一厢情愿。除了趣味，小波没剩太多。除了《黄金时代》和《绿毛水怪》偶尔真情流露，没有见到大师应有的悲天悯人。至于思想，小波和他崇拜的人物——罗素、福柯、卡尔维诺等，还有水平上的差距，缺少分量。小波只有三四本书遗世，而且多为中篇。虽然数量不等于伟大，但是数量反映力量。发现小波之后，我很快就不看了。三万字的中篇，只够搞定一个陈清扬，我还是喜欢看有七个老婆的韦小宝。

总之，小波的出现是个奇迹，他在文学史上完全可以备一品，但是还谈不上伟大。这一点，不应该因为小波的早逝而改变。我们不能形成一种恶俗的定式，如果想要嘈杂热闹，女作家一定要靠裸露下半身，男作家一定要一死了之。我们已经红了卫慧红了九丹，我们已经死了小波死了海子，这四件事，没一件是好事。

现代汉语文学才刚刚有了真正意义上的开始，小波就是这个好得不得了的开始。

金大侠和古大侠

如果人是一种酒杯，生命便是盛在这酒杯中的酒。这世界上有两种懂得体会生命的人。

第一种懂得体会生命的人轻轻举了杯子，在风里花里雪里月里，在情人的浅嗔低笑里慢慢地品着杯子里的酒，岁月无情，酒尽了，人便悄悄地隐去。这样的人有陶潜、杜牧、李渔、纪昀。第二种懂得体会生命的人，抓起杯子一饮而尽，大叫一声："好酒。"然后把杯子抛了，发出响亮的声音。这样的人有荆轲、霍去病、海子、三毛。

但是，这世界上更多的是第三种人——平凡的人。他们挣着不多不少的薪水，干着不重不轻的活。办公室里是俗不可耐的科长以及对之不会产生任何邪念的女同事；下班见的是忙着柴米油盐酱醋茶的老婆以及晚上睡觉白天还困的儿子；按一定比例出车祸，患阳痿早泄，每周性交零点八次；杯子中的酒慢慢地蒸发掉，想不到喝，也不知道如何喝；酒没了，杯子也就没了存在的必要，仿佛油尽了，灯也就熄了。

于是不甘心平凡的人开始期待鲜活的生命，渴望难得的放纵，至少希望在书里读到另外一种生活，懂得体会生命的人拥有的生活。于是有了武侠小说，有了金大侠和古大侠。

金大侠，一分为二是金庸，合二为一就是"镛"，查良镛是他的原名。他同他第一部小说的主角陈家洛一样出生于浙江海宁的望族。1954年香港有一场著名的拳师比武。《新晚报》决定同时推出武侠小说连载以满足"好斗"的读者，这便有了梁羽生的《龙虎斗京华》。这篇谈不上好的东西却引出了金大侠手痒之作《书剑恩仇录》。

金大侠的文字不温不火，温厚淳朴，平平静静讲故事。单选一段，你觉不出如何了得，没太多雕栏玉砌可圈可点，但是挑不出差错。读上一百页，你便会感觉大气，便会感觉世界已经离你远去，便一定要把故事读完。

金大侠自己比较喜欢《神雕侠侣》《笑傲江湖》等感情比较强烈的文字。依我看，金大侠笔力的最佳范围是四十万字，《侠客行》《连城诀》是精品中的精品，再长的就多少有些枝蔓。《鹿鼎记》是个例外。我一直认为《鹿鼎记》是几百年后仍可以流传的三种现代小说之一。

古大侠原名熊耀华。在淡江大学读书时便手不释卷，也就是在这个时候开始写武侠小说卖钱换酒的。古大侠早期作品受金、梁二人影响很大，如《苍穹神剑》。但是古大侠在《绝代双骄》中文风为之一变，少了历史背景，多了诡异的对白。《武林外史》中再一变，更斜锋出笔，情节更诡异，古龙体正式形成。金大侠用他十四部书名的第一个字，做了一副对联："飞雪连天射白鹿，笑书神侠倚碧鸳。"再加一部《越女剑》共十五部，除此之外定是赝品。古大侠的作品太多，一两个对子概括不了，但只要你读过一两部后期真品，就会知道什么是古龙体。只要知道了什么是古龙体，读上两页就会知道手里的书是真是假了。

古大侠的文字明快爽利，直夺人心："在精心剪裁的衣着掩饰下，他看起来还是要比他的实际岁数年轻得多，还是可以骑快马、喝烈酒、满足最难满足的女人。"在这样的文字的魔力下，故事不完，你不可能放下它。

金大侠与古大侠的区别，是大师与才子的区别。古大侠才气不输金大侠，但学识逊之。金大侠是香港中文大学和北京大学的名誉教授，有自己创办的《明报》，有太平山顶上的豪宅。

金大侠是第一种懂得体会生命的人，古大侠与金大侠相比，更像个江湖人。有人说他是醉死的，有人说他是大醉后被人用刀砍死的，总之他死在自己描写得最多的东西上，死得像他笔下的人物。古大侠是第二种懂得体会生命的人。

对于更多的平凡的人来说，现在的问题是古大侠去了，金大侠封笔了，电视节目实在无聊的那些长夜该如何度过呢?

小猪大道

猪和蝴蝶是我最喜欢的两种动物。

我喜欢猪早于我喜欢姑娘，我喜欢蝴蝶晚于我喜欢姑娘。猪比姑娘有容易理解的好处：穿了哥哥淘汰下来的大旧衣服，站在猪面前，也不会自卑。猪手可以看，可以摸，还可以啃，啃了之后，几个小时不饿。猪直来直去，饿了吃，困了睡，激素高了就拱墙壁，不用你猜它的心思。猪比较胖，冬暖夏凉，夏天把手放到它的肉上，手很快就凉爽了。猪有两排乳房，而不是两个。这些好处，姑娘都没有。

发行第一套生肖猴票（T46，庚申猴）的时候，由于只发行了三百万张，半年就从八分钱的面值升到两块。那时我上小学，才学了算术。我和我老妈算：全国十亿人，三百多人才轮上一张猴票，这三百多人里就有三十来个属猴的，猴票的价格还得涨。我老妈给了我两块钱，放在贴肉的兜里，叫我去黑市买猴票。我在崇文门邮市买到猴票之后，在王府井附近一个工艺品商店的橱窗里看见了一个猪造型的存钱罐。造型独特，我从没见过。青底青花，母子猪，大猪在下面驮着上面的小猪，两头猪都咧嘴乐着，小猪背上开了一个口子，钢镚儿就从那里进去，标价两块。

我立刻觉得，同是两块钱，比猴票值。一、两个猪比一个猴，多；二、培养攒钱的好习惯；三、那个大猪身材像我老妈，大腿粗，小腿极细。我跑到东单邮电局邮市，两块两毛卖了那张猴票，买了母子猪存钱罐子，又买了一根奶油双棒冰棍。我告诉我老妈，我老妈夸我算术学得好，日回报率百分之十，这一天过得有意义。

又过了两年，庚申猴票涨到十块一张了，母子猪存钱罐满大街都看得到了，我遇到邮电局就绕着走，把母子猪塞进床底下。我老妈把钱罐翻出来，摆在我的小书桌上，她说了一句话，这句话二十年后，我在书里听麦兜老妈麦太说起。麦太因为盲目信任麦兜的童子手气而没中六合大彩，麦兜羞愧地低下了头。

我老妈当时和麦太说的一样："我们现在很好。"

麦兜不仅是一头猪，而且是一头生活在低处的猪，一头饱含简单而低级趣味的猪，一头得大道的猪。

麦兜生活在低处，麦兜们天资平常，出身草根，单亲家庭，抠钱买火鸡，没钱去马尔代夫，很大的奢望是有一块橡皮。

我在香港住的地方是老区，统称西营盘，英国鬼子最早打到香港岛时驻扎军队的地方。上下班的时候，在周围左看右看，常常看见很多领着麦兜的麦太，麦兜们穿着蓝色校服，麦太们烫着卷花头。麦兜麦太走过没有树的水泥便道。皇后大道西和水街的交会处，挂着直截了当的横幅——"维护西区淳朴民风，反对建立变相按摩院"。麦兜麦太走进茶餐厅，套餐二十元，冻饮加两元，穿校服者奉送汽水。我香港的同事Jackie告诉我，她还是麦兜的时候，从广州来香港，她妈妈挤出所有能挤出来的钱让她上了个好学校，同学们都出自香港老望族，他们的爸爸们都抹头油，小轿车车牌只有两位数。学校老师要求，每个小童都学一个乐器，提升品行，她同学有的学大提琴，有的学钢琴，Jackie问妈妈她学什么，妈妈说屋子小，给Jackie买了个口琴。

麦兜饱含简单而低级的趣味。麦兜们说："没有钱，但我有个橙。"橙子十元四个，问西营盘附近的水果摊子老板："哪种甜？"老板会说真话，不会总指最贵的一堆。在麦兜们眼里，每个橙都是诚实朴素的，杀入橙皮，裂开橙瓣，每一粒橙肉都让人想起橙子在过去一年吸收的天光和地气。吃橙的十分钟，是伟大而圆满的十分钟。麦兜们拜师学六合潭腿，专攻撩阴腿，暗恋师父的女儿，"不是没风无情，也就是偶然的一笑，像桂花莲藕，桂花沁入一碌藕"。麦兜们长大了，几个人在深圳包一个二奶，一个人供她房，一个人买车，一个人出汽油钱和青菜钱。聚在一起，没什么话说，就很欢喜。在麦兜们眼里，所有二奶都是女神，年轻，苗条，白，笃信只有猪才能称得上帅气。

这种低级趣味，绵延不绝，从《诗经》，到《论语》，到《世说新语》，到丰子恺，到周作人，到陈果，到麦兜。我要向麦兜们学习。我以后码字，只用逗号和句号，只用动词和名词，只用主语和谓语，最多加个宾语。不二，不装。觉得一个人傻，直截了当好好说："你傻×。"不说："你的思路很细致，但是稍稍欠缺战略高度。"甚至也不说："你脑子进水了，你脑子吃肿了。"

麦兜得了大道。麦兜做了一个大慢钟，无数年走一分钟，无数年走一个时辰，但是的确在走。仿佛和尚说，前面也是雨，在大慢钟面前，所有的人都没有压力了，心平气和，生活简单而美好。麦兜没学过医，不知道激素作用，但是他总结出，事物最美妙的时候是等待和刚刚尝到的时候。这个智慧两度袭击麦兜，一次在他的婚礼上，一次在他老妈死的时候。

我在一个初秋的下午，等待十一长假的到来，翻完了四本麦兜。我坚定了生活在低处就不怕钱少的信念，我认为所有人都用上抽水马桶就是共产主义，我确立了直截了当说"你傻×"的文学宗旨，我饿了吃，我困了睡，我激素高了就蹭大树，我想起了我老妈，我眼圈红了。麦兜麦太说："我们已经很满足，再多已是贪婪。"

非典时期读《鼠疫》

2003年4月前，非典病毒好像计算机病毒，只在互联网上乱传。市面上歌照唱、舞照跳、马照跑。当时在深圳做项目，客户把谣言从网上打印出来，问：您原来做过大夫，这病是真的吗？板蓝根、醋熏管用吗？我说：第一，我原来是妇科大夫，主攻卵巢癌；第二，这网上的描述一会儿说是粪口传播，一会儿说是血液传播，一会儿说是空气传播，至少有谣言的成分；第三，板蓝根和醋熏没有特异性，和自己骗自己差不多。客户还是很兴奋地去抢购了板蓝根和白醋，过了一阵很兴奋地对我说板蓝根和白醋都脱销了，又过了一阵很兴奋地对我说有广州市民喝预防药中毒了、熏白醋熏死了。

4月之后，非典病毒好像柳絮因风起，到处都是：电视里、广播里、报纸里、杂志里、大街的墙上，当然更少不了互联网。最拍案惊奇的是小区里出现了广播车，二十几年没见了，每天下午，广播"非典防治十条"，喇叭的质量真好，音频调得真好。在十八层楼上，我听得真真儿的。

深圳去不了了，"天上人间"关门了，"钱柜"关张了，"甲55号"没人了，水煮鱼谢客了，健身房停业了，网吧封了，"三联书店"的消毒水够把人呛成木乃伊了，按摩的盲人师傅摸着黑跑回老家了。

所以闭门，所以读书，所以重读加缪的《鼠疫》。

《鼠疫》的故事发生在1941年一座北非的小城：奥兰。一场鼠疫莫名其妙地到来，肆虐一番之后，又莫名其妙地离开。一个叫贝尔纳·里厄的医生和他的战友们如何面对死亡。

一切奇怪地相似。

"4月16日早晨，贝尔纳·里厄医生从他的诊所走出来时，在楼梯口中间踢着一只死老鼠。"也是4月。

之后，也是经历了震惊、否认、愤怒和郁悒几个阶段。

震惊之后最明显的也是否认："老鼠吗？这不是什么大不了的事。""可是市政府根本没有打算，也根本没有考虑过什么措施，只是先开了一次会进行讨论。""里夏尔认为自己没有权办这件事。他唯一能做的就是向省长汇报。""每个医生只掌握两三个病例，其实只要有人想到把这些数字加一加，就会发觉总数惊人。"

然后是愤怒和郁悒："贝尔纳·里厄一边读着省长交给他的官方电报，一边说：'他们害怕了！'电报上写着：正式宣布发生鼠疫，封闭城市。""但是此时此刻，鼠疫却使他们无事可做，只好在这阴沉沉的城市里兜来转去，日复一日地沉湎在使人沮丧的回忆中。""这样，鼠疫给市民带来的第一个影响是流放之感。"

也涉及通信，当时没有GSM，用的是电报，相当于现在的短信："人们长时期的共同生活或悲怆的情绪只能匆促简短地概括在定期交换的几句现成的套语里，例如'我好，想你。疼你'等。"

也提及广州："七十年前于广州，在疫情蔓及居民之前，就有四万只老鼠死于鼠疫。不过在1871年人们尚无计算老鼠的方法，只是个大概的数字。"

也有人抢购，有人囤积居奇，有人酗酒（因为有人宣称"醇酒具有杀菌效能"），有人吃薄荷糖（"药房里的薄荷糖被抢购一空，因为许多人嘴里都含着这种糖来预防传染"）。也放长假，也隔离，也涉及警察和军队。贸易也停顿（"所有店家都关着门，但有几家门口挂着'鼠疫期间暂停营业'的牌子"），旅游也完蛋（"瘟疫结束后也还得过很长的时间，旅客才会光顾这个城市，这次鼠疫摧毁了旅游业"），男女也糜烂（"有一些年轻男女招摇过市，在他们身上可以感觉到在大难之中生活的欲望越来越强烈"）。

如果一切都相似（当然这是不可能的），第二年1月25日，"省里宣布鼠疫可以算是结束了"。"在2月的一个晴朗的早晨，拂晓时分，城门终于开放了。"

据说，《鼠疫》可以从多种角度阅读（就像现在的非典，也有电视里"白衣天使"版，《经济观察报》"走向健康国家"的泛政治版，以及《21世纪经济报道》"天佑华夏"的神鬼版），甚至读出存在主义六个要义中的五个。不知道为什么东西一出名，就变得复杂起来。美国缅因州大筐称的龙虾到了"顺风"要一虾三吃、四吃、五吃。街头晃起来的姑娘混成苏小小，要讲究"四至""五欲""七损""八益""九气""十动""七十二式"。我讨厌复杂，特别是人为的复杂。龙虾还是生吃，比粉皮鲜美。上床还是脸对脸、面对面，不阻碍人与人之间的交流。

名著也一样。《鼠疫》我只读出了两点：

一、死亡威胁下的生活。加缪的描述冷静、科学、乏味，好像医生写病历："昏睡和衰竭、眼睛发红、口腔污秽、头痛、腹股沟淋巴结炎、极度口渴、谵语、身上有斑点、体内有撕裂感、脉搏变得细弱，身子稍微一动就突然断气了。"

二、无可回避的灾难和在这种灾难面前，人的无助、智慧、忍耐。

这两点，突出表现在贝尔纳·里厄和帕纳卢神父的对话和交锋中。这种吵嘴和臭贫对我有莫大的吸引力，类似的还有《红楼梦》开始三十回贾宝玉和林黛玉斗嘴，以及格非《相遇》里苏格兰传教士约翰·纽曼和西藏扎什伦布寺大住持之间的牛皮。

贝尔纳·里厄不相信上帝，帕纳卢神父坚信上帝。

在鼠疫刚刚发生的时候，帕纳卢神父进行了第一次布道："我的弟兄们，你们在受苦；我的弟兄们，你们是罪有应得。""历史上第一次出现这种灾难是为了打击天主的敌人。法老违反天意而瘟疫就使他屈膝。天主降灾，使狂妄自大和盲目无知的人不得不屈服于他的脚下，有史以来一直如此，这点你们要细想一番。跪下吧。"

朴素的无神论者贝尔纳·里厄体会得最多的是无助："您听见过一个女人临死时喊叫'我不要死'吗？而我却见到听到了。""作为医生，面对的是一连串没完没了的失败。"

朴素的无神论者贝尔纳·里厄接下来做的是知其不可为而为之："既然自然规律规定最终是死亡，天主也许宁愿人们不去相信他，宁可让人们尽力与死亡做斗争而不必双眼望着听不到天主声音的青天。""鼠疫像世界上别的苦难一样，适用于这世界上的一切苦难的道理也适用于鼠疫。它也许可以使有些人得到提升，然而，看到它给我们带来的苦难，只有疯子、瞎子或懦夫才会向鼠疫屈膝。""神父应该先去照顾受苦的人，然后才会想证明苦难是件好事。""如果我相信天主是万能的，我将不再去看病，让天主管好了。"

帕纳卢神父后来看到一个小孩子得了鼠疫，痛苦地死去。他无法解释小孩子为什么罪有应得。在一个刮大风的日子里，神父做了第二次布道。他的大意是不要试图给鼠疫发生的情况找出解释，而是要设法从中取得能够汲取的东西。神父没有利用一些唾手可得的解释，比如天国永恒的福乐等着这小孩子去享受。他毫无畏惧地对那天来听他布道的人说："我的兄弟们，抉择的时候来临了。要么全信，要么全不信。可是你们中间谁敢全不信？"

后来神父也得了鼠疫，他只是说："如果一个神父要请一个医生看病，那么准有矛盾的地方。"

想起上医学院的时候，一个内科老教授对我们说："不要认为现代医学已经万能了，即使小小的肺炎也会卷土重来。"他说这话的时候，是十年前，他的眼镜后面，我看到瞬间的精光一闪。之后，又是那些正确而又乏味的说教：病毒时刻都在，不是每个人都得，就像漂亮姑娘时刻都在，不是每个人都感到诱惑。"所以，做人要学会敬畏，有所必为，有所不为。做事要如临深渊，如履薄冰。"

我想，这也适用于那些长两条腿的除了板凳什么都吃的人。

永远的劳伦斯

　　英文书念得多些的中国人难免会问这样一个问题：中文和英文哪个更优越？我个人固执地认为，这是一个数量问题。数量少，二三十字以下，中文占绝对优势。有时候，中文一个字就是一种意境，比如"家"字，一片屋檐、一口肥猪，睡有屋、食有肉就是家。乱翻词谱，有时候，中文三个字的一个词牌就是一种感觉。"醉花阴"，丁香正好，春阳正艳，他枕在你的膝上，有没有借酒说过让你脸红的话？"点绛唇"，唇膏涂过，唇线描过，你最后照一下镜子的时候，有没有想过他的眼睛？五言绝句，有时候，二十字就是一个世界，比如柳宗元的《江雪》，有天地人禽，有千古幽情。数量多些，比如两三千字，中、英文持平。"三袁"、张岱的小品同兰姆、普里斯特利的散文一样耐读。数量再多些，比如二三十万字，英文占绝对优势，中文长篇几乎无一不可被批为庞杂冗长，而不少英文长篇却充满力量。

　　这种力量感，最强烈的来自劳伦斯的文字。

　　劳伦斯生于1885年9月11日，1930年3月2日死于肺痨，终年四十四岁，是20世纪文学史上重要得不能再重要的人物。他上接狄更斯、哈代，下启詹姆斯·乔伊斯、福克纳，是近代、现代文学的联结人。最重要的作品有：《儿子与情人》《虹》《恋爱中的女人》和《查泰莱夫人的情人》。《儿子与情人》是劳伦斯的成名之作，小说旧瓶子装新酒，篇章结构不出维多利亚小说窠臼，但是社会背景已经不再重要，人物心理开始唱主角。小说写尽恋母情结，有些男人天生是女人的儿子，同妈妈的联系绝对不只是一条脐带，一把剪刀不可能剪断。没有情人，他们不能长大，情人的作用是让他们意识到他们离不开妈妈。美国现代图书馆的20世纪百部小说排名上，《儿子与情人》远远比劳伦斯其他入选小说靠前，看来酒还是比瓶子更重要，老实作文比故弄玄虚更有效。没准儿百年后念中文的人偶然记起琼瑶，只是因为《窗外》。《虹》《恋爱中的女人》和《查泰莱夫人的情人》是松散的三部曲。记得第一次读《虹》的时候窗外雨疏风骤，几十页书念得我心惊肉跳，我忽然发现有些人闲了，可以想出这么多事情，这些小说中的女人，让我想起交配后要杀死雄性伴侣的雌性昆虫。

劳伦斯是能于无声处听见惊雷的人（昆德拉是另一个）。人最大的悲剧不在外部世界，不是地震，不是海啸，而在他的内心。劳伦斯临死前将自己的一生概括为：A savage enough pilgrimage（残酷的朝圣之旅）。或许就是这种苦难，这种对自己的心灵绝不放过的苛求，造就了文字的力量。中国文人最吃不得的是心苦，讲究的是寄情诗酒，内庄外儒，心态平和最重要。或许，文章的区别，中文和英文的区别，说到最后还是人的区别。但是我没有道理地相信，任何一种文字，不吃苦，体会不到苦难，写不出苦涩，一个作家永远成为不了大师。

谈劳伦斯，不能不提他的最后，也是最遭非议的一部小说《查泰莱夫人的情人》。小说遭非议是因为性爱描写，但是它成为名篇并不仅仅因此。小说主题重大：人，性，自然，工业，异化。

但是，现在是20世纪，不少人已经觉得劳伦斯假道学，充满基督式说教。要是亨利·米勒写人格异化和自然之间的冲突，上面的一段文字就会被一句话代替："当你烦躁迷茫的时候，操。"（When you feel confused, fuck.——《北回归线》）

难能的是当一辈子"流氓"

亨利·米勒是我了解的文化人物中，元气最足的。

从古到今，有力气的人不少，比如早些写《人间喜剧》的巴尔扎克、晚些写《追忆似水年华》的普鲁斯特、中国的写一百七十万字《上海的早晨》的周而复和写二百万字《故乡面和花朵》的刘震云。这些人突出的特点是体力好，屁大股沉，坐得住，写字快，没有肩周炎困扰，椎间盘不突出。他们的作用和写实绘画、照相机、录像机、录音机差不多，记录时代的环境和人心，有史料价值。

从古到今，偶尔也有有元气的人，他们的元气可能比亨利·米勒更充沛，但是由于各种不同的原因，留下的痕迹太少，我无法全面了解，比如孔丘。抛开各种注解对《论语》做纯文本阅读，感觉应该是个俗气扑鼻、倔强不屈的可爱老头，一定是个爱唠叨的人，但是，当时没有纸笔，如果当时让孔丘直抒胸臆，现在大熊猫一定是没有竹子吃了，长跑运动员一定是没有王八汤喝了。耶稣对做事的热情大过对论述的热情，不写血书，只让自己的血在钉子进入自己肉体的过程中流干净。佛祖可能在文字身上吃过比在女人身上还大的亏，感觉文字妖孽浓重，贬低其作用：

如果真理是明月，文字还不如指向明月的手指，剁掉也罢。晚些的某些科学家，想来也是元气充沛的人，比如爱因斯坦，热爱妇女，写的散文清澈明丽，可能是受到的数学训练太强悍，成为某种束缚，他最终没能放松些，多写些。

亨利·米勒是思想家。亨利·米勒的小说没有故事，没有情节，没有成形的人物，没有开始，没有结束，没有主题，没有悬念，有的是浓得化不开的思想与长满翅膀和手臂的想象。真正的思想者，不讲姿势，没有这些故事、悬念、人物像血肉骨骼一般的支撑，元气剽悍，依旧赫然成形。既然不依俗理，没有系统，亨利·米勒的书可以从任何一页读起，任何一页都是杂花生树，群莺乱飞，好像"陌上花开，可缓缓归"。在一些支持者眼里，亨利·米勒的每一页小说，甚至每十个句子，都能成为一部《追忆似水年华》重量级的小说的主题。外国酒店的床头柜里有放一本《圣经》的习惯，旅途奔波一天的人，冲个热水澡，读两三页，可以气定神闲。亨利·米勒的支持者说，那本《圣经》可以被任何一本亨利·米勒的代表作替代，起到的作用没有任何变化。别的思想家，是在大量阅读的基础上，站在巨人们的肩膀上，添加真正属于自己的一层砖瓦，然后号称构建了自己的体系。亨利·米勒不需要外力。一个小石子，落在别人的心境池塘里：智识多的，涟漪大些，想法多些；智识少的，就小些，少些。亨利·米勒自己扔给自己一个石子，然后火山爆发了，暴风雨来了，火灾了，地震了。古希腊的著名混子们辩论哲学和法学，南北朝的名士们斗机锋，都有说死的例子，如果把那些场景记录下来，可能和亨利·米勒的犀利澎湃约略相似吧。

亨利·米勒是文学大师。崇拜者说，美国文学始于亨利·米勒，终于亨利·米勒。他一旦开始唠叨，千瓶香槟酒同时开启，元气横扫千军。

亨利·米勒是唯一让我感觉像是个运动员的小说家，他没头没尾的小说读到最后一页，感觉就像听到他气喘吁吁地说："标枪扔干净了，铁饼也扔干净了，铅球也扔干净了。我喝口水，马上就回来。"

我记得第一次阅读亨利·米勒的文字，天下着雨，我倒了杯茶，亨利·米勒就已经坐在我对面了，他的文字在瞬间和我没有间隔。我在一秒钟的时间里知道了他文字里所有的大智慧和小心思，这对于我毫无困难。他的魂魄，透过文字，在瞬间穿越千年时间和万里空间，在他绝不知晓的北京市朝阳区的一个小屋子里，纠缠我的魂魄，让我心如刀绞，然后胸中肿胀。第一次阅读这样的文字对我的重要性无与伦比，他的文字像一碗豆汁儿和刀削面一样有实在的温度与味道，摆在我面前，伸手可及。这第一次阅读，甚至比我的初恋更重要，比我第一次在慌乱中进入女人身体看着她的眼睛、身体失去理智控制更重要。几年以后，我进了医学院，坐在解剖台前，被福尔马林浸泡得如皮球般僵硬的人类大脑摆在我面前，伸手可及。管理实验室的老大爷说，这些尸体标本都是新中国成立初期留下来的，现在收集不容易了，还有几个是饿死的，标本非常干净。我第一次阅读亨利·米勒比我第一次解剖大脑标本，对我更重要。我渴望具备他的超能力，在我死后千年，透过我的文字、我的魂魄纠缠一个同样黑瘦的无名少年，让他心如刀绞，胸中肿胀。那时，我开始修炼我的文字，摊开四百字一页的稿纸，淡绿色，北京市电车公司印刷厂出品，钢笔在纸上移动，我看见炼丹炉里炉火通红，仙丹一样的文字珠圆玉润，这些文字长生不老。我黑瘦地坐在桌子前面，骨多肉少好像一把柴火，柴火上是炉火通红的炼丹炉。我的文字几乎和我没有关系，在瞬间，我是某种介质，就像古时候的巫师，所谓上天，透过这些介质传递某种声音。我的文字有它自己的意志，它反过来决定我的动作和思想。当文字如仙丹一样出炉时，我筋疲力尽，我感到敬畏，我心怀感激，我感到一种力量远远大过我的身体、大过我自己。当文字如垃圾一样倾泻时，我筋疲力尽，我感觉身体如同灰烬，我的生命就是垃圾。

亨利·米勒一辈子思考、写作、嫖妓。他的元气，按照诺曼·梅勒的阐释，是由天才和欲望构成的，或许这二者本来就是同一事物的两面。我听人点评某个在北京混了小五十年的老诗人，其中有一句话，话糙理不糙："流氓，每个有出息的人小时候都或长或短地当过，难得的是当一辈子流氓。"这个评论员说这番话的时候，充满敬仰地看着老诗人。老诗人喝得正高兴，下一顿的老酒不知道在哪里。他二十出头的女朋友怀着他的孩子坐在他的身边，老诗人偶尔拍拍他女人的身体，深情呼唤："我的小圆屁股哟。"

亨利·米勒讲起过圣弗朗西斯，说他在思考圣徒的特性。阿娜伊斯·宁问为什么，他对阿娜伊斯·宁说："因为我觉得我是地球上最后一个圣徒。"

文字趣味

这次不讲具体的书，只泛泛谈谈书中的文字趣味。

传说中，仓颉造字，有鬼夜哭。文字在诞生伊始，便蕴含着被泄露的天机，饱蘸着地府的神秘。文字之于笔墨中讨生涯的书生，仿佛五味之于厨匠，在日日的蒸文煮句中，多少能体会并表达出一些神秘天机下的文字趣味。

稍抽象的文字仿佛名山胜水。山水无尽，风里雾里秋日春日，都有不同。文字无穷，得意失意少时老时，"爱""痴""宽容""生命""幸福"……都有不同的含义。"老僧初参禅，见山是山，见水是水。后得些智识，见山非山，见水非水。现如今，见山仍是山，见水仍是水。"读文字亦如参山水。野史里曾载一山僧在僧房的四壁画满了《西厢》故事，来客问他缘由，山僧讲"我悟'崔莺莺临去时秋波那一转'"。文字每用一次，便多一层意思，数千年文字史下来，每个字汇里都凝聚了无数先人智慧，够你穷尽一生。多少巨著，只是略略谈了一个字汇:《红与黑》只谈了野心，《人性的枷锁》只谈了欲望，《白鲸》只谈了勇气……

即使被用滥了的文字也仿佛日日见惯的姑娘，如果你静心仔细体会，绝对不乏美感。比如在宋词里被超高频使用的"销魂"：不用"破"，不用"损"，而用"销"，那缓慢、隐秘，却一刻不停、不堪细思量的刻骨铭心！不是"骨"，不是"肉"，而是"魂"，魂没了，还剩什么？剩下的那些还有什么意义？还有词牌。这些被词人用来用去、不稍稍留意的三字字汇，细细想来都是有情有景有境的绝妙好词：荷叶杯、梧桐影、点绛唇、如梦令……

五经易通，一味难得。人常说杜甫可学，李白不可学，或许就是这个意思。李白绝对有才，随手拈来二十字："纪叟黄泉里，还应酿老春。夜台无李白，沽酒与何人？"（注："老春"是种美酒。）当我念到第三遍的时候，眼泪就流出来了。这几百年来，多少人被这二十个字感动过？之后的几百年，又有多少人会泪流？这是怎样的二十个字呀！日本人于唐人中首推白居易。也是二十字："绿蚁新醅酒，红泥小火炉。晚来天欲雪，能饮一杯无？"诗的题目是《问刘十九》。红泥，绿酒，阴天，白雪。酒是水做的火，泥是火中的土，屋外是冷冷的天气。心中有个能相邀共饮的朋友，不就如同在人间能有一处生了火的屋子安身吗？——白居易绝对有才。

文字的趣味不独中文有。中国人看"笑"字觉得可喜，西方人看"laugh"也会觉得愉快。中文强于表形，西文强于表音，西方文字亦有独到的趣处。比如"plum"这个单词："pl"——牙齿咬破薄而韧的果皮，"um"——咀嚼多汁的果肉，味道在嘴里回旋："嗯，好吃。"还记得一首西文小诗，讲"雾"，最后一句："and then moves on." M—O—V—ES—O—N，你慢些读，在浓重的鼻音中，可以触摸到雾的缓缓移动。

古时候，没有纸，中国用龟甲兽骨，西方用羊皮。那时候，青灯下的史官、僧侣面对黄卷，心里是种圣洁的虔诚。他们如果走在今天的街头，看着满街的错字，书摊上满是"酥胸大腿"的报刊，会觉得是对文字的一种怎样的亵渎呀！

女人文字

仓颉造字，有鬼夜哭。那鬼一定是女鬼。

放下手里的书，喝一口浓茶。灯檠茗碗之间一阵恍惚，灵感一现：文字如女人。

诗是眼光交会。

罗曼·罗兰的两列火车缓慢交错，不同车上的一男一女隔窗互望，车过人逝，眼神还在；庞德的巴黎地铁站里，几张人面在人群里忽隐忽现，枯枝上几片花瓣；杜牧的春风扬州路上，十三岁的小姑娘从珠帘缝间冲他一笑，豆蔻花娉娉袅袅艳在枝头。

散文是浅浅深深地聊天。

小酒吧里光线昏暗，没有相思入骨，没有海枯石烂，手里一杯"蓝色记忆"，眼里的你简单而平静。可以谈昔日情网，也可以谈小时候的风筝。爸爸老了，时常和他一起洗洗菜做做饭比和一些男孩空谈感情更加有益身心。结束时没有拥抱，也没有亲吻，一声"多保重"就像聊天的那句开场白："最近还好吗？"

小说是和女人发展一段关系。

没写之前，你会搜集记忆，会读主题类似的书，仿佛行房事之前浏览几分钟成人录像以产生冲动。你会想象，根据那个女孩的音容品性设想和她相处的日子。但是你永远不能肯定，不能看清细节。别浪费时间了，有了冲动就开始写吧。慢慢地，小说的走势便不再由你控制，它会有一个结局，但是女人是嫁给你还是就此离去，在发生之前你永远无法知道。

对女人有冲动，便会有话要说，写下来，就是文字。不用寻章摘句，不用拣词抠字，这样的文字自有文采在。对女人的冲动没了，即使多年培养出的鉴赏力还在，你也只能去做评论家了。拜伦夸张了一点："谁写文章不是为了讨女人欢心？"但是，他的话有真理在：没有女人就没有文字。甚至这个真理的推论也是正确的：没有某种女人就没有某种文字。你的情人头染金发，已经改名麦当娜，你如何送她一阕《一剪梅》？

读林曦的三个矛盾统一

　　粗一想，林曦的画册完全不该我写序。一个美白，一个丑黑。一个喜欢茶碱，一个迷恋酒精。一个在北京郊区类似 SPA 会所的住处天天睡到自然醒，天天调鼎弄羹慢炖山黑猪；一个拖着拉杆箱居无定所，但是长年铁定缺少睡眠，长年吃微波炉加热的飞机餐。一个能让枯桐发出天籁，唱歌迷死人；一个能让肉嗓儿五音少三，唱歌招活鬼。

　　再细一想，林曦的画册我也可以写序。画画和码字都是手艺，手掌里的材质和手指下的处理方式不同而已，看看天，摸摸内心，同样如梦幻泡影露电的大小宇宙，都是此道茫然。我想，林曦的书画理想不是韩美林和范曾，我的文字理想也不是韩寒和郭敬明，就剩这点儿理想了，我们志在不朽。

　　断断续续以左右心室和大小脑读林曦的书画，像看大河里慢慢移动的一个草木丰茂的汀洲，想到三个矛盾，想到矛盾统一的一些方向。

　　第一个矛盾是大小。林曦画的题材都小，小孩、小虫、小佛、小酒瓶、小山坡、小眼神。我想，像其他领域一样，书画也有评论家，这些评论家一定用各种或明或暗的方式督促林曦画些大题材，九重云霄、十八层地狱、清明上河、祖国五十六个民族、八十七神仙卷、百鸡图、百牛图、百虎图、百寿图、一百零八罗汉、中华五千年、黄河万里图。

其实，大小本不二。在天上看，地球就是一个球，一个球一个如来。我一个学生物的师兄，一辈子研究决定鼻毛如何弯曲的三组基因。金圣叹临死前在狱中给儿子的遗嘱一共十二个字：花生与豆腐干同嚼有火腿味。

第二个矛盾是古今。林曦画的味道基本古旧，红脸罗汉，长衫眼镜愤世男，古琴麻衣如雪女，小孩戴个瓜皮帽，手里没有PSP。我想，林曦一定有困扰，如何面对先贤。四王四僧元四家、吴道子、"荆关董巨"、石涛、陈半丁、张大千、齐白石，每个时代都有一组四大天王，盖棺论定，高山仰止。而且，古旧时候的山水现在都变成了优胜美地帝景豪庭，湿地流出小溪，小溪流出小舟，小舟上叫露茜的小姑娘一边弹着琵琶，一边看闺密的短信飘进来，短信说，才知道，精卫真能干，又会填海，又会当汉奸。

其实，不师古就没办法完美处理今天。古人一直活着，《快雪时晴帖》在每个雪落的晚上都在天上挂着；《韩熙载夜宴图》在每个大酒的夜里都在心里黏着；司马迁承包了个洗手间，一言不发，看着一批批小便的书生和壮士临去时抖一抖。唯一的出路是作茧自缚，用所有古人的技艺绑住自己，被绑死或者破茧而出。先恨我不见古人，再笑古人不见我。这么多年了，太多人在云层之下，极少数人蹦到云层之上成为永久的星星。最笨的方法是最短的捷径，血战古人，几年临摹钟王，几年遍看宋画，踏着星星和电筒光柱，或者跌入深渊，或者登光明顶。

第三个矛盾是人我。张大千之后，书画的世道人心就基本坏了，清风朗月变成肥名重利。世人成为书画宗师的基本功包括线条流丽，演技超群，世事洞明，资本通达，善于带领团队借力打力，不会请饭喝酒不行，不会管理媒体不行，不进修表演系不行，不参与洗钱不行，不勾搭银行家不行。有道琼斯指数，有恒生指数，现在也有张大千价格曲线，张晓刚价格曲线。有马经，有麻将牌经，有四十二章经，现在也有王经，有方经，有岳经。

其实，别管世人，别管短期，把这些当成浮云。耐烦，耐劳，不要助长，温不增花，寒不减叶，白杨树就是白杨树，黄花梨就是黄花梨。爬上古人堆成的昆仑山巅，长出比昆仑山巅高出一尺的自己的那棵草。

最后，其实，唠叨林曦也是唠叨自己，也是唠叨所有既见苦难云胡不悦的灵魂，冷了记得抱舍不得你的人，烦了记得在你背后的神，细看墨雨淋漓处，骨重肉沉。

读齐白石的二十一次唏嘘

一

"小时多病，病危时，祖母常祷于神祇，以头叩地作声，伤处坟起……一日，祖母使予与二弟纯松各佩一铃，言曰，汝兄弟日夕未归，吾则倚门而望，闻铃声渐近，知汝归矣，吾始心安为晚炊也。"

我姥姥带大了我哥、我姐和我。我姥姥比我妈明显漂亮，我妈比我姐姐明显漂亮。我姥姥说，女人和西瓜一样，一辈儿不如一辈儿。我四岁那年，夏天炎热，好多老头老太太都死了，我姥姥也没躲过去。

我姥姥是蒙古人，没有名儿，只有姓，梁包氏。老家赤峰，后来挖出来红山文化，很多青黄玉器，天一样青，地一样黄。蒙古人多神，在众多强大的力量面前体察到神灵，风，云，雷，电，马，山，河，是部落里脑袋被马屁股坐了之后坚持相信某种使命的人。红山的玉器里，这些神的小样儿都有。

我姥姥在北京的家里也有神龛，放几块石头、几条布头儿、一张画像。祭品包括米饭、瓶装二锅头和一种细细的卫生香。我小时候没事儿就生病，街上流行什么病，我就得什么病。烧糊涂的时候，就听见我姥姥在神龛前用蒙古话叽里咕噜唠叨。我问她在说什么，我姥姥说，风，云，雷，电，马，山，河，我×你妈，我×你大爷，我×你全家，连我外孙的命都保不了，我吃光你的米饭，喝光你的酒。

我姥姥也给我系过一个铃铛。她说是长命锁，上面刻了八仙，银的。我当时觉得很沉，什么狗×银的，全部黑兮兮的。我姥姥自己喝散装二锅头，到了下楼不方便的年纪，她让我姐带着我和瓶子去小卖部买。我姐说，大人管钱，小人管瓶子，所以我拎着酒瓶子。有一次，我在家门口摔了酒瓶子，被我姥姥痛打，并且没让吃晚饭。我姥姥说，要我得个教训，学些生活的道理。

二

"我二十岁……足足画了半年，把一部《芥子园画谱》，除了残缺的一本以外，都勾影完了，订成了十六本……祖母也笑着对我说：'阿芝！你倒没有亏负了这支笔。从前我说过，哪见文章锅里煮，现在我看见你的画，却在锅里煮了！'"

我也有一套《芥子园画谱》，东四中国书店买的，也不全，四册缺花鸟鱼虫卷。翻了翻第一卷，就觉得没劲，几个穿长袍的古人，在河边挑了一个很邪乎的地方站着，也不钓鱼，也不游泳，也不投河。不懂。

我邻居的坏小孩儿，比我大两岁，有整套的《三国演义》小人书，我从第一本《桃园结义》照着描到第四十八本《三国归晋》。

我并不满足，决定开始画活物。家里的朱顶红开了，绿肥红厚。我对着画，一画一天。晚饭之前，我哥很深沉地找我谈话："你知道北京城有多少人在画画吗？你知道有多少画画的吃不上饭吗？我看你没这个才气，别画了。让花好好开吧。"我哥大我十岁，我身体还没发育的时候，他就带漂亮姑娘在楼下杨树和柳树之间溜达了。当时流行高仓健和杜丘，我哥也有鬓角，也有件黑风衣，话也不多。所以，他说的话，我基本都听。

我邻居坏小孩儿还有两箱子武侠小说，全套古龙、金庸、梁羽生、陈青云、诸葛青云、卧龙生。他基本不借给我。后来他把家里的菜刀磨快了当成断魂玉钩，模拟邪仙陆飘飘，行走大北窑一带的江湖，被四个警察抓了，头顶上敲出土豆大的血包，流放到山西煤矿。他妈死活说我长得像他，让我常去他家，他的两箱武侠书随便我看。足足三个月，我读了一百多本最恶俗的长篇武侠小说。

我自己开始写武侠，一天一夜，三十页稿纸，天地玄黄，宇宙洪荒。第二天早饭之前，我哥很深沉地找我谈话："你知道全中国有多少人在写作吗？你知道有多少写作的人吃不上饭吗？你即使有这个才气，也不见得有这个运势，别写了。"

后来我还是偷偷写了一部叫《欢喜》的长篇，十三万字，全是文艺腔，寄给一个叫《中学生文学》的杂志，那个杂志随即倒闭了。如果没留底稿，这件事儿就彻底没了痕迹。

后来我去了理科班，学了医，一学就学了八年。

再后来，三十六岁那年，我出了一套五本的文集、四本长篇小说、一本杂文。书业的IT精英狂马说，出文集很难的，很多老作家，为了出文集，每周都带着浴巾去"作协"大楼闹，先洗澡，再上吊。

三

"我六十岁……陈师曾从日本回来，带去的画，统都卖了出去，而且卖价特别丰厚……这样的善价，在国内是想也不敢想的……从此以后，我卖画生涯，一天比一天兴盛起来。"

齐白石如果三十岁就红了，说不定就成范曾了。

我如果十八岁就红了，说不定就成郭敬明了。

我大致知道我小说的印数，站在西单图书的滚梯上，看着滚滚人群，我想，我不想努力让这些人都成为我的读者，他们辛苦，应该有更容易的消遣和慰藉。白居易的"老妪能懂"是一种理想，我这种也是一种理想。在后现代社会，我的理想更难得。

刮胡子和撒尿的时候，我想，一个冯唐这样劳碌、好奇、热爱妇女的人，如果一直在写，直到六十岁才红，写到九十岁才死，对于汉语一定是件好事儿。

我想，到了九十岁，我如果没钱花了，我就手抄我自己的诗集，一共抄十八本，每本卖一万块。

四

"我刻印，同写字一样。写字，下笔不重描。刻印，一刀下去，决不回刀……老实说，真正懂得是刻的，能有多少人？……世间事，贵痛快，何况篆刻是风雅事，岂是拖泥带水，做得好的呢？"

我写长篇的习惯是，每次写新章节之前，都从第一个字开始，重新飞快看一遍，觉得不舒服的地方，随手改掉。写新段落的时候，宽处跑坦克，密处不透光，洪水下来就下来吧，风安静下来，树叶看着月亮。等写完最后一个字，再最后重新看一遍。于是关上电脑，于是提刀而立，为之四顾，为之踌躇满志。之后除了错别字，不改一个字，哪怕登不了《收获》，哪怕卖不过余秋雨。

写一个主题是可以的，和所有的艺术家一样，伟大的作者都只能写一个主题，只是用不同的手法和心情去写。但是，改年少时候的文字是不可以的。一个人凭什么认为，他几十年积累的经验就一定打得过年少时候的锐气？那不是自信，那是愚昧。偶尔有些敬畏，相信天成，相信最好的艺术家在他们最好的状态里，不过是上天的一个工具，像天空的飞鸟，像湖水的游鱼。

谁能把牛肉炖成驴肉？谁能让牡丹开成玫瑰？

五

"余年来神倦，目力尤衰，作画刻印只可任意为之……像不画，工细不画，着色不画，非其人不画，促迫不画……水晶玉石牙骨不刻，字小不刻，石小字多不刻，印语俗不刻，不合用印之人不刻，石丑不刻……"

有次见我哥，他五个礼拜没剃头，两个礼拜没剃胡子，须发斑白，戴了个老花镜坐在沙发上看书，拒绝喝酒。我老妈问："你开始修佛？"我哥说："两个目的。第一，给老妈看，我这么大了，不要老逼我为社会做巨大贡献了，什么去广西造水泥，去阿富汗开矿山，去埃及挥舞小旗子振兴华语旅游。第二，给冯唐看他不远的将来，不要老逼自己。书读不完，事儿做不完，心里那些肿胀，文字写不完。"

仔细体会，自己体力的阈值的确比以前低了，心理的阈值的确比以前高了。麻将打不动通宵了，连着访谈七八个生人仿佛被七八个人打过一样疲惫，中国飞美国的时差倒起来痛苦得总想靠谁妈，痛恨地球为什么不真是平的。街上美女越来越少了，想起来口水喷涌而出的吃的没几样了，几个老兄弟坐在一起，没有什么带火花的事儿和词句可以交流，喝几杯酒，吃几个小菜，"相见亦无事，别后常忆君"。

饱暖之后，有效时间不够之后，人应该有点脾气。不写就是不写，什么都可以是理由：让我写得像巴金、老舍、茅盾、余秋雨一样真切细实不写，男女关系不写，性生活妇科肿瘤不写，情感问答不写，规定题目不写，千字少于两千元不写，不提前付款不写，昨天没睡好不写，痔疮犯了不写，米粥不稠不写，电脑太慢不写，男编辑没戴耳环不写，女编辑不长胡须不写，没头脑不写，不高兴不写。

六

"卖画不论交情，君子有耻，请照润格出钱。"

文无第一，武无第二。但是文人也是人，偶有竞争心，于是看印数，比稿酬，想自己的小说怎么还没被翻译成越南文。

但只是一念。"有人知道齐白石画的价格走势，但是谁知道齐白石活了一生挣了多少钱？死的时候账上有多少钱？死了之后，账上的钱都被谁花了？"这一念，闪过。

七

"世不变乱，读十年书，行数万里路，闭户作诗，或有可观者。"

写东西的同时，有个每周八十小时的全职工作，一半以上的饭在飞机上吃，闻到空姐用微波炉热餐食的味道，要使劲儿忍住不吐出来。

习惯之后，也体会到这种生活的好处。常能看到无限沸腾到仿佛虚拟的生活，很难归到正常人类的人类，没有时间和精力在细碎的事物中烦闷，见花对月，泪还没落心还没伤，人先睡着了。源头总有活水，要写的总比能挤出时间写的多，或许是种辛苦禅，修为不够之前，通过亲尝，理解世界。

最大的不满足是没时间读书。想写个中晚唐的长篇，五胡杂处，禅宗黑帮，盛极而衰。看西安法门寺的物件，读中晚唐的诗，我能想象到，敦煌仿佛现在的上海，西安仿佛现在的北京。唐文化中有很多非汉民族的元素：丰腴，简要，奢靡，细腻，肉欲，通灵。但是，我需要细节，需要有时间细读《旧唐书》《祖堂集》《五灯会元》。

有什么办法呢？时间就像海绵里的水，老膀胱中的尿，小胸膛上的奶，只要挤，还是有的。

八

"此地之娼颇多，绝无可观者。余于旁观，其侍客颇殷，不谈歌舞。有欲挟邪者，与语即诺。虽无甚味，有为者想必痛快。"

此地说的是香港，时间是1909年，这年，齐白石四十五岁。

看来，广东的草根、服务、爽利是有传承的。

香港那时候还是个小镇，依太平山而建，西边是兵营，东边是渔港。齐白石吃完小海鲜，喝完小酒，辞别淫友，走在窄仄的石板路上，咽一口口水，再咽一口口水，喉结起伏，心脏翕合，抬头有月亮，还是平常的模样。

九

"民国六年乙卯，因乡乱，吾避难窜于京华，卖画为活。吾妻不辞跋涉，万里团圆。三往三返，为吾求宝珠以执箕帚……宝珠共生三男三女，亦吾妻之德报也。……""予少贫，为牧童及木工，一饱无时，而酷好文艺，为之八十余年，今将百岁矣。作画凡数千幅，诗数千首，治印亦千余。"

不论新旧社会，这样的老婆都少有。

元气真是奇怪的东西。元气足的人，如果是猎人，就是比别人多打很多只兔子；如果是木匠，就是比别人多做很多把椅子；如果是物理学家，就是比别人多想出很多个公式；无论什么职业，都比别人更热爱妇女，都比别人多生很多孩子。

齐白石五十五岁那年，左手第一次触摸十八岁的宝珠之后，右手画了怎样不同的虾？齐白石八十八岁那年，盯着看新凤霞，争辩说："我这么大年纪了，为什么不能看她？她生得好看。"新凤霞说："我的职业是演员，就是给别人看的，看吧，看吧。"齐白石九十三岁那年，看到一个二十二岁的演员，心中欢喜，盘算如何娶了回去。

人生残酷，至死犹闻鲜香。

十

"安得手有嬴氏赶山鞭，将一家草木过此桥耶！"

年岁还远没到齐白石写这些字句的岁数，就已经开始怀恋从小长大的地方。

在从小长大的地方待着，最大的好处是感觉时间停滞，街、市、楼、屋、树、人以及我自己，仿佛从来都是那个样子，从来都在那里，没有年轻过，也不会老去，不病，不生，不死，每天每日都是今天，每时每刻都是现在。小学校还是传出读书声，校门口附近的柳树还是被小屁孩儿们拽来扳去没有一棵活的，街边老头还是穿着跨栏背心下象棋，楼根儿背阴处还是聚着剃头摊儿，这一切没有丝毫改变。

从小长大的地方是最好的地方。在我心目里，北京是最好的城市，垂杨柳是北京最好的地方。从垂杨柳出发，我最想去的地方，几乎都在半小时骑车车程之内：可遛弯的护城河，有大树可蹭的天坛，可以洗胃去宿酒的协和医院，有酒有肉的东北三环，可以斗智斗勇的华威桥古玩城，有半街旧书的琉璃厂。

怕的是官府手上的赶山鞭。脑子进水，手脚躁动，什么地方开始有些历史，挥鞭子就灭。垂杨柳的北边已经盖上富力城，西边的和平一村、二村、三村都被平，据说给中央直属机关和"总后"，原来的马圈、鹿圈等地名已经消失。估计不等我老到齐白石缅怀家乡的岁数，垂杨柳也会彻底消失，被名敦道、又一城、优胜美地、欧陆玫瑰之类代替。

十一

"夫画者，本寂寞之道，其人要心境清逸，不慕官禄，方可从事于画。见古今人之所长，摹而肖之，能不夸；师法有所短，舍之而不诽，然后再观天地之造化，来腕底之鬼神，对人方无羞愧。"

在正经全职工作中认识一个老哥哥，老到几乎应该算爷爷辈儿的。梁宗岱的关门弟子，法文、英文都极好，德文能读能说，改革开放之初在蛇口，重要的政策制度都是他起草制定的。

"当初蛇口什么都没有。晚上睡觉，有人敲门，基本都是从珠江偷渡的大圈仔。我们基本不开门，嚷嚷一句，还没到香港呢，接着往南游。"

"当初可惜了，当初没和李嘉诚谈妥，没把深圳港集中在蛇口，也没敢答应中央，没把整个南山半岛都划进蛇口。"

"当初碰到好些东西，过去的规章制度里没有，不知道如何办，也不知道向哪个部门请示，常常这么写文件：党中央，逗号，国务院，冒号，然后说事儿。"

文集出了，送了老哥哥一套。几天后接到电话，背景有些嘈杂，基本意思如下：

"我好久没看完一本中文文艺书了，美女图不算。其实，我近二十年能从头到尾看完的，除了《红楼梦》，就只有你这几本书了。很好，非常好，才华横溢，我一边看一边骂，这个小浑蛋，这个小浑蛋。"

"你不该长期做咨询。那种事儿我都能做。你常常写到你老妈，她并非寻常人。把你生成这样，你一定要多写。不多写，对不起你爸妈生你成这个样子。"

"社会成就，官禄名利，都虚得很，祖坟上飞来一只鸟，拉一坨屎，屎里有颗种子，祖坟上就长出草，他就发达了，其实，屁也不是。温饱就好，你不需要成就，文章憎命达，你需要不成就。"

"诗呢，需要疯狂，非人力可控。小说，你写得好，但是你太顺了，没有磨难，没有上刀山下火海，小说厚不起来，成不了《红楼梦》。散文，你写得好，而且，散文写得更好，不需要磨难。我看你运势，从一辈子来看，散文上的突破比小说可能性大。"

文章窄门。曾经有写东西的，一不留神和窄门里的《红楼梦》比，再也写不出像样的东西了。曾经有写东西的，一没把持住，世俗风光发达，窄门变得更窄了。

钱害人。哪天放着成堆的钱不挣了，退休，做回妇科医生。天气差的时候写写中文，天气好的时候度度人。

和《红楼梦》比不吉利，我和《金瓶梅》《史记》比吧。磨难啊，宫刑啊，什么时候到来啊？

十二

"画中要常有古人之微妙在胸中，不要古人之皮毛在笔端。欲使来者只能摹其皮毛，不能知其微妙也。立足如此，纵无能空前，亦足绝后。学古人，要学到恨古人不见我，不要恨时人不知我耳。"

文章和画、红烧肉、小姑娘一样，虽然不是跑百米，没有非常绝对的标准，但是的确有非常实在的标准。

一根金线不绝如缕，古今并无太多不同，不因汉赋、唐诗、宋词、元曲等形式而改变。在明眼人看来，整出来的东西对不对，有没有，到不到这根线，判若云泥。金线之上，可以荒荒油云、寥寥长风，也可以流水今日、明月前身，各花开各色，各花入各眼。

都是"四人帮"害的。这根作为文脉的金线被遮挡被扭曲，绝大多数人的东西离这根金线太远，所以绝大多数人极力否认这根金线的存在。

从长远看，金线之下，光搞形式、流派和特征没有任何意义。千百年后，评价今天文字的标准是司马迁、杜甫、张岱，不是今天的余秋雨、郭敬明、卫慧。

十三

"余尝看儿辈养虫，小者为蟋蟀，各有赋性。有善斗者，而无人使，终不见其能。有未斗之，先张牙鼓翅，交口不敢再来者；有一味只能鸣者；有缘其雌一怒而斗者；有斗后触雌须即舍命而跳逃者。大者乃蟋蟀之类，非蟋蟀种族，既不善斗，又不能鸣，眼大可憎。有一种生于庖厨之下者，终身饱食，不出庖厨之斗。此大略也。若尽述，非丈二之纸不能毕。"

写文字的，眼睛得毒。脑子里底片的像素要比其他人高，尺幅要比其他人阔。随便看一眼，心里的血窟窿比常人大很多。多少年过去之后，血窟窿还得滴答有血，从脑子的硬盘里随调随有。可以不天天写，但是不能有任何时候停止感动和好奇，心里肿胀，要表达的永远要比能表达的多。

在医学院，先学大体解剖，再学神经解剖。过了才半年，上第一堂内科学的时候，系主任讲导论，问："你们还记得颅底都有哪些大孔，供哪些大神经大血管通过吗？"我们都忘了。系主任讲："我也都忘了。"

现在再想，整个医学八年，还记得什么。除了认得二月兰和紫花地丁、体温三十八摄氏度以下不要吃退烧药、阴道出血要排除癌症等傻子都知道的常识，没记得什么。但是，我记得卵巢癌晚期的病人如何像一堆没柴的柴火一样慢慢熄灭，如何在柴火熄灭几个星期之后，身影还在病房慢慢游荡，还站到秤上，自己称自己的体重。

从这个意义上讲，学医的八年是我练习素描的八年。

十四

"作画最难无画家习气，即工匠气也。前清最工山水画者，余未倾服，余所喜独朱雪个、大涤子、金冬心、李复堂、孟丽堂而已。"

文章是自己的好。让写文章的人佩服别人，难，哪怕自己写得再烂。

所以，别问写东西的人，佩服谁。最多，问喜欢谁。最多，加个限制词，中文作家里喜欢谁，省得听到一堆英文、法文、德文、西班牙文人名的中文硬译。最多，再加个限制词，除了你自己，中文作家喜欢谁，省得这个写东西的人在这点上不知所措，狂顾左右。

所以，问我，我喜欢司马迁。司马迁牛，才情、见识、学养、文字都好，机缘也好，被切之后，心灵上受摧残，生活上衣食不愁，国家图书馆对他完全免费开放。

我喜欢刘义庆和他的门客，简单爽利地比较人物、描述细节、指示灵异，汉语的效率被他们发挥到接近极致。

我喜欢李白，他酒大药浓吴姬肉软的时候，文字和昆虫一样，拍打翅膀飞向月亮。

我喜欢沩山和仰山，为了说不得的教旨，借鉴各种外来语语法，变换各种姿势蹂躏汉语，探索汉语的极限可能，推动古汉语到近代汉语的转变。

十五

"凡作画，欲不似前人，难事也。余画山水恐似雪个，画花鸟恐似丽堂，画石恐似少白。若似周少白，必亚张叔平。"

汉语基本词汇三千个，没被反复蹂躏的没有一个，摸到金线容易，金线之上，难得不同。

有些傻问题，很容易问，实在难回答。

比如：你的新小说写的是什么事儿啊？

比如：你心目中最美丽的女性是什么样子啊？

比如：你和王朔、王小波、阿城有什么区别啊？

学习刚烈的禅风，一声断喝。

淫荡书卷。

我比王朔帅。

我比阿城骚。

我比王小波中文好。

十六

"余之刻印，始于二十岁以前。最初自刻名字印，友人黎松庵借以丁黄印谱原拓本，得其门径。后数年，得《二金蝶堂印谱》，方知老实为正，疏密自然，乃一变。再后喜《天发神谶碑》，刀法一变。再后喜《祀三公山碑》，篆法一变。最后喜秦汉，纵横平直，一任自然，又一大变。"

叹息。人定输天。

有一天走在香港上环的街头，吃了点心，吹了凉风，一点酒没喝，忽然觉得死是件很愉快的事儿，仿佛吃饱了，不如归去，去睡一觉儿。脑子里有诗浮现：

忍

皇后大道西

菜铺昌记

你有懒汉衫

你抽鬼佬烟

你挑拣着蔬菜洗她们的身体

叶子燃烧所以一切是假的

你怎么还在呢

"不用扎眼儿了

我身上的洞够你用了"

"大道无门

我怎么就进你这儿了？"

我是混蛋我是懦夫

我替老天管好自己

不去祸害人间不去祸害你

争取活得长一些。等着这瓶红酒变复杂。等着这壶铁观音淡成佛。等着看老天这个傻×，根据四季和雨水，几十年，能在我这摊牛粪里种出什么样的花朵，能变出什么样的花样。

十七

"此画山水法前不见古人。虽大涤子似我，未必有如此奇拙，如有来者，当不笑余言为妄也，白石老人并记。""余作画数十年，未称己意，从此决定大变。不欲人知，即饿死京华，公等勿怜，乃余或可自问快心时也。""从严画山水者惟大涤子能变，吾亦变，时人不加称许，正与大涤同。独悲鸿心折。此册乃悲鸿为办印，故山水特多。安得悲鸿化身万亿，吾之山水画传矣，普天下人不独只知石涛也。""大涤子尝云：此道有彼时不合众意，而后世鉴赏不已者；有现时轰雷震耳，而后世绝不闻问者……人奈我何？"

过去，要洗完手才敢读唐诗。现在，厕所里，唐诗三百首，不会淫诗也会淫。

过去，读唐弢、朱自清、《西谛书话》，觉得五四一代牛大了，国学、西学都好，又浇汁儿国难，想不成大师都难。现在，看完所有能看的，除了陈寅恪提出"独立之精神，自由之思想"真啃节儿，除了林徽因模样儿真好，除了周作人中文真好，这一拨，对汉语的整体贡献不如格非、马建、苏童、马原（年轻时候）、余华（小时候）、朱文、毕飞宇。

《北京三部曲》里，有过去汉语从来没有过的东西，读不出来，不是我的问题，是你的问题。

十八

"印文：吴懋。批语：置之伪汉印中，人必曰：今人真不能也。余曰：真汉人未必过此……印文：曾经栾城聂氏收藏。批语：三百年哪有此物在尘世？称之者可对之下拜，妒之者必隔座骂人……印文：泊庐。批语：此印，吾与孔才弟外，天下人有梦见者，吾当以画百幅为赠。请订交于晚年，何如？……印文：雨洲。批语：神物也！虽有学力不能为此印，腕下有鬼神，信然。"

这种极品臭牛 ×，和余大师无关，他没这个才情。

反正闲着也是闲着，反正不上税，我来模仿一下极品牛 ×。

"好好看看这十万字，不仅活着的人写不出，过去千年里的古人也未必写得出。"

"好好看看这十万字，上数三百年，下数三百年，哪有这样的活物？跪安吧，别起来了。"

"好好看看这十万字，除了我和黄书刘备，天下其他人能梦到，我抽他一百个巴掌左脸，我抽她一百个巴掌右脸，他撒谎，她撒谎。"

"好好看看这十万字，你把国家图书馆都读完，也读不到，也写不出。"

十九

"题梅花图：如此穿枝出干，金冬心不能为也。齐濒生再看题记，后之来者自知余言不妄耳。"

同上。

二十

"刻印，其篆法别有天趣胜人者，惟秦汉人。秦汉人有过人处，全在不蠢。胆敢独造，故能超出千古。余刻印不拘前人绳墨，而人以为无所本。余常哀时人之蠢，不知秦汉人人子也，吾侪亦人子也，不思吾侪有独到处。如令昔人见之，亦必钦佩。"

就算司马迁是两米五的横杆，我也要跳跳，摔死算完。

二十一

"题网干酒罢：网干酒罢，洗脚上床，休管他门外有斜阳。"

干完活，喝完酒，捏完脚，睡了，睡了。

图书在版编目（CIP）数据

活着活着就老了 / 冯唐著. -- 北京 : 北京联合出
版公司, 2023.5
ISBN 978-7-5596-6761-8

Ⅰ. ①活… Ⅱ. ①冯… Ⅲ. ①随笔－作品集－中国－
当代 Ⅳ. ①I267.1

中国国家版本馆CIP数据核字（2023）第041620号

活着活着就老了

作　　者：冯　唐
出 品 人：赵红仕
责任编辑：龚　将

北京联合出版公司出版
（北京市西城区德外大街83号楼9层　100088）
河北鹏润印刷有限公司印刷　　新华书店经销
字数282千字　880毫米×1230毫米　1/32　印张:11.875
2023年5月第1版　2023年5月第1次印刷
ISBN 978-7-5596-6761-8
定价：68.00元